REINHARD KOCZNAR

Machtblind

ZAHLTAG Die finanzielle Lage der Unidata AG ist sehr schlecht. Der Finanzchef Albert Heller macht dafür den Vorstand verantwortlich. Mehr noch als die maßlose Selbstbedienung stören ihn dessen Fehlentscheidungen. Wegen der angespannten Lage erhält Heller den Auftrag, neue Investoren zu finden. Er zieht den externen Berater Paul Prokop hinzu, der ihm bei der Suche helfen soll. Als der Geldgeber gefunden ist, offenbart Heller gegenüber Prokop seine wahren Beweggründe. Er will den unfähigen Vorstand mithilfe des Investors loswerden. Dieser verfolgt allerdings eigene Pläne. Hellers Intrige gerät außer Kontrolle und er zieht Prokop mit hinein. Auf einmal taucht noch ein Spieler auf der Bühne auf und versucht mitzumischen. Prokop hat alle Hände voll zu tun.

Reinhard Kocznar, geboren 1951 in Hall in Tirol, war ursprünglich Postbeamter, dann Bankkassier, später Geschäftsführer eines Nachtlokals und Führung eines Reifenhandels- und Vulkanisierbetriebs. Anschließend arbeitete er als Verkaufsleiter in einer Versicherung, zuletzt als Direktor und seit 1990 ist er selbstständiger Versicherungsmakler. Ab Ende 1980 erlernte er etliche Programmiersprachen und entwickelte später in seinem zweiten Berufsfeld als Systemadministrator und Softwareentwickler ein heute weltweit eingesetztes Internet-Verkaufssystem für berührungslose Tickets. Der Autor hat in seinem Berufsleben weniger auf Sicherheit geachtet, sondern Wert auf anregende Beschäftigung gelegt. Das führte auch zu zahlreichen investigativen Jobs sowie dem Einsatz als Troubleshooter.

Bisherige Veröffentlichungen im Gmeiner-Verlag:
Brandgeld (2014)

REINHARD KOCZNAR

Machtblind

Kriminalroman

SPANNUNG

Besuchen Sie uns im Internet:
www.gmeiner-verlag.de

Im Ehnried 5, 88605 Meßkirch
Telefon 07575/2095-0
info@gmeiner-verlag.de

1. Auflage 2016

Lektorat: Sven Lang
Herstellung: Mirjam Hecht
Umschlaggestaltung: U.O.R.G. Lutz Eberle, Stuttgart
unter Verwendung eines Fotos von: © Andy Ilmberger – Fotolia.com
Druck: CPI books GmbH, Leck
Printed in Germany
ISBN 978-3-8392-1837-2

Personen und Handlung sind frei erfunden.
Ähnlichkeiten mit lebenden oder toten Personen
sind rein zufällig und nicht beabsichtigt.

1. KAPITEL

Es war fast 6 Uhr abends, ich betrachtete missmutig mein Handy und überlegte, ob ich noch einmal anrufen sollte. ›Fahr zur Hölle, Albert‹, sollte ich sagen und auflegen, ohne die Antwort abzuwarten.

In letzter Zeit war etwas in ihm vorgegangen, was nur der engste Kreis bemerkt hatte. Albert begann, ernst zu machen. Warum ich in sein Fadenkreuz geraten war, verstand ich längst. Verstehen oder nicht, das änderte nichts an den Fakten. Keiner von uns würde es ansprechen. Ich konnte ihm nicht sagen: ›Albert, wie kannst du nur so dämlich sein, zu glauben, dass man dir tatenlos zusieht?‹

Das Handy blieb liegen. Ich stand auf und ging zur Kaffeemaschine. Der wievielte Espresso war das heute?

Wer in der guten alten Zeit durch die legendäre Westernstadt Tombstone spazierte, konnte die Bösen und die Guten problemlos auseinanderhalten, denn Letztere trugen den Stern an der Brust. Ob der legendäre Marshal Wyatt Earp Gesetze gerade brach oder hütete, erkannte man daran, ob er sein Abzeichen trug oder nicht. Diese Klarheit war unwiederbringlich vorbei.

Um mich nicht mit dem Bevorstehenden zu beschäftigen, da ohnehin alles von vornherein feststand, holte ich ein Buch hervor und versank darin. Zwischendurch machte ich noch Kaffee, und als es endlich 20 Uhr geworden war, stand fest, dass Albert nicht mehr kommen würde.

Albert war nicht nur Finanzchef meines Auftraggebers, sondern auch Ankläger, Richter und Scharfrichter in einer Person. Fehler kritisierte er unerbittlich. Was er von der sicheren Warte der Finanzabteilung aus beobachtete, das kommentierte er gnadenlos, wie er an der Stelle der von ihm Gerichteten gehandelt hätte, musste er nie beweisen. Meine Freundin Katja bezeichnete ihn in letzter Zeit des Öfteren als Bullterrier, der nicht mehr loslässt, wenn er sich einmal verbissen hatte. Ich hörte den Schlüssel im Schloss, sie kam soeben herein.

»Hi«, sagte sie mit ihrer melodiösen Stimme, für die sie am Telefon so geschätzt wurde.

Ich ging zur Tür. Katja sah mich erstaunt an.

»Du bist allein?«

»Ja.«

Sie hängte ihren Mantel auf, ich lehnte mich an den Türrahmen und sah ihr zu. Ihre kurvige Figur sprach mich so an wie vor den vielen Jahren, als wir uns kennengelernt hatten. Sie war Anwältin. Da sie heute Jeans trug, hatte sie keine Verhandlung gehabt.

»Ist er schon weg?«

»Er ist nicht gekommen.«

Katja lehnte sich an mich und sah mich forschend an.

»Ein Whisky?«, fragte ich.

»Lieber ein Bier.«

Ich wollte mich zur Kaffeeküche wenden, als das Telefon läutete. Katja ging hin und nahm ab. Ich wartete.

»Jetzt noch?«, fragte sie und sagte zu mir: »Es ist die Polizei, ein Inspektor Pirker, er fragt, ob du noch heute kommen könntest.«

»Kein Problem.«

Ich holte Sakko und Mantel, während Katja weiter redete und dann auflegte.

Wir schlugen den Weg zur Polizeiinspektion zu Fuß ein. Es war nicht weit, und Parkplätze waren am Abend Mangelware. Wenn man einen preisgab, bekam man ihn nicht wieder.

»Was wollen die?«, fragte Katja nach einigen Schritten.

»Keine Ahnung.«

»Keine Ahnung? Du trägst doch etwas mit dir herum, schon die längste Zeit. Hat Albert seine Cruise Missiles abgeschossen?«

»Er hat sie aufgetankt und programmiert. Sie fliegen noch nicht.«

Ich sagte nichts mehr.

»Eine Zeugenvernehmung«, begann Katja wieder.

»Okay.«

»Du wirst nicht beschuldigt. Als Verdächtiger dürftest du sie anlügen, so stehst du unter Wahrheitspflicht. Das werden sie dir alles vorher erklären. Wahrscheinlich sind sie zu zweit.«

»Von mir aus.«

Wir redeten in den nächsten Minuten nichts mehr, bis wir an Ort und Stelle waren.

Polizeiposten waren heute kleine Festungen, obwohl sie nie angegriffen wurden. Die Staatsmacht war sicher. In den nächtlichen Straßen ringsherum gab es allerdings immer öfter Schlägereien, meist unter Betrunkenen, die zur vorgerückten Stunde nach Hause torkelten. Überfälle, die ehemals undenkbar gewesen waren, fanden meist zu früherer Zeit statt. Viel davon war importiert.

Ich drückte die Klingel, wir wurden eingelassen. Am Tresen gestikulierte eine ungepflegte Frau, ihr gegenüber stand ein junger Polizist mit martialisch wirkender Glatze und schien geduldig zu sein. Sie war an die 40 und längst aus der Form geraten, trug trotz der Kälte dünne Leggings mit ausgetretenen Hauspantoffeln und ein unförmiges rosa T-Shirt.

»Ich verstehe euch nicht«, warf sie ihm mit erregter Stimme vor, »da könnt ihr was verdienen.«

»Das Strafgeld können wir nicht behalten«, wandte der Polizist milde ein, »und Geschäfte machen wir damit nicht.«

»Ihr braucht nur hinauszugehen auf die Straße«, forderte sie. »Alle Autofahrer an der Kreuzung telefonieren mit ihren Handys, das ist doch verboten.«

»Wir suchen Herrn Pirker«, unterbrach Katja und der Polizist nahm sich dankbar unser an. Die Frau drehte mir ihr verwittertes Gesicht zu, sie war vergessen.

»Faule Bagage«, fluchte sie im Weggehen, »in der warmen Stube sitzen, das können sie.«

Das war Pradl, wie es leibte und lebte, jedenfalls der östliche Teil. Der Polizist lächelte und ließ mich ein. Katja blieb im Warteraum, ich wurde nach hinten geführt.

Ein Beamter von etwa 50 Jahren empfing mich. Er hatte ein wenig angesetzt, seinen Kopf zierte eine eher struppige, angegraute Haarpracht, die er wohl schwer unter die Mütze brachte. Auf dem Schild stand Pirker, er wirkte nicht unfreundlich. Im Augenblick sah er ernst aus. Zu ihm hatte sich eine Kollegin in Zivil gesellt, die zuvorkommend wirkte. Sie hatte kein Namensschild auf ihrem Tisch. Die Beamtin war ein wenig jünger als ihr Kollege, dunkle Haare umrahmten ein freundliches

Gesicht. Sie nahm meinen Ausweis entgegen und musterte ihn.

»Wie alt ist das Bild?«, fragte sie.

»Keine Ahnung, ein paar Jahre?«

Sie tippte etwas in den Computer und gab mir den Ausweis zurück. »2003«, sagte sie und lächelte. »2003 oder früher.«

Ich betrachtete mich als zeitlos, aber das musste ich ihr nicht erklären. Sie habe früher ›Pass‹ gemacht, erklärte sie und habe einen Blick dafür. Das war mir aufgefallen. Die beiden spielten hier netter Bulle und harmloser Bulle, nichtsdestoweniger bekam ich einen Stapel an Papieren, die mich über die Prozedur aufklärten.

»Geht in Ordnung, ich bin informiert.«

»Sie sind mit einer Anwältin liiert?«, fragte sie. Ich verzog das Gesicht, aber nur wenig. Sie schien mich zu kennen, denn ich konnte den Ausdruck ›liiert‹ nicht leiden. Die Papiere musste ich dennoch lesen.

»Herr Prokop«, begann Pirker und musterte mich über die Brille hinweg, »wo waren Sie heute zwischen 17 Uhr und 19 Uhr?«

»Oh«, sagte ich und war nicht überrascht, »in meinem Büro. Allein.«

»Dann kann das also niemand bezeugen?«, setzte er hinzu, als ob er davon ausgegangen wäre.

»Ich fürchte, nein. Ich kann nicht einmal ein Systemprotokoll aus dem Computer vorweisen, den habe ich nicht verwendet, ich habe ein Buch gelesen.«

Die beiden schwiegen eine Weile. Die Beamtin fragte: »Welches Buch?«

»Ich habe eine Faksimileausgabe eines Buches aus dem Jahr 1739 ergattert, sie lag noch im Büro.«

»1739? Das ist lange her.«

Ich nickte. In der fraglichen Zeit war ich von allem weit weg gewesen, was sich auf der Erdoberfläche ereignet hatte.

»Welcher Art ist Ihre Beziehung zu Magister Albert Heller?«, begann Pirker wieder.

Aus einem rätselhaften Grund wunderte ich mich nicht. Plötzlich war Albert doch da, allerdings in der Frage eines Polizisten, der mich spät abends auf den Posten bestellt hatte.

»Er hat mich als externen Berater für ein Finanzierungsprojekt hinzugezogen«, erklärte ich, »letztes Jahr im Sommer.«

Pirker nickte, seine Kollegin lächelte.

»Wann haben Sie ihn zuletzt gesehen?«, setzte er fort.

Ich zuckte die Achseln und überlegte. Das letzte Treffen war unerfreulich verlaufen.

»Daran werden Sie sich doch erinnern: Wann haben Sie ihn zuletzt gesehen?«

»Gestern. Wir haben am Firmenparkplatz miteinander gesprochen.«

Pirker betrachtete den Bildschirm. Er musste den Akt auswendig kennen, dennoch studierte er ihn gründlich.

»Ist er tot?«, fragte ich.

Der Polizist lehnte sich zurück. Sein Hemd spannte, ein Knopf buchtete sich ein. Der Faden hielt noch. Ich überlegte, welche Austrittswunde ein Hemdknopf verursachen würde.

»Wer soll tot sein?«, fragte er ruhig.

»Albert Heller, ist er tot?«

»Wie kommen Sie darauf, dass er tot ist?«

Jetzt musterten mich beide eingehend. Ich schüttelte unwillig den Kopf. »Welchen Sinn hätten diese Fragen sonst? Wir hatten einen Termin. Er ist nicht gekommen, und er hat nicht abgesagt. Das nahm er sonst sehr genau. Noch am selben Abend werde ich zur Polizei gerufen und gefragt, wie mein Verhältnis zu ihm ist und wann ich ihn zuletzt gesehen habe. Ist er tot?«

Sie sahen mich weiterhin unverwandt an.

»Er ist tot«, bestätigte Pirker.

Ich war nun schon eine Weile im Geschäft, in meinem Bereich machte mir keiner so schnell etwas vor. Dasselbe durfte ich von den beiden in ihrem Bereich ebenfalls annehmen, sie waren auch nicht mehr jung. Eine Kostprobe ihres genauen Blicks hatte ich vorhin erhalten. Ich versuchte dennoch, mir meine Erleichterung nicht anmerken zu lassen, und dachte, dass es funktionierte.

Nach einer Pause fragte ich: »Was ist passiert?«

»Er wurde stranguliert.«

»Grauenhaft, wo ist das geschehen?«

»In der Rossau, er wurde in seinem Wagen von hinten stranguliert.«

»Und wann, wenn ich fragen darf?«

»Unmittelbar, nachdem er seinen Dienstort verlassen hatte, um zu Ihnen zu fahren.«

Die Rossau lag in der entgegengesetzten Richtung. Um diese Zeit war dort nicht mehr viel los. Gegen fünf Uhr verließen die arbeitenden Massen, wie Albert und ich sie im DDR-Jargon gern bezeichneten, in langen Autokolonnen die Gegend, abends war sie fast menschenleer.

»Wann hatten Sie das Treffen vereinbart, zu dem es nicht mehr gekommen ist?«, setzte Pirker fort.

»Gestern Nachmittag, wie gesagt. Wir unterhielten uns am Parkplatz.«

Pirker fixierte wieder den Bildschirm.

»Er war kein angenehmer Mensch?«, fragte die Beamtin in einer Art, die keine Antwort erwartete.

»Die Belegschaft mochte ihn.«

»Die oberen Ränge weniger, nicht wahr?«

»Er konnte sich einiges herausnehmen. Als er damals zur Unidata kam, hat er die Firma gerettet. Wie ich hörte, hatten sie in dem Monat, als er den Dienst antrat, Mühe, die Gehälter zu zahlen.«

»Er hat sich einiges herausgenommen?«

Es befremdete zu hören, was die bereits wussten, so kurz nachdem er umgebracht worden war. Überrascht wäre höchstens Albert gewesen. Der hatte allerdings keine Gelegenheit mehr dazu. An den Gedanken, dass er sich mit jeder seiner Aktionen exponierte, verschwendete er keine Sekunde. Dass man mit jedem Angriff wenigstens eine Flanke öffnete, hätte ihm jeder Schachspieler erklären können. Albert hatte seit einem halben Jahr nur mehr offene Flanken, aber welcher Scharfrichter hielt sich schon für verwundbar?

»Er war brillant«, sagte ich.

»Brillant? So hart wie ein Brillant?«, fragte sie und lächelte noch immer.

»Ein Prophet der Wahrheit, einer der Guten, unbeirrbar in seiner Aufrichtigkeit. Ich weiß nicht, ob ›hart‹ der richtige Ausdruck ist. Er war einfach von keinem Zweifel angenagt, zumindest von keinem methodischen Zweifel. Mit den Leuten, die ständig an sich zweifeln, kann ich wenig anfangen.«

Ihre offene Freundlichkeit war von einer unbeirrbaren Art. Dass sie auf die Ablenkung nicht einging, wunderte mich nicht. Man hatte Albert zum Schweigen gebracht, dachte ich, man hatte ihm die Luft abgedreht.

»So brillante Leute mag man nicht«, setzte sie fort.

»Das würde ich so nicht sagen«, erwiderte ich.

»Sondern?«

»Wir verkehrten auf Augenhöhe.«

»Verstehe, also alles bestens zwischen Ihnen und Heller.«

Ich schüttelte gequält den Kopf. So simpel war das nicht.

»Sie sind als Zeuge hier«, erinnerte Pirker, »Sie unterliegen der Wahrheitspflicht. Als Beschuldigter könnten Sie uns erzählen, was Sie wollen, weil Sie sich nicht belasten müssen. Das trifft für Sie nicht zu, darüber wurden Sie anfangs belehrt.«

»Als Zeuge, Sie sagen es«, erwiderte ich. »Er hatte zuletzt mit einer wachsenden Zahl von Leuten Differenzen, mich eingeschlossen. Keiner von denen hat ihn umgebracht. Das ist nicht unser Stil.«

»Sie wissen sich anderweitig zu helfen?«

»So ist es. Mord ist nur ein Ausweg für die, die sich nicht mehr zu helfen wissen. Ich sehe das als persönliches Versagen.«

»Also gut, er war ein unangenehmer Mensch. Und Sie haben das Treffen gestern vereinbart?«

»Ja.«

»Was war der Zweck des abendlichen Gesprächs?«

»Er wollte mir etwas erzählen. Das wird nun unerzählt bleiben.«

»Etwas? Sie haben keine Ahnung?«

Wenn es ihr Computer nicht wusste, dann blieb es dabei. Alberts Vendetta war zu Ende. Ich sagte: »Es spielt keine Rolle mehr.«

Pirker musterte mich wieder, sicher überlegte er, ob

man das nicht auch anders angehen konnte. Diese Möglichkeit schied aus, das wusste er so gut wie ich. Seine freundliche, präzise Kollegin übernahm wieder.

»Wer wusste noch von Ihrem Treffen? Das sollte doch außerhalb der Firma stattfinden, es wurde also nicht intern kommuniziert. Im Belegungsplan für ein Besprechungszimmer stand es sicher nicht. Überlegen Sie gründlich. Konnte jemand davon erfahren haben?«

»Albert war ein offenes Buch«, warf ich ein, »jeder hätte es wissen können.«

»Es geschah, als er zu Ihnen fuhr«; erinnerte Pirker.

»Ja, und da ist er nicht angekommen.«

»Aber die Gelegenheit, ihn umzubringen, war einmalig«, wandte die Beamtin ein. »Die Angestellten der Verwaltung waren gegangen, am Firmenparkplatz stehen immer einige fremde Autos von Besuchern des Fitnessclubs, die um diese Zeit kein Aufsehen erregen. Er verlässt pünktlich das Büro und setzt sich in sein Auto, um das Navi einzustellen. Solange er nicht anfährt, sind die Türen unversperrt. Er ist allein. Wer davon wusste, brauchte nur einzusteigen und ihn zu zwingen, in die andere Richtung zu fahren. Fünf Minuten später war alles vorbei.«

Ich sagte nichts. Damit hatte sie völlig recht. Bei vielen Autos konnte man nicht mehr einfach an der Kreuzung zusteigen, das musste man praktisch zugleich mit dem Fahrer tun. Für einen geplanten Mord sollte man auch nicht lange durch die Stadt kutschieren, wenn man sein Bild nicht an zahlreichen Kameras hinterlassen wollte.

Pirker wartete, sein Blick verriet nichts. Natürlich hatten sie sein Navi gecheckt, um mich als sein Ziel zu finden. Albert programmierte jede Strecke in das Ding. Vermutlich ging er damit auch aufs Klo. In Wien, nach einem Termin in der Zentrale einer Bank, hatte er es programmiert. Wir kannten den Weg beide auswendig, wir waren nicht das erste Mal hier gewesen. Nach einer Runde waren wir an derselben Stelle gestanden. Albert hatte erneut programmiert. ›Dort hinten, Albert‹, hatte ich gesagt, ›dort ist der Ring.‹ Man hatte die belebte Ringstraße mit freiem Auge gesehen. Er hatte sich nicht beirren lassen.

Ich ließ mich auch nicht beirren und schwieg.

Pirker fragte nichts mehr, er löste den Druck aus und wartete auf das Protokoll. Ich unterschrieb es, ohne zu lesen. Er verabschiedete mich und meinte, dass wir zu einem späteren Zeitpunkt, wenn mehr Erkenntnisse vorlägen, noch einmal miteinander reden würden.

»Die Unidata stellt Druckmaschinen her, nicht wahr?«, fragte die Beamtin und begleitete mich hinaus.

»Das stimmt.«

»Dann hat sie einen eigenartigen Namen.«

»Erst seit Kurzem. Sie wollen ihr Geschäftsmodell weg von Maschinen, also von der Hardware auf Software umstellen. Keine Ahnung, wovon sie danach leben werden.«

»Anlass für Differenzen war das nicht?«

»Nein, mit Geschäftspolitik hatte ich nichts zu tun.«

»Sie selbst sind Versicherungsmakler. Wie kommen Sie zu diesem Auftrag?«

»Ich habe die Spezialisten an der Hand. Es gibt nicht viele davon, ich verfüge über die notwendigen Kontakte.«

Sie gab mir die Hand, eingehüllt in ihr Lächeln, und kehrte zurück.

Im Warteraum plauderte Katja mit einem Mann. Er war Kaufhausdetektiv, der erst jetzt am Abend aufs Revier kommen konnte. Er zeigte Diebstähle an. Die Russen, erzählte er, klauten Rasierklingen, als ob sie Goldbarren wären.

Ich ging mit Katja nach Hause. Kalter Wind blies durch die leere Gumppstraße und drang in den dünnen Mantel. Katja wartete ab, sie wusste, dass ich nie gleich reden wollte. Nachdem wir ein Stück des Wegs schweigend zurückgelegt hatten, begann ich.

»Er ist tot.«

»Tot? Wer? Doch nicht Albert?«

»Eben dieser. Albert ist tot.«

»Albert ist tot? Wie ist das geschehen?«, fragte sie nach einer Weile.

»Man hat ihn stranguliert, gleich nachdem er das Büro verlassen hatte.«

Katja hatte sich eingehängt. Ich spürte ihre Hand. Es fühlte sich an, als ob eine Last von ihr abfiel.

Später, in der Wohnung oberhalb meines Büros, machte ich Feuer im Kamin.

Es war noch nicht vorbei. Katjas Vergleich mit den Cruise Missiles passte nicht ganz. Albert hatte eine Bombe gelegt, und der Zeitzünder war so eingestellt, dass sie erst nach seinem Ausscheiden detonieren würde. Sie war längst nicht scharf. So, wie es aussah, blieb es dabei. Irgendwann würde sich der Inspektor wieder melden, wenn, wie er sich ausgedrückt hatte, mehr Erkenntnisse vorlagen.

Wir redeten eine Weile, bis Katja am Sofa einschlief, mein grauer Kater Inverboindie lag eingerollt neben ihr. Ich goss mir einen Single Malt nach und schaute in die Flammen. Es war ein Laphroiag Quarter Cask, der mit seinem markanten Phenolgeschmack genau zu meiner Stimmung passte.

Im Rückblick hätte ich Alberts Projekt nie übernehmen dürfen, aber hinterher sieht man immer klar. Das war vorbei. Ich hätte Albert nie begegnen sollen. Wie viele dachten jetzt etwas Ähnliches? Befremdet fragte ich mich, ob es jemand gab, dem Albert fehlte.

II. KAPITEL

Es war fast ein Jahr her, dass ich Albert begegnet war. Wir hatten uns auf der Terrasse eines Gasthofs im Mittelgebirge getroffen, um uns in zwangloser Umgebung kennenzulernen und gleich das Projekt aufs Gleis zu stellen. Das Treffen hatte Caro arrangiert, die Assistentin des Vorstands. Sie war eine groß gewachsene, schlanke Schönheit, die wenig Aufhebens darum machte. Die beiden unterschieden sich erheblich voneinander. Caro schätzte ich auf Ende 20, für meine Begriffe war sie früh in diese Position geraten. Entsprechend ernst nahm sie auch alles. Albert war etwas kleiner als sie und ein Profi, der die 40 überschritten, seine Situation im Griff hatte und sich längst jenseits der Illusionen befand. Er kam gleich zur Sache.

Die Firma brauchte Geld. Wieder einmal, ätzte Albert, diesmal müsse es von außen kommen. Noch mehr Anteile wollten die Gründer nicht verkaufen, sonst hätten sie bald nichts mehr mitzureden. Albert war da ganz offen, er nahm kein Blatt vor den Mund. Mein Job wäre, eine Anleihe technisch möglich zu machen, er habe gehört, dass ich das drauf hätte.

Leute, die ohne Umschweife zur Sache kamen und nicht herumredeten, waren mir immer schon sympathisch gewesen. So kamen wir rasch überein. Dass es bei einem Vorhaben wie diesem ans Eingemachte ging, war verständlich. Ich erfuhr damals erheblich mehr, als ich erwartet hatte. Alberts Verhältnis zu seinem Chef hatte gelitten, er machte aus seinem Herzen keine Mördergrube. Der Vorsitzende des Vorstands der Unidata, der CEO Mag. Georg Hagsteiner, im Unternehmen so kurz wie jovial ›Schorsch‹ genannt, wusste vor allem eines: wie viel. Das bezog sich auf seine persönlichen Finanzen, denn die, meinte Albert, waren das Einzige, wovon er wirklich etwas verstand. Caro waren diese offenen Worte sichtlich unangenehm.

Zwischendurch kam ein Anruf herein, der sicher nicht bestellt war, um Eindruck zu schinden. Die 500.000, sagte Albert, die könnt ihr ein halbes Jahr verlängern, und mit einem Augenzwinkern zu mir, die habe ich für einen sagenhaften Zinssatz. Er musste also nicht um Geld betteln, die Banken boten es ihm an.

In den Wochen danach harzte es. Albert war vollauf damit beschäftigt gewesen, mit viel Geschick die Liquidität aufrechtzuhalten. Ich selbst war auch beschäftigt gewesen, nämlich damit, die technischen Angelegenheiten abzuwickeln. So hatten wir das Wichtigste übersehen. Solange man alles pünktlich bezahlen konnte, war Schorsch zufrieden. Das gelang nur, indem man ständig neue Schulden aufnahm.

Wenn Albert sagte, dass Hagsteiner nichts verstünde außer seinen eigenen Finanzen, dann stimmte das nicht ganz. Was er gleich gut beherrschte, war die Fähigkeit, mit Investoren umzugehen. Denen hatte er über die Jahre Unsummen herausgelockt, ohne dass die Firma jemals einen Cent Ertrag abgeworfen hätte.

Die Flieger sagen, beim Start ist nichts so nutzlos wie die Höhe über und die Piste hinter der Maschine. Überladen mit Schulden hatte die Unidata nun das Ende der Piste in Sicht.

*

Alberts hellblaue Augen strahlten mich an, als hätte er soeben einen Sechser im Lotto. Das besagte nichts, Albert verfügte wahrscheinlich nur über diesen Blick. An einen anderen konnte ich mich nicht erinnern.

Der heutige Besuch Alberts diente der Motivation, und zwar meiner. Mein Einsatz hatte nach den ernüchternden Finanzberichten merklich nachgelassen, dennoch wollte Albert auf keinen Fall abbrechen. Nach außen hin musste alles so wirken, als glaubten wir unverbrüchlich an den ›Endsieg‹.

In Hinblick auf Hagsteiner hatten wir uns diese Ausdrucksweise angewöhnt. Eines Tages, als wir Hagsteiner zum wiederholten Mal erklärt hatten, dass mit diesem Schuldenberg keiner unsere Anleihe kaufen würde, war er kopfschüttelnd aus Alberts Büro hinausgegangen. Albert war aufgestanden, hatte sich leicht nach vorn gebeugt und die Arme hängen lassen. Spontan hatte ich mit gutturaler Stimme und rollendem R hinzugefügt: ›Kein Zentimeterrr Boden wirrrd prrreisgegeben.‹ Seit damals persiflierte Albert ihn als tatternden Hitler im Führerbunker. Wenn Caro das miterlebte, schüttelte sie den Kopf und verschwand.

Wir saßen nun nicht im Bunker, sondern in meinem gemütlichen Besprechungsraum. Der war als solcher unkonventionell geworden. Da ich meine Kunden lieber in ihren Firmen besuchte, als sie hier zu empfangen, hatte ich das kahle Erscheinungsbild der üblichen Räume dieser Art wieder in eine behagliche Wohnzimmeratmosphäre verwandelt, mit Bücherregalen, Sofa und Bildern an den Wänden. Die Besucher fühlten sich darin wohl, die Gespräche verliefen von Anfang an entspannt.

Albert war nicht entspannt, er scharrte förmlich mit den Hufen.

»Nicht schwächeln«, grinste er unverschämt, »schaff Kohle heran. Wir sind nicht umsonst so weit gegangen.«

»Eigentlich schon«, erwiderte ich, »zwar nicht gratis, aber sicher umsonst. Für dieses Papier interessiert sich kein Schwein.«

Er schüttelte verständnislos den Kopf. In mancher Hinsicht hatte er bedenklich viel von Hagsteiners Gewohnheiten angenommen. Eines der Prinzipien der Führungskunst war, nur zu hören, was man hören wollte. Die Kunst bestand darin, das so zu tun, dass der andere merkte, dass man es nicht gehört hatte. Wer von seiner Aufgabe durchdrungen war, strengte sich dann doppelt an, um das Stöckchen zu holen. Andernfalls brachte die Mühe gar nichts.

Dieses Vergnügen konnte ich ihm nicht lassen, ich zuckte die Achseln, und zwar sehr demonstrativ.

»Du hast es gar nicht angeboten, wie soll es da jemand kaufen?«

»Albert, was soll das?«, sagte ich und schüttelte nun auch den Kopf. »Das haben wir alles besprochen, und nicht nur einmal. Ich mache mich bei ernsthaften Investoren nicht lächerlich, und eine Keilertruppe, die es im Wohnzimmer an gutgläubige Endkunden verhökert, engagiere ich nicht. Abgesehen davon, dass das nicht mein Stil ist, ich wäre dann der Einzige, der keinen Stuhl hat, wenn die Musik aufhört.«

Albert brauchte seine Verständnislosigkeit diesmal

nicht vorzutäuschen, die war echt. Wenn das Geld erst einmal da war, darin waren wir uns einig, kümmerte es keinen, wie und woher es gekommen war. Ging die Firma dann allerdings den Bach hinunter, weil die Blase platzte, dann erinnerten sich die Leute nur mehr an den, der das Papier angepriesen hatte, also an mich. Das hatte ich Albert und Schorsch eindrücklich klar zu machen versucht, offenbar vergeblich.

Die Schritte von Agnes, meiner Sekretärin, näherten sich. Sie hatte einen Riecher für den Augenblick, in dem Ablenkung angesagt war. Sie hatte überhaupt einen Riecher für das, was in der Luft lag. Agnes stand in der Tür, das Türblatt hatte ich entfernt, und fragte, ob wir noch Kaffee wollten. Wir wollten.

Albert sah ihr nach. Agnes war 20 Jahre älter als Caro, und wenn sich Caro gut hielt, würde sie einmal aussehen wie Agnes jetzt. Im Gegensatz zu Caro konnte ich mir Agnes leisten, was nicht nur daran lag, dass sie halbtags arbeitete. Sie hätte besser bezahlte Jobs bekommen, aber ihr gefiel es hier.

»Er will mir die Daumenschrauben anlegen«, erklärte ich Agnes, als sie mit drei Tassen zurückkam. Sie setzte sich zu uns.

»Ich hatte den Eindruck«, lächelte sie.

»Memme«, grinste Albert.

»Vergiss es«, sagte ich, »der Karren steckt im Sumpf, Hagsteiner hat es zu weit getrieben.«

»Da müssen wir ihn herausholen«, erinnerte Albert, »was glaubst du, wozu du engagiert bist?«

»Um es technisch möglich zu machen, Albert. Das Papier ist bereit für den Markt, leider kauft es keiner. Mission erfüllt.«

»Mission …«, sagte er, zögerte und lachte dann schallend. Er hörte fast nicht mehr auf damit.

Das war der Tag des Kopfschüttelns. An sich schätzte ich diese Technik sehr, und eines Tages würde ich sicher noch ein Unheil finden, das damit verhindert worden war. Ich sagte nichts.

Alberts Versuch mit dem künstlichen Lachanfall war fehlgeschlagen, eine Pause trat ein. Agnes lehnte sich zurück und warf ihm einen ihrer herausfordernden Blicke zu, die sie so gut beherrschte. Gelegentlich fragte ich mich, ob sie diese Geste vor dem Spiegel geübt hatte. Ihre Präsenz war überwältigend, und ihre funkelnden Augen ließen dabei nicht zu, einen Blick auf ihren gut gefüllten Pullover zu werfen, den sie in der unvergleichlichen Art der jungen Gina Lollobrigida trug. Meistens war er weiß, aber einen engen Pullover trug sie immer, so wie Albert seinen strahlenden Lotto-Sechser-Blick.

Wenn Agnes jetzt gegangen wäre, hätte er mich fragen können, was ihm auf der Zunge lag. Sie ließ ihm diese Freude nicht.

»Paul«, begann er wieder, »warum tun wir das?«

»Du meinst, warum macht ihr weiter?«, korrigierte Agnes spöttisch.

»Genau das. Weil wir Profis sind.«

»Stimmt«, bestätigte ich, »ein anderes Wort für Idioten. Wir bleiben dran, weil wir damit begonnen haben, selbst wenn die Sache längst sinnlos geworden ist. Irgendwo haben wir mit dem Denken aufgehört und funktionieren weiter.«

»Wir bringen das zu Ende«, sagte Albert kategorisch, »und zwar zu einem guten, klar? Der Kapitän geht als Letzter vom Schiff, und du bist der Projektleiter.«

»Du bist Finanzchef, ich bin bezahlter Lohnknecht«, entgegnete ich mürrisch, »nichts weiter. Kapitäne gehen übrigens heutzutage frühzeitig vom Schiff und koordinieren die Rettungsarbeiten von Land aus.«

»Wie Capitano Francesco Schettino, als er mit seinem Schiff den Landweg genommen hat?«, fragte Agnes.

»Wie dieser, und der konnte, nachdem sein Kreuzer havarierte und er vom Schiff getürmt war, sogar auf einer italienischen Uni noch über erfolgreiches Krisenmanagement referieren«, setzte ich hinzu.

Albert ließ sich nicht beirren. Er wartete, bis der Spott verflogen war. »Der Aufsichtsrat hat das Projekt genehmigt«, erinnerte er, »und das geschieht nicht alle Tage.«

»Nicht alle Tage, wie wahr«, bestätigte ich, »und deshalb hat Goebbels gleich seine Propagandamaschine angeworfen.«

»Goebbels?«, fragte Agnes irritiert.

»Der Kommunikationschef«, erklärte Albert, »Felix Müller. Er hat gleich nach der Aufsichtsratssitzung eine Pressekonferenz veranstaltet und die Anleihe hinausposaunt. Dämlicher Vollidiot.«

Ich sagte nichts, Agnes verstand. Den Unterschied zwischen dem, was man will, und dem, was man umsetzen kann, lernen manche nie. Albert geriet regelmäßig in Weißglut, wenn er die Presseaussendungen Müllers las. Wir haben dies bekommen, wir haben das bekommen, wie unterklassig, pflegte er dann zu sagen. Die Unidata war eine geschwätzige Firma.

»Paul«, setzte Albert unverdrossen fort, »wie sieht das jetzt aus? Beratungen, Eingabe an den Aufsichtsrat, positiver Beschluss, Gespräche bei Top-Anwälten, Öffentlichkeitsarbeit, interne Konferenzen, alles durchdacht und durchgerechnet, und dann lassen wir es sausen? Einfach so?«

Ich stopfte eine Pfeife und zündete sie an, Albert sah geduldig zu. Agnes war nur mehr aufmerksam. Er redete weiter.

»Wir brauchen eben robustere Investoren, die gibt es auch. Leute, die ein Risiko eingehen. Dann zahlen wir halt ein Prozent mehr, nichts ist umsonst.«

Daran hatte ich bereits gedacht, nur vorgeschlagen hätte ich es nie. Diese ›robusteren‹ Investoren gab es, die gingen das Risiko bewusst ein. Klappte es allerdings nicht, waren sie gar nicht mehr nett. Die pilgerten dann nicht zum Konsumentenschutz oder schrieben enttäuschte Leserbriefe, sie sägten einfach das Management ab und filetierten den Laden. Beim Verkauf der Filetstücke kamen sie auf ihre Kosten.

»Das ist eine gefährliche Sache«, warnte ich, »das weißt du genau.«

»Was ist daran gefährlich? Wie viele Jahre wird der Laden unter Hagsteiners Führung noch überleben?«

»Mich wundert, dass er noch immer lebt.«

»Eben. Unser Technikchef Angel sieht das auch so, ich habe vor Kurzem mit ihm darüber geredet. Die Bank wird auch unruhig, sie wollen nun zwei Kreditprüfungen pro Jahr.«

»Fabelhaft, was kostet das dann?«

»Zweimal 50 k, natürlich jedes Jahr.«

Agnes sah mich forschend an, wodurch Albert endlich einen ungestörten Blick auf ihren Pullover bekam.

»Was soll das heißen?«, fragte sie.

»100.000 im Jahr, Kreditprüfungsgebühr.«

»Ist nicht wahr.«

»Das dient der Sicherheit, es ist für eine gute Sache.«

Albert sagte nun gar nichts mehr, gegen diese Argumentation gab es tatsächlich nichts einzuwenden. Agnes meinte: »Ich weiß, an wen du jetzt denkst. Der wird aber mit dir nicht mehr reden.«

»Und ob der mit mir redet«, erwiderte ich, »einfach deshalb, weil ich ihn Geld gekostet habe.«

Albert wandte den Blick von Agnes' Pullover, obwohl sie nach wie vor mich ansah. Das musste ihm niemand erklären. Dass es sich um eine substanzielle Honorarnote handelte, verstand er, und an die erinnerte man sich. Eine Spende in derselben Höhe wäre am Tag darauf vergessen gewesen.

»Napalm am Morgen«, grinste er, »das riecht nach Sieg.«

Nun war Agnes dran, den Kopf zu schütteln. Sie stand auf, die Gefahr, dass wir uns vor lauter Frust noch in die Haare kriegen könnten, war gebannt.

»Machst du einen Termin?«, bat ich sie, als sie hinausging. Sie drehte sich um.

»Wie hieß er gleich?«

»Cordes, Eugen Cordes.«

»Cordes, ja. Und du glaubst, der redet mit dir? Sind wir da nicht eine Nummer zu klein? Der Zufall von damals lässt sich doch kaum wiederholen.«

»Das ist schon geschehen. Vor einer Weile habe ich ihn gesehen, er hat seinen Fahrer anhalten lassen und zu mir gesprochen. Er hat nämlich meinen Namen in der Zeitungsmeldung über die geplante Anleihe gelesen. Dass aus der Sache nichts wird, war ihm gleich klar, was er sehr dezent herübergebracht hat. Seit damals bringt er mich jedoch wieder mit Geld in Verbindung, und deshalb wird er mit mir reden. Ruf ihn an.«

Agnes kehrte in ihr Büro zurück, Alberts Blick folgte ihr durch die Wand, ich hingegen folgte seinem Blick mit unverhohlenem Spott. Die Frage, über die er vor Kurzem sinniert hatte, ob Leute, die zehn Jahre älter waren als er, ›es noch tun‹, stellte er sich im Moment nicht. Derartige Fragen, wer mit wem, die ich sonst eher der weiblichen Hälfte der Menschheit zuordnete, beschäftigten ihn andauernd.

Im Moment war er allerdings begierig, mehr über Cordes zu erfahren. Ich erzählte ihm nur, dass Eugen Cordes ein älterer Herr mit Realitätssinn, Einfluss und vor allem viel Geld sei, über dessen Herkunft keiner etwas wisse. Sein Herz, versicherte ich Albert, sei von einer Härte, mit der man Diamant ritzen könne, und sein Verstand hellwach.

»Leute, die hellwach sind, haben wir ausreichend kennengelernt«, sinnierte Albert, »und dann haben sie uns abserviert.«

Ich zündete meine Pfeife wieder an. Solche Leute hatten wir gesprochen, in den oberen Etagen der Türme der Bankzentralen, wo man nur nach Anmeldung hingelangt, durch notwendige Empfehlung ausgefiltert und durch Sicherheitsschleusen abgeschirmt. Gleich beim ersten Gespräch hatte uns ein Typ, der aussah wie Tom Cruise – diesen Typ schaffen sie offenbar in größeren Stückzahlen an, denn davon sollten wir einige kennenlernen –, in einem Statement von 30 Sekunden erklärt, wer wir waren: niemand. Ich dachte, jetzt werfen sie uns hinaus, hatte ich zu Albert gesagt, als wir wieder unten auf der Straße standen, und Albert hatte genickt. Stattdessen war dann Kaffee gekommen und sie hatten eine halbe Stunde lang mit uns geplaudert, als ob wir ihresgleichen wären und uns noch durch das Haus geführt, an dem wir keinen Anteil haben sollten.

Ich rätselte, ob Albert an so Naheliegendes und zugleich Unerreichbares wie Agnes dachte, oder ob er bereits die Tranche durchzählte, die Cordes zeichnen sollte. Letzteres war erreichbar, aber noch nicht gegessen. In dem Augenblick kam Agnes zurück.

»Ich glaube es nicht«, staunte sie, »er hat zugesagt. Du bist morgen zum Mittagessen eingeladen …«

»Sag nichts, lass mich raten«, unterbrach ich Agnes, »gibt es Branzino?«

»Kennt ihr euch so gut oder ist es das Einzige, was er zu bieten hat?«, fragte sie erstaunt.

»Napalm«, sagte ich andächtig, »Ich mag den Geruch auch zu Mittag, das riecht nach Sieg.«

»Spinnt ihr jetzt beide? Was soll das blöde Napalm?«

»Das kennst du nicht? Es ist eines der bekanntesten Zitate aus *Apocalypse Now*, Lieutenant Colonel Kilgore, gespielt von Robert Duvall, sagt das: Ich liebe den Geruch von Napalm am Morgen, das riecht nach Sieg.«

»Apokalypse? Na fein, dann passt bloß auf«, kommentierte sie und ging zurück.

»Was hat das mit dem Branzino auf sich?«, wollte Albert wissen. »Ein gutes Omen?«

»Das gab es damals, als ich ihn zum ersten Mal traf. Er versteht sich auf Symbole.«

»Ein cooler Typ also?«

»Absolut, und im Manipulieren anderer übertrifft er den Schorsch um Längen.«

»Manipulieren? Na, dagegen bist du ja immun.«

Ich sagte nichts. Inzwischen war ich es wohl in gewissem Maß, mehr als früher jedenfalls. Bei niemandem war das so wichtig wie bei Cordes. Ein Vorhaben von ihm abgelehnt zu bekommen, mochte lästig sein oder ärgerlich, gefährlicher war es, wenn er zusagte. Dann musste man höllisch darauf achten, dass er nicht mehr bekam, als man vereinbart hatte. Unter für ihn günstigen Umständen erhielt er auch alles. Dennoch war er mir mit seiner präzisen Art lieber als Hagsteiner, der sich nirgends festlegte und immer in Rätseln sprach.

Albert brach auf, nicht ohne darauf zu bestehen, dass ich ihm unverzüglich berichten sollte.

»Also dann«, sagte er zu Agnes, sie stand auf und gab ihm die Hand.

Oberhalb meines Büros machte es klack-klack, die Schritte wanderten zur Tür, man hörte, wie sie abgeschlossen wurde. Agnes schmunzelte.

»Dressed to kill«, sagte ich.

»Unsere Nachbarin Rita«, erklärte Agnes auf Alberts fragenden Blick, »die auf dem Bild, das im Besprechungsraum am Bücherregal lehnt.«

»Ach? Ich glaube, ich muss jetzt wirklich weg«, grinste er und öffnete die Tür.

Rita kam eben die Treppe herunter. »Hallo, Paul«, sagte sie und ging weiter, gefolgt von Albert.

Es war kurz vor zwölf, Agnes verabschiedete sich, ich setzte mich vor meinen Computer. Ein Glas mit einem Zehntel Single Malt Marke Aberlore, 16 Jahre, genehmigte ich mir als Aperitif. Outlook ließ ich geschlossen, was an Mails auf mich wartete, war später auch noch wahr, und überlegte.

Dann hatten wir also vereinbart, den letzten Schritt zu tun. Das würde nicht ohne Folgen bleiben. Wir hatten eingehend nachgedacht, wie wir das Geld vor den Geiern sichern konnten, die bereits warteten. Bei einem Börsengang kassierten die Banken 20 Prozent, nur hatte die Unidata den Börsengang nie geschafft. Die Anleihe kostete dagegen fast nichts, also blieben sozusagen 20 Prozent übrig, die darauf warteten, einkassiert zu werden. Dass man das Geld aus dem Börsengang behalten konnte, das aus der Anleihe dagegen verzinst zurückzahlen musste, das war ein Detail, das wir manchen nur schwer erklären konnten. Da ging es um Millionen, und entsprechend groß würde die Gier sein.

Ich brach auf, um mich mit Katja zu treffen, der Garten im Fischerhäusl sollte bereits offen sein.

*

Ich parkte den Wagen in der Sparkassengarage und ging hinaus auf die Maria-Theresien-Straße.

Links ragte die Säule empor, auf der die heilige Anna mit wachsamem Blick die von Norden kommenden Gäste zählte, und rechts lag das vergessene Fundament des trendig gestylten Würstelstandes, der nie Wirklichkeit geworden war.

Im Eingang der städtischen Galerien erschien ein hellroter Fleck, der eigentlich knallrot leuchtete und aus dem einheitlichen Grau der vorbeieilenden Menge hervorstach. Der hellrote Fleck war ein Plastikmantel, kniekurz, mit einem Gürtel in zwei Hälften geteilt, darüber eine blonde Frisur, darunter Katjas dunkle Agentenbrille. Sobald sich ein Sonnenstrahl zeigte, setzte sie diese Brille auf. Katja hatte den Mantel im Stil der 60er-Jahre einmal in einer Boutique gefunden, er stand ihr sehr gut. Sie winkte mir zu.

Wir spazierten zur Altstadt, vorbei an dem Sockel mit der silbernen Frau, die auf eine Münzspende hin anmutige Bewegungen vollführte, schlängelten uns durch die Wogen der Touristenschwärme weiter zum Dom, wo die Schwärme dünner wurden, und erreichten dann den Gastgarten. Der war erwartungsgemäß gut besucht, wie alle Gastgärten beim ersten Sonnenstrahl. Die waren hier herinnen knapp bemessen, zwischen der Hofburg und der Dogana, das Niveau des Gartens unterhalb der Straße. Man nahm die Erinnerung an den Sonnenstrahl mit hinein. Der Platz war allerdings außerordentlich gemütlich.

Ein Tisch fand sich, an dem Katja einen der wenigen Sonnenstrahlen einfangen konnte, damit war alles in Ordnung. Wir bestellten Pils, gingen die Speisekarte durch, und ich erzählte von Alberts Besuch.

»Dann ist es also bei Cordes gelandet«, meinte sie. »Keine schlechte Idee.«

»Er muss erst anbeißen. Es ist und bleibt ein Ramschpapier, dem Publikum setze ich es nicht vor, aber Albert ist glücklich.«

»Wäre auch schade um den ganzen Aufwand«, kommentierte sie. »Mehr würde ich nicht tun, wenn es nicht klappt.«

»Keinesfalls«, bestätigte ich und sah mich im Garten um. Das Publikum bestand sicher zur Hälfte aus Einheimischen. Auf dem schmalen Durchgang hinter uns zwischen Dom und Dogana war ein Kommen und Gehen. Darüber befand sich der Torbogen mit dem überdachten Gang, über den einst die Bewohner der Hofburg jederzeit trockenen Fußes in die ehemalige Reitschule gelangten.

»Hast du einmal überlegt, wie lange Albert noch durchhält?«, nahm Katja wieder den Faden auf.

»Albert?«, ich schüttelte den Kopf, »der ist unersetzbar. Schuldenmachen ist auch nur eine Form von Drogensucht. Albert ist der Dealer, an dem Hagsteiner hängt. Kein Junkie killt seinen Dealer.«

›Weiß man es‹, schien ihr Blick zu sagen. Das Essen kam, Hühnerfilet mit Speckbohnen und Rösti, und wir ließen es dabei. Am Rückweg spazierten wir bei der Touristenfalle hinter dem Franziskanerbogen vorbei. Die hatten gutes Bier. Der Rest war eher ein gehobener Mac mit wenigen Einheitsspeisen. Bei der Hörtnaglpassage verabschiedete ich mich und ging durch die Katakomben zu meinem Auto, um nach Hause zu fahren.

Ich hatte nichts weiter vor und brauchte Zeit, um alles noch einmal durchzudenken, jetzt, wo es endgültig ernst wurde. Wenn Cordes tatsächlich anbiss, dann hatten wir ein Krokodil im Hechtteich. Mit der Beschaulichkeit wäre es vorbei.

Auf der Heimfahrt dachte ich über die Faszination des Geldes nach, der man sich nur schwer entzog. Vor sehr vielen Jahren, als ich meinen Job als Bankkassier angetreten hatte, hatte ich ehrfürchtig die erste Million bestaunt, ein handliches Päckchen Banknoten. Bald darauf zahlte ich etliche Millionen in kleinen Scheinen jeden Tag aus und dachte mir nichts mehr dabei. Das Geld rann uns wie Sand durch die Finger, und als etwas anderes empfanden wir es nicht. Es kam aus der Hauptkassa und floss in den Schalterraum, wo Leute es abholten und mitnahmen, unaufhörlich, jeden Tag. Es wuchs ständig nach und wir verteilten es.

Das Geld, das man nicht sah, gab mehr her, und der Job

im Augenblick am meisten, woran Albert am Vormittag erinnert hatte: Die vielen wichtigen Leute, die uns empfangen hatten, weil sie uns mit etlichen Millionen in Verbindung brachten, und das Geschäftsmodell, das wir völlig neu berechnet hatten, weil Schorsch keine Zeit dafür fand. Dazu kam die Behandlung, die einem die leitenden Mitarbeiter der Unidata zuteil werden ließen, mit höflichen Fragen und aufmerksamem Zuhören. Dagobert Duck in seinem Keller hatte nicht annähernd so viel Spaß an seinem eigenen Geld wie wir an fremdem.

Zu Hause angelangt beschloss ich, nicht weiter zu grübeln, den gesamten Akt hatte ich sowieso im Kopf. Albert hätte sich jetzt sicher an den Computer gesetzt und eine ausgefeilte PowerPoint-Präsentation angefertigt. Das war überflüssig. Wie die meisten anderen wollte Cordes nur eines, seinen Vorteil. Wenn er mich zum Essen einlud, dann hatte er längst nachgedacht und sich den Vorteil ausgerechnet, den er haben wollte. Da reichte es für mich völlig, hinzugehen und ihm zuzuhören. Die Textbausteine der Verkäufer und Finanzer kannte er auswendig, die langweilten ihn höchstens, und nicht nur ihn allein.

Es konnte nützlich sein, anderntags einen Besuch in der Innsbrucker Niederlassung zu machen, möglicherweise war für den Investor eine Führung angesagt. In dem Fall sollte er einen guten Eindruck mitnehmen.

Nachdem ich meinen Kater Inverboindie begrüßt, ihn hochgehoben, an mich gedrückt und, als er zu zappeln begann, wieder abgesetzt hatte, goss ich mir einen anständigen Lagavulin ein und zündete eine Pfeife an. Dermaßen gestärkt suchte ich eine Weile in meiner Musikabteilung, bis ich mich für die Noten mit der Klavierfassung entschied, die Franz Liszt von Beethovens fünfter Symphonie angefertigt hatte. Ich machte es mir bequem, schlug sie auf und überließ es Glenn Gould, sie zu spielen.

*

Die Produktionsanlage der Unidata lag in der Industriezone oder wie man hier sagt: im Gewerbegebiet am östlichen Stadtrand. Die Stadtverwaltung hatte es in den letzten 20 Jahren nicht geschafft, den florierenden Bereich zentral anzubinden. Wer dort einen Termin von einer halben Stunde hatte, so wie ich jetzt, der konnte mit dem Bus gut und gern den halben Vormittag mit Hin- und Rückfahrt vergeuden. So fuhr ich mit dem Auto hin, vorbei an zwei Betrieben, die Motorräder tunten, was mich daran erinnerte, meinen Chopper aus dem Winterlager zu holen.

Joe, der Werksleiter, führte mich zuerst zur Espressomaschine und dann in den Besprechungsraum. Joe war ein alter Haudegen, an die 50, eine stämmige Erscheinung, der von Beginn an dabei war. Als gelernter Maschinenbauer betrachtete er die Software mit Nachsicht, die, wenn es Probleme gab, praktisch immer deren Ursache war. Ich informierte ihn über den Stand der Dinge. Die Führung für den Investor, meinte er, könne jederzeit stattfinden.

»Sie haben ein neues Gerücht«, sagte er und meinte damit die Belegschaft, als er mich vor die Tür zum Auto begleitete, »du weißt ja, über etwas müssen sie immer reden. Eine offizielle Führung ist sicher kein Fehler, dann hört das Gerede auf.«

»Sie finden danach schon was Neues«, tröstete ich. »Was wäre eine Firma ohne Gerüchte. Worum geht es denn im Augenblick?«

»Um den Kundschafter. Die Leute sind fest der Meinung, dass ein russischer Kundschafter vor Ort die Lage sondiert. Angeblich will ein russischer Investor groß einsteigen. Vollkommener Quatsch.«

»Absolut. Was ist mit diesem sogenannten Kundschafter? Existiert der, kann man ihn sehen?«

»Er existiert, eher als Phantom, aber es gibt ihn. Was immer er wirklich macht, keine Ahnung. Wir haben ihm einen Zettel ans Auto geklebt, die übliche Androhung der Besitzstörungsklage, weil er sich wiederholt auf den Firmenparkplatz gestellt hat. Wenn du ihn sehen willst, zu dieser Zeit ist er oft im Rossini drüben.«

Ich ging durch die engen Gassen zwischen den umliegenden Firmen und Parkplätzen hinüber zum Café. Parkplätze und Tiefgaragen gab es hier jede Menge, sonst käme niemand her. Auf der Terrasse war alles für den Mittag vorbereitet, im Café herrschte reges Leben. Gelegentlich fragte ich mich, wann die Besucher arbeiteten. Ich stellte mich, da kein Tisch frei war, an die Bar neben einen Jüngling, der seinen Laptop aufgeklappt und ein Mineralwasser neben sich stehen hatte. Auf dem Bildschirm flimmerte ein Online-Pokerspiel. Eben löschte er den Schirm und rief ein neues Spiel auf. Ich bestellte Espresso, lehnte mich an die Bar und sah mich um.

Den Gesuchten hatte ich bald gefunden. An einem Hochtisch hinten an den Fenstern saß ein junger Mann, den ich auf Mitte 20 schätzte. Er war schlank, ein wenig kleiner als ich, trug Jeans und einen grauen Pullover, darüber eine teure Markenjacke – gesteppt. Der Kopf war kahl geschoren, sein Gesicht völlig ausdruckslos. Der Jüngling wischte auf einem Handy herum, das Bierglas war halb leer, schon eine ganze Weile. Kein Bläschen stieg mehr auf, kein Rest von Schaum zierte die gelbe Suppe. Es wirkte auf mich wie ein Glas abgestandener Pisse. Er bemerkte niemanden, als die Kellnerin vorbeikam, schüttelte er kurz den Kopf, ohne aufzusehen. Energieverschwendung lag ihm nicht.

Vor der Erfindung des Handys hatten mich Leute immer verwundert, die sich in ein Lokal setzten und dann stundenlang einfach dasaßen. Früher hatten sie vor sich hin gestiert, heute wischten sie am Handy. Ich zahlte und ging zurück.

Am Firmengelände traf ich Joe noch einmal.

»Wem gehört denn das?«, fragte ich und bestaunte ein exotisch aussehendes Motorrad.

Es bestand, abgesehen von den Reifen, nur aus Metall und war offensichtlich selbst gebaut. Sogar der Sattel war aus Metall, kunstvoll mit Nieten überzogen, die dem Fahrer sicher ein Muster in den Hintern drückten. Auch Kabel und Schläuche hatten einen Metallüberzug. Eine Markenbezeichnung fand sich natürlich nicht, der Vierzylindermotor stammte von Kawasaki. Ich hätte einen Zweizylinder vorgezogen. Das Custom-Bike wirkte so, wie es wirken sollte, entrückt und einmalig.

»Dem Elmar, einer von den Leiharbeitern«, sagte Joe, »er baut jedes Jahr eines und verkauft es dann. Hast du übrigens den komischen Vogel gesehen?«

»Ja, er könnte von überall her sein, wie kommen die auf einen Russen?«

»Keine Ahnung, vielleicht hat ihn einer angeredet. Der da drüben dürfte es sein.«

Er war es, ich erkannte ihn an der Steppjacke. Ein junger Mann löste sich aus der Durchfahrt im Hintergrund und schlenderte den langen Asphaltweg entlang, der nach vorn zur Straße führte. Dann blieb er stehen. Er hielt das Handy vor das Gesicht und fotografierte. Ich traute meinen Augen nicht. Wir wandten uns ihm zu und fixierten ihn. Er setzte sich wieder in Bewegung und spazierte weiter zur Straße. Dort verschwand er aus unserem Blickfeld.

»Werksspionage dürfte wohl auch ausscheiden?«, fragte ich.

»Lächerlich. Jeder von den Leiharbeitern erfährt mehr über interne Dinge als dieser komische Kauz von draußen.«

Ich überlegte. »Fällt dir irgendetwas ein?«, fragte ich, »abseits von Geld und Spionage? Einen Grund muss es geben.«

Jetzt überlegte Joe.

»Nichts, rein gar nichts. Außer … aber das ist lange her, und es ist gecancelt.«

»Was ist lange her?«

»Ein Russland-Deal, sie wollten eine russische Tochter gründen, vor deiner Zeit, sozusagen. Es kam nie dazu, damit scheidet das als Grund wohl aus.«

Nach menschlichem Ermessen schied es aus. Wen interessierte schon kein Geschäft? Wer schickte jemanden, um etwas zu beobachten, was vor einem Jahr nicht passiert war? Genau das begann mich zu interessieren. Ein Gründungsmitglied wie Joe wusste alles, was lief oder gelaufen war. Das Einzige, was ihm dazu einfiel, hatte nicht stattgefunden.

»Wer weiß etwas darüber?«, fragte ich.

»Darüber?«, Joe schüttelte den Kopf und lachte. »Vergiss es, glaubst du, dass einer dafür im Archiv gräbt?«

Den Russen sah ich nicht mehr. Joe hatte ihn als mutmaßliches Phantom bezeichnet, bis wir ihn beide gesehen hatten. Einen Namen brauchte er, ich beschloss, ihn ›Fantomas‹ zu nennen. Ob er an die Genialität des Namensgebers heranreichte, bezweifelte ich, aber so war er für mich ein klein wenig greifbarer.

Ich setzte mich in mein Auto und fuhr los. Eben war ich in den Kreisel neben dem größeren an der Autobahn eingefahren, als ich es mir anders überlegte. An der Kreuzung beim Sandwirt, drüben im Norden, war immer viel los, und zurück ins Büro wollte ich noch nicht. So drehte ich eine Ehrenrunde und sah zu meinem Erstaunen Fantomas. Das war reiner Zufall, denn ich sah nie zurück. Meistens war ich damit beschäftigt, vorauszuschauen, ob sich Polizisten mit der Radarpistole aufgebaut hatten. Die Gefahr lauerte in der Regel vorn.

Fantomas fuhr einen weißen Ford mit Wiener Kennzeichen. Das fällt in Innsbruck natürlich auf. Deutsche oder italienische Kennzeichen gingen in der Masse unter, Wiener dagegen waren Exoten in Innsbruck. Ich wählte die Richtung zum DEZ Einkaufszentrum, bog davor rechts ab auf die Burgenlandstraße, zum Zentrum. Bis dorthin war es ein langer Weg, der schön geradeaus führte. Fantomas blieb beharrlich hinter mir.

Hinter dem Tunnel beim Stadion fuhr er drei Autos hinter mir, während des üblichen Staus auf der Olympiabrücke rief ich Franco an und vereinbarte ein Treffen am Nachmittag. Mit der Verfolgung waren die Feindseligkeiten eröffnet. An der Grassmayr-Kreuzung bog ich rechts ab und gondelte im Stau weiter zur Triumphpforte, und in der Fallmerayerstraße nahm ich den ersten freien Parkplatz. Einen Parkschein löste ich nicht, der Wagen würde länger hier stehen. Ein paar Fotos meines Verfolgers, angefertigt mit dem Handy, gingen sich aus.

Ich spazierte zu Fuß weiter, hinunter zu den Viaduktbögen bei der Bundesbahndirektion. Das dauerte eine halbe Stunde, in der ich jedes vorbeifahrende Auto in Ruhe ansehen konnte.

Fantomas durfte sich ruhig ein wenig ärgern. Eine Beschattung mit dem Auto ist in einer Innenstadt eine lächerliche Angelegenheit, denn ein zweiter Parkplatz findet sich in der Nähe des ersten nie. Er konnte sein Auto nicht einfach mitten in der Straße stehen lassen, seine Verfolgung war an dieser Stelle zu Ende.

*

»Hallo, Paul«, sagte Franco, blickte kurz zu mir und vertiefte sich wieder in den Anblick des Vergasers.

Ich war mit dem Taxi gekommen und hatte es in der Nähe verlassen, um mich umsehen zu können. Der Treffpunkt lag zufällig in unmittelbarer Nähe der Unidata. Nun blickte ich in das Halbdunkel der Halle. Ich fühlte mich auf der Stelle wohl. Die Werkstatt war aufgeräumt, aber vom Eindruck eines Operationssaals, den man heute von Werkstätten gewinnt, weit entfernt. An den Wänden hingen Werkzeuge aller Art, an zwei Wänden liefen Regale entlang, in denen sich elektronische Messgeräte befanden. An der anderen Seite führte eine Treppe nach oben. Auf einer der beiden Hebebühnen stand Francos Motorrad, eine ältere, blitzblank geputzte Fat Boy, im Urzustand. Der Begriff Originalzustand ist bei Custom-Bikes grundsätzlich unpassend.

Der Maschine fehlte nicht das Geringste, es handelte sich um Francos Begrüßungszeremonie nach dem Winterlager.

»O weh«, sagte ich und musterte den Vergaser eingehend, »nichts mehr zu machen. Die Mühle ist hinüber.«

Franco drehte sich zu mir und lachte. Er war etwas kleiner als ich und wesentlich breiter. Aus seinen Muskeln machte er sich nichts, die waren nicht in der Maschinenhalle antrainiert, die hatte er von Natur aus. Heute wirkte er nicht wie Sylvester Stallone im Anzug, sondern nur wie ein echter Rocker, auch wenn sich seine Körperfülle nicht nach vorn, sondern zur Seite ausdehnte. Die langen, dunkelblonden Haare fielen so unordentlich wie immer in den Nacken.

»Hast du auch schon ausgewintert?«, wollte er wissen.

»Demnächst«, sagte ich, »letztes Jahr fuhren wir bis Ende November, war nicht mehr lustig. Schon im Mittelgebirge sind die Straßen nass vom Tau, kalter Asphalt, uncool.«

»Gas geben musst du da nicht mehr«, bestätigte er.

»Nein, die Reifen werden nicht mehr warm.«

»Aber jetzt geht es wieder los.«

Ich ließ als Vorgeschmack den Motor an, er erwachte zum Leben und blubberte seinen ›Potato-Sound‹, den typischen Harley-Klang. Franco stellte ihn nach einer Weile wieder ab.

»Liest du keine Zeitung?«, fragte er. »Die Zukunft gehört dem Elektromotor.«

»Den hat sie ja, und meine auch.«

Franco grinste. Einen Elektrostarter hatten wir beide, die Zukunft hatte längst begonnen. Es gab etliche elektrische Geräte in der Werkstatt, die Sinn hatten, und zu einem davon gesellten wir uns jetzt, zum Kaffeeautomaten. Bei dem brachte Benzinantrieb gar nichts.

»Du hast ein Problem«, kam er auf das Thema, »und hast keine Ahnung, warum?«

»Nicht die blasseste Ahnung. Ich arbeite für eine Firma mit Ostkontakten. Ich bin sicher, die sind völlig clean. Die Geschäfte laufen wie geschmiert. Keine offenen Rechnungen denkbar.«

»Da bist du sicher?«

»Absolut. Der Chefverkäufer hat mir das einmal erklärt. Bei größeren Jobs ist ein Kickback dabei, ein Teil fließt zurück. Deshalb zahlen sie auch pünktlich, sonst kann ja nichts zurückfließen. Alle sind zufrieden.«

Franco betrachtete seinen Becher mit dem Cappuccino. Der war noch heiß, er drehte ihn in den Händen.

»Und jetzt ist einer nicht zufrieden«, stellte Franco fest, »die Russen sind keine solchen Weicheier wie die heimischen Lämmer, die sich beliebig scheren lassen. Die schicken jemand, der dich ausknipst, basta.«

»Das ist das Problem. Einer ist nicht zufrieden, keine Ahnung wer und schon gar nicht, warum. Das Einzige, was meinen Auftraggebern einfällt, ist ein Projekt, das nie Wirklichkeit wurde.«

»Toll. Da müssen sie wohl etwas verdrängt haben, oder? Kriegst du das raus?«

»Wird eine Weile dauern. Die möchte ich gern in Sicherheit verbringen. Seit heute folgt der Schatten auch mir, und das kann ich auf den Tod nicht ausstehen.« Ich kippte meinen Espresso hinunter. Franco überlegte. Dass ich nichts angestellt hatte, was jemand rächen musste, davon ging er aus. Sein Gerechtigkeitssinn war ziemlich ausgeprägt, da musste er anspringen. Dass er jede Auseinandersetzung gewinnen würde, davon war auch auszugehen. Kugelfest war er allerdings nicht, aber auf uns würde keiner schießen.

»Der Bursche ist ein Problembär«, setzte ich fort, »ich

möchte ihm nicht nackt gegenüberstehen. Außerdem ist nicht sicher, dass er allein ist.«

Franco grinste. »Du brauchst wieder einmal einen Babysitter, meinst du? Warum nicht, es ist sowieso nichts los. Hast du was für mich?«

Ich zeigte Franco meine Handyfotos und überspielte sie ihm gleich. Er versprach, sich in meiner Gegend umzusehen.

Auf der Heimfahrt im Taxi schickte ich Albert ein SMS. Diese Dinger hasste ich, aber reden konnte ich hier darüber nicht. *Ominöser Russe beobachtet Produktionshalle*, schrieb ich ihm, *im Finale darf nichts retardieren. Hat weiser Vater Medizin?*

Von Franco erwähnte ich nichts.

*

Katja saß auf der Veranda und telefonierte. Ich ging hin, sah in ihren tiefen Ausschnitt und sagte: »Nett.« Sie lächelte und redete weiter. Inverboindie war vom Tisch herabgesprungen und stieß mich mit dem Kopf an. Nach einer Weile legte sie auf.

»Wie war es?«

»Nett.«

»Das war Sandra, sie lässt dich grüßen.«

»Mit ›nett‹ habe ich deinen Ausschnitt gemeint.«

Katja lächelte, und der Ausschnitt war weg. Man brauchte Frauen nur darauf anzusprechen, dass sie gerade etwas herzeigten, und schon war es weg, als ob es ihnen nur passiert wäre. Vermutlich glaubten sie das selbst. In der Sauna, im Ruheraum, als wir einmal allein dort lagen und plauderten, spielte sie ständig mit ihren Twin Towers, wie sie gelegentlich dazu sagte. Die Beschreibung war nicht im Mindesten übertrieben, Katjas wohlgeformte Kurven gingen in alle Richtungen. Ich drehte mich nach einer Weile auf den Bauch, um ihr den Triumph nicht zu gönnen.

»Ich habe deinen Busen gemeint«, wiederholte ich zur Sicherheit und betrachtete das Amulett, das ich vor einigen Jahren für sie hatte anfertigen lassen. Es reichte gerade bis zum Ansatz.

Ihr Busen kam nicht wieder hervor. Stattdessen wollte sie wissen, was geschehen war.

»Du hast schöne Ohren«, stellte ich fest.

Sie schüttelte den Kopf, die hinter die Ohren gesteckten Haare lösten sich. Katja war beim Friseur gewesen und hatte ihre Lieblingsfrisur wieder hergestellt. Sie sah gut aus und wirkte ein wenig keck. Das entsprach auch ihrer momentanen Stimmung.

»Ich habe einen Verfolger«, begann ich. »Ein Russe beobachtet die Firma, und jetzt auch mich. Ich habe Franco ins Boot geholt.«

»Oh«, sagte sie, stand auf, holte den Pinot Grigio aus dem Kühlschrank und zwei Gläser. Den weißen empfand sie als anregend, ich beschloss, mein eigentliches Ziel nicht aus den Augen zu verlieren.

»Erzähl davon«, verlangte sie.

Ich berichtete. Der Russe passte nicht in unser Szenario, er passte gar nirgends hinein. Dennoch musste es einen Anlass geben. Dass die unbekümmert vorgingen, wussten wir. Im Fall eines Wiener Anwalts, der offensichtlich seinen russischen Partnern die Verluste so hatte erklären wollen wie seinen heimischen, hatten sie weniger Verständnis gezeigt und ein Killerduo geschickt. Die beiden waren mit ihren offiziellen Papieren eingereist. Überall hatten sie sich damit registriert, selbst beim Mieten eines Autos. Die Kamera der Tiefgarage hatte gute Bilder geliefert, als sie diese mit dem gekidnappten Anwalt verließen. Der Tote war Tage später in diesem Wagen gefunden worden, die beiden Killer in Russland verhaftet, von wo sie nie ausgeliefert werden würden. Vielleicht gab es einen Prozess, vielleicht gingen sie für kurze Zeit ins Gefängnis. Jedenfalls konnten sie davon ausgehen, dass es sich für sie am Ende lohnen würde. Gegen die half gar nichts, die versteckten sich nicht einmal.

»Interessant«, sagte Katja nachdenklich, »aber das ist jetzt nicht wichtig. Es ist nicht unser Problem.«

Dahingehend hatte sie recht, der Russe war keiner, der mein Projekt noch verhindern konnte. Er hatte zweifellos nicht mich im Visier, und er war vor allem nicht das, was mich jetzt interessierte. Sie stand auf und ging ins Schlafzimmer. Als sie zurückkam, hatte sie ihren grünen Pullover an, der mit seinem Olivton so gut zu ihren dunkelblonden Haaren passte. Ich stand auf und ging zu ihr.

»Das Oliv passt gut zu deinen Haaren«, bestätigte ich und berührte ihren Busen. Nichts füllte eine Handfläche so vollkommen wie eine weibliche Brust. Katja sah mich an, das Halbdunkel stand ihr auch sehr gut.

»Wollten wir nicht Billard spielen gehen?«

»Hinterher ist es besser, dann bist du viel entspannter.«

Katja war immer entspannt. Sie drehte grob an meinem Nippel. Hätte ich das bei ihr getan, dann wäre die Show zu Ende gewesen.

»Dann musst du Feuer machen, mir ist kalt.«

Ich kümmerte mich um den Kamin. Die Asche vom Vortag war noch da und musste weg. Als ich das aufgeschichtete Holz anzündete und zusah, wie sich die Flammen entwickelten, hörte ich den Klang ihrer Holzpantoffeln aus dem Bad. Im Augenwinkel sah ich, dass darüber nichts Verhüllendes mehr war. Die Schritte hielten am Bücherregal, ich warf einen Blick auf ihre Figur. Sie streckte sich ein wenig, was sie im Regal suchte, war wohl weiter oben. Es ist die Geste, bei der sich die Fersen aus den Schuhen heben, wenn man eine Frau von hinten sieht. Es kam immer gut und wirkte auch bei den Holzpantoffeln. Sie konnte sicher sein, dass ich es gesehen hatte, ich kümmerte mich wieder um das Feuer.

Wilhelm Kempff begann, am Klavier die b-Dur-Sonate von Schubert zu spielen, deren b-Dur so warm klang, wie b-Dur eben klingen musste. Die Schritte wanderten zum Sofa, wo etwas geräumt wurde, dann kamen sie zu mir. Mein Pullover wurde über den Kopf gezogen, ich spürte erst die Nippel und dann ganz leicht ihre Twin Towers auf meinem Rücken, wo sie langsam tiefer glitten. Das Feuer strahlte schon warm, Katjas Brust fühlte sich kühl an.

»Alles bereit«, sagte sie.

*

The killer awoke before dawn, drang Jim Morrisons düstere Stimme in mein Bewusstsein, *he put his boots on*.

Der Mörder ist erwacht, er zieht sich an. Gleich geht er durch eine leere Halle, betritt nacheinander die Zimmer seiner Familie und bringt alle um. Kurz vor dem Aufwachen tauchten in mir des öfteren Musikstücke auf, in die ich immer eine Weile hineinhörte. Heute waren es die Doors. Mir wurde bald klar, dass es nicht Morgen war, sondern Abend.

Als ich endlich erwachte, spürte ich Katjas warme Haut an meiner Seite, auf mir den flauschigen Pelz Inverboindies und seine kalten Pfoten. Er knabberte an meinem Hals.

»Hat er noch nichts gehabt?«, murmelte Katja.

»Von mir nicht.«

»Dann gib ihm was, und ich brauche meine Decke.«

Als Inverboindie friedlich kaute und ich mit der Decke zurückkam, hatte sich Katja an den Teletext gemacht, auch der musste gelesen sein. Ich klappte mein Notebook auf und las Alberts Nachricht.

Im Textfeld stand nur eine Zeile: *Ich habe die Verräter bei Moskau eingekesselt.* Die Anlage enthielt einige Dokumente, durchwegs Englisch.

Katja lehnte sich an mich und lächelte.

»Der ist in Fahrt«, sagte sie. »Was regt ihn wieder so auf?«

»Gib mir ein paar Minuten.«

Katjas Englisch war nicht so perfekt, so überflog ich die Dokumente allein. Sie waren atemberaubend, und sie hätten den so angenehm begonnenen Abend vorzeitig beendet.

»Was wissen wir nun?«, kürzte sie ab.

»Ich weiß jetzt, wer Kennedy erschossen hat«, sagte ich und klappte den Deckel zu. »Wollten wir nicht Billard spielen gehen?«

»Billard?«

»In die Wäscherei, es ist unser Tag.«

Normalerweise hüllte sie sich danach in ihre Decke und begann den ersten Teil der Nachtruhe, aber was in Alberts Nachricht stand, musste sie wissen. Also wurde aus dem Schlaf ohnehin nichts. Sie sah das ein, klaubte ihre Sachen zusammen und zog für die fünf Schritte ins Bad ihre Holzschuhe an.

Da ich mein Auto in der Stadt zurückgelassen hatte, was mir einen Strafzettel einbringen würde, gingen wir zu Fuß zur Wäscherei. In 20 Minuten kam man ziemlich weit. Wir passierten den neu errichteten Geisterbahnhof vor dem Hallenbad. Man hatte den Leipziger Platz völlig umgebaut und aus der zweigleisigen Tramhaltestelle einen dreigleisigen Bahnhof gemacht. Eine weiß getünchte Betonfläche nahm den größten Teil des Platzes ein, der mit einigen kümmerlichen Bäumchen verziert war, die in den nächsten Jahren keinen Mucks von sich geben würden. Jetzt frequentierten ihn so wenig Passagiere wie vorher.

Wir spazierten die Rhombergpassage entlang zur Unterführung der Bahn, am Glasturm vorbei, den man anstelle des heruntergekommenen Bahnpostamtes gebaut hatte, zum Hauptbahnhof, entlang des Roten Platzes. Wenn der Russe da war, dann hatte er mit dem Auto ziemlich schlechte Karten, uns zu folgen. Es war praktisch unmöglich, denn Parkmöglichkeiten waren auf dieser Strecke allesamt abgeschafft worden.

»Worum ging es nun in Alberts Nachricht?«, kam Katja auf das Mail zurück.

»Das muss er mir erklären. Es ist nur eine Sammlung von Dokumenten ohne Kommentar. Sie betreffen den abgesagten russischen Deal. Albert hat ihn gecancelt, offenbar in Hagsteiners Auftrag.«

»Hängt das mit deinem Russen zusammen?«

»Definitiv ja, aber es ist grotesk. Das Projekt wurde letztes Jahr begraben.«

Albert hatte nicht im Archiv wühlen müssen, ›copy and paste‹ hatte ausgereicht. In seinem Gedächtnis wie in seinem Computer war das tote Projekt auf der Stelle abrufbar.

»Wäre es sinnvoll gewesen?«

»Sieht ganz danach aus. In einem Dokument steht, dass drüben zunehmend Produkte am Markt auftauchen, die denen der Unidata verdammt ähnlich sind. Da ist irgendwo ein Leck.«

»Was? Hagsteiner hat das gekillt?«

»Auch danach sieht es aus. Versteht das einer?«

Katja sagte nichts, mir fiel auch nichts ein. Nach Durchsicht der übersandten Dokumente wäre das Vorhaben, dort eine eigene Firma zu gründen, absolut sinnvoll gewesen. Die Unidata entwickelte Produkte, die drüben abgekupfert und unter fremdem Namen verhökert wurden. Nach dem, was aus den Dokumenten hervorging, hatte Hagsteiner dieses Projekt abgewürgt.

»Warum hat Albert am späten Abend noch diese Nachricht gesandt? Hat das einen besonderen Anlass?«

»Das ist das Problem. Es war seine Reaktion auf meine Mitteilung, dass ein Russe die Firma observiert.«

»Im Ernst?«

»Todernst, nur das Projekt ist nicht so tot, wie Hagsteiner sich das gewünscht hat. Ich bezweifle, dass er das weiß.«

»Der Spruch mit den eingekesselten Verrätern bei Moskau? Hat das was zu sagen?«, fragte Katja.

»Nein, das ist der übliche Frust über die Führerbunkerstimmung.«

Wir ließen den Hauptbahnhof hinter uns. An dessen Ende ragte der Schornstein auf, den die aufgelassene Wäscherei genutzt hatte. In den Räumlichkeiten residierte nun das Lokal, das »Die Wäscherei« hieß, wo es gute Musik gab, gutes Bier und einen Billardsaal. Einige kleine Werkstätten hatten sich auf dem weitläufigen Areal eingenistet. Hier war ein Biotop entstanden, zwischen den Gleisen des Bahnhofs und zwei Durchfahrtsstraßen. Daneben lag eine prächtige, alte Villa mit einem ebenso prächtigen Garten. Dazwischen führte ein trostloser Weg durch eine trostlose Unterführung unter der Auffahrt der Olympiabrücke.

Warum hatte Albert nie ein Wort über eine geplante Firma in Russland verloren? Das Projekt war tot, aber er hatte sonst viel aus der Vergangenheit erzählt. In ihm musste sich einiges aufgestaut haben. In den Russland-Deal war sicher viel Energie investiert worden. Vielleicht hing Albert so an unserem Finanzierungsprojekt, weil er nicht schon wieder eine große Sache auf der Zielgeraden abgewinkt sehen wollte.

Im Billardsaal herrschte reger Betrieb. Den ersten Stoß hatte ich. Er gelang überraschend gut, am Ergebnis würde das nichts ändern. Beim Billard gewann immer Katja.

Zu Hause machte ich noch Feuer und ließ aus der Konserve ein Konzert mit Leonard Cohen ablaufen, das ich vor einiger Zeit aufgenommen hatte. Wieder wunderte mich, mit welcher Inbrunst er das Hallelujah sang, zu dem er einen eher spöttischen Text geschrieben hatte.

III. KAPITEL

Als ich am Vormittag ins Büro kam, saß Franco mit Agnes in meinem gemütlichen Besprechungsraum. Ich hatte ja nur den Weg von der Wohnung im zweiten Stock durch Stiegenhaus herunter ins Erdgeschoss, deshalb hatte ich sein Motorrad nicht sehen können. Das stand in voller Pracht vor dem Büro, worauf mich Agnes gleich hinwies. Auf einem Stuhl lag seine Jacke mit dem Helm oben drauf. Für das T-Shirt war es noch zu kalt.

»Dressed to kill«, schmunzelte Agnes und stand auf. »Geht es wieder los? Seid ihr auf der Jagd? Diesmal mit härteren Bandagen?«

Die letzten waren auch nicht ohne gewesen, das hatte sie wohl vergessen, es war ja ein Jahr her. Sie stand auf, um meinen Espresso zu holen, damit begann jeder Tag im Büro. Normalerweise machte ich ihn selbst.

»Ich habe es ihr schon erzählt«, erklärte Franco, »der Bursche kurvt auch hier herum, er ist ziemlich neugierig.«

»Fantomas«, sagte ich, »ich habe ihm einen Namen gegeben.«

Agnes wandte sich um, schüttelte den Kopf und ging, Franco schüttelte nur den Kopf und berichtete.

Er hatte sich gestern noch um den Russen gekümmert, das Winterlager von Francos Maschine lag ja ganz in der Nähe der Unidata. Am späteren Nachmittag war

Fantomas wieder da gestanden. Franco hatte den Eindruck gewonnen, dass der Russe die Personen beobachtete, die das Werk verließen. Nach einem Tag könne man noch nicht viel sagen, meinte er. Morgens war Fantomas jedenfalls nicht da gewesen. Ein Bekannter würde in den nächsten Tagen jeweils am Morgen vorbeisehen, um seinen Dienstantritt festzustellen.

Agnes setzte sich wieder zu uns.

»Er wohnt in Stalingrad«, sagte Franco.

Agnes kannte den Begriff auch noch, inzwischen ist er nicht mehr präsent. Die meisten Innsbrucker können damit nichts mehr anfangen. Unter Stalingrad verstand man früher die Häuser an der Kaufmannstraße, gegenüber dem Militärspital. Damals lag dahinter Niemandsland. Inzwischen führte die Burgenlandstraße durch, eine vierspurige Durchfahrtsstraße. Die Häuser waren auch längst saniert. Bei manchen Einheimischen hielt sich der Begriff ziemlich lange.

»Schau an«, stellte ich fest, »ganz in der Nähe, und zwischen mir und der Unidata. Keine langen Wege.«

»Dich kennt er erst seit gestern. Du liegst für ihn günstig.« Franco machte eine vielsagende Pause, bevor er weiterredete. »Ich habe mir das gründlich überlegt. Diese günstige Lage hat einen Nebeneffekt. Kurze Wege, nur was unbedingt notwendig ist, und das ist noch nicht alles. Der Bursche ging gestern mit den Hühnern schlafen. Ich wette, der macht das jeden Tag, aber das werden wir bald wissen.«

Das war wirklich bedeutsam, wenn es sich als zutreffend herausstellte. Ich überlegte jetzt auch, holte meine Pfeife, stopfte sie und überlegte weiter.

»Das wäre zu schön, um wahr zu sein«, murmelte ich.

»Spinnst du? Der kennt jetzt auch dich, er zählt ja förmlich die Besucher ab. Was gefällt dir daran?«

»Na ja, wenn er sich wirklich sonst nirgends aufhält …«

»Dann hat er einen Job, über den wir nichts wissen«, unterbrach Franco. »Außer der Belegschaft drunten kennt ihn keiner, wenn sich das bewahrheitet. Er hält sich nur dort auf, wo es sein muss. Denkst du dir da nichts dabei?«

»Ein U-Boot.«

»Wenn du willst, ein U-Boot. Und wofür baut man so was?«

»Ich verstehe dich bestens«, ergänzte ich. Franco sah mich finster an. »Er geht nicht aus, er bummelt nicht in der Stadt, besucht keine Kaufhäuser und leistet sich was, macht keine Mädels an, er hält sich in seinem Revier und ist nachts zu Hause. Das meinst du?«

»Genau das, und so jemand ist gefährlich.«

»Richtig, und das ist nicht alles.«

»Nicht alles? Was denn noch?«

»Er ist einsam.«

Agnes holte tief Luft, Franco sah mich grimmig an, dann begann er, breit zu grinsen.

Er lachte. »Du willst den Spieß umdrehen?«

»Wenn sich nichts ändert, ich meine, in seinem Verhalten, dann könnte es klappen. Das werden wir ja bald wissen.«

»Könnt ihr mich an eurer Heiterkeit teilhaben lassen?«, fragte Agnes.

»Aber gern. Überleg doch, versetze dich in seine Lage. Der Bursche ist tausend Kilometer weg von zu Hause, in fremder Umgebung, fremde Sprache. Er kann nicht unter die Leute, sonst fällt er auf oder wird womöglich erkannt. Das kann jedem überall passieren, nur durch

Zufall. Es gibt genug Russen in der Stadt. Er ist nur dort, wo er sein muss. Trostlose Tage, einsame, endlose Nächte. Hat er zu Hause ein Mädel? Woran denkt er, bevor er endlich einschläft, und woran, wenn er nachts aufwacht? Zudem ist er jung. Welche Strategien hattest du mit 25? So alt könnte er sein.«

»Grässlich«, entkam es ihr, »der ist doch eine tickende Zeitbombe. Was gefällt euch daran so?«

»Es ist eine Chance. Er ist einsam und er ist diszipliniert. Das sind zwei Vorteile zugleich. Seine Disziplin verstärkt die Einsamkeit, das ist gut so. Das wird ihn in die Falle locken.«

»Bahnhof.«

»Er wird mir folgen, ich habe einen wichtigen Eindruck gemacht. Er hat mich mit dem Werksleiter plaudern sehen, und ich bin durch das ganze Werk gegangen und habe mit den Leuten gesprochen. Den Eindruck werde ich verstärken.«

»Was hast du vor?«

»Alles zu seiner Zeit.«

»Du meine Güte«, stöhnte Agnes, »eines Tages wird was schiefgehen.«

»Da habe ich andere Sorgen. Ich denke da an sein Visum. Mehr als 30 Tage bekommen die nicht, und wir wissen nicht, wie lange er schon hier ist. Umsonst ist er jedenfalls nicht da.«

»Du hast keine Ahnung, seit wann er bereits in der Stadt ist?«, fragte Franco. »Auch nicht ungefähr?«

»Eine Woche sicher, vielleicht zwei.«

»Verdammt knapp. Da kann jeden Tag etwas passieren, oder er haut vorher ab, was ich weniger glaube. Hast du schon etwas herausgefunden?«

»Nichts. Ich habe gestern Dokumente erhalten. Die sind leider ohne Erklärung nicht zu verstehen. Da muss ich erst mit Albert reden, mit dem Finanzchef.«

»Gut, wann willst du deinen Coup durchziehen?«

»Noch diese Woche, wenn sich das zeitlich noch ausgeht, und wenn sich bestätigt, was wir jetzt annehmen. Checkst du das?«

»Okay, soll ich ein Team zusammenstellen? Ich könnte den Sokol noch einmal fragen.«

»Nein, der war verdammt gut, aber er ist zu schmächtig, und sein Freund Alban gibt zwar optisch etwas her, aber er ist gutmütig. Wer weiß, was wirklich passiert? Diesmal haben wir keinen vor uns, der nur Frauen verprügelt und Männern aus dem Weg geht. Unser Mann könnte Soldat gewesen sein, wer weiß, was er für eine Ausbildung hat. Kein Risiko.«

»Noch so einen wie Franco«, spottete Agnes, »findest du an jeder Straßenecke.«

Ich ging nicht darauf ein.

»Größer und breiter, das wäre gut. Erdrückende Übermacht.«

»Erdrückend? Der ist doch ein schmächtiger Bursche, wie Franco ihn schildert?«, wandte Agnes ein.

»Das sagt gar nichts. Ich habe einmal in einem Polizeiposten am Land einen Computer in Betrieb genommen, den sie beschlagnahmt hatten. Das Passwort musste geknackt werden, war gleich erledigt. Ein Kunde hatte mich hingeschickt, Nachbarschaftshilfe. Dabei hatten wir Zeit zu plaudern. Ein Georgier, erzählte ein Polizist, sei einmal während einer Vernehmung in 18 Meter Höhe aus dem Fenster gesprungen.«

»Dann war er platt, sehr klug.«

»Er kam davon, darunter war ein Abhang.«

»Das wusste er doch?«

»Wie ich das verstand, wusste er es nicht. Er sprang einfach und kam davon.«

Franco grinste. »Es sind zähe Burschen unter denen, die herüber kommen.«

»In den Goldenen Westen?«, fragte Agnes.

»Genau wie damals die Siedler in Amerika, und sie können nur gewinnen, zu verlieren hatten sie drüben schon nichts mehr.«

»Zur Sache«, erinnerte Franco, »einen, wie er dir vorschwebt, habe ich tatsächlich. Er ist einen Kopf größer als du und breiter als ich. Wenn du den siehst, dann schnallst du ab. Er ist vor einigen Jahren aus dem Bau gekommen, einem Hochsicherheitsgefängnis in Italien. Der Jüngste ist er nicht mehr, aber das macht nichts.«

»Erfahrung zählt. Der könnte es bringen, bekommen wir ihn?«

»Ich checke das, könnte klappen. Der hat sich zur Ruhe gesetzt und träumt sicher manchmal von alten Tagen. Er hat jedenfalls eine knackige, junge Freundin, mindestens 30 Jahre jünger, wenn es reicht. Den Rest machst du?«

»Ich weiß schon, wo und wie.«

»Okay, dann musst du bis dahin auch wissen, was wirklich dahintersteckt.«

Agnes grinste und setzte hinzu: »Am Ende ist er Diplomat und du musst dich bei Putin entschuldigen.«

»Dann haben wir alles besprochen?«, fragte ich.

»Das ist doch nicht euer Ernst?«, schnaufte sie. »Habe ich das jetzt wirklich gehört?«

»Wo denkst du hin? Dieses Gespräch hat nie stattgefunden. Machst du die Stundenaufzeichnungen für Franco?«

Agnes holte noch einmal tief Luft, dann nickte sie. »An die Polizei denkst du nicht?«, wollte sie noch wissen.

»Überhaupt nicht. Was kann die schon tun? Sie verhören ihn vielleicht, aber gegen ihn liegt sicher nichts vor. Möglicherweise widerrufen sie sein Visum, dann ist er weg und die da drüben schicken einen anderen. Den kennen wir dann nicht.«

»Und die Unidata? Ist denen das geheuer?«

»Sicher nicht, aber so schnell wird da nichts geschehen. Keiner wird zuständig sein, das geht sicher wochenlang die Runde, bevor es vergessen wird. Ich hoffe es zumindest.«

»Du solltest den komischen Russen-Deal bis dahin verstanden haben«, erinnerte Franco, »sonst haben wir ihn in der Mangel und du musst glauben, was er dir erzählt.«

»Mein Albtraum ist, dass er gestern nur müde war und heute auf den Putz haut.«

*

Vor dem Mittagessen bei Cordes war noch etwas zu tun. Das ging sich nur mehr provisorisch aus. Damit passte es perfekt dorthin, wo es gebraucht wurde. Ich fertigte am Computer ein Schild an, in der Eile ging das nur in A3. Dieses Format hatte den Vorzug, groß genug zu sein, obwohl es als Schild eigenartig wirken musste. Ein Copyshop konnte es sofort ausdrucken. Ich schickte die Datei Agnes und bat, sie ausdrucken zu lassen und abzuliefern. All das sollte sie mit dem Taxi erledigen, sobald ich abgefahren war. Fantomas würde, wenn er auf der Lauer lag, mir folgen.

*

Die heimelige Atmosphäre des Containers am Boden der Baugrube konnte Cordes' fertig gestelltes Domizil nicht bieten, sein Bauprojekt war errichtet und alle Flächen vermietet. Ich vermisste die Aufbruchsstimmung der Grube, auf deren Grund er mich im letzten Jahr empfangen hatte. Es hatte einen eigenartigen Reiz ausgeübt, über die staubige, steile Rampe hinunterzufahren, das Auto vor dem Container zwischen Baumaschinen und Gerüsten abzustellen und drinnen einen tadellos gedeckten Tisch vorzufinden. Das war eine ganz andere Annäherung als der Anmarsch durch eine elendslange Tiefgarage, die zum Treppenhaus führte, wo man in der Garderobe des Landestheaters eintraf, anstatt über den Vorplatz und unter den Säulen hindurch ins Vestibül zu treten. Das eine war praktisch, das andere hatte Stil, und beides zugleich konnte man nicht haben.

Diesmal ging es auch hinunter, nicht über die geschotterte Rampe, sondern staubfrei in die Garage seiner neuen Anlage im Gewerbegebiet. Damit war ich sozusagen wieder an derselben Stelle wie damals, auch wenn wir am Gipfel speisen würden, anstatt am Grund. Damals hatte er mit seinem einigermaßen unmoralischen Angebot mein nahezu festgefahrenes Projekt zu seinem und damit wieder flott gemacht. Wir waren zuletzt alle zufrieden gewesen.

Wie üblich hatte ich keinen Blick in den Rückspiegel geworfen. Ob mir Fantomas auf den Fersen war, wusste ich nicht. Mein Ziel lag ja praktisch in seinem Revier. Bei Cordes würde er sich kalte Füße holen, da konnte er drauf haben, was er wollte. Ich fuhr mit dem Lift hinauf in die letzte Etage. Weißjacke öffnete und führte mich auf die Terrasse. Ich hätte mir denken können, dass Weißjacke sein weißes Jackett nur trug, wenn er Cordes das Essen servierte, sonst aber sein Leibwächter war.

Von oben bot sich ein prächtiger Blick auf den Patscherkofel im Süden, über die Stadt nach Westen bis zur Martinswand und weiter zur Nordkette. Nach Osten verstellten Aufbauten den Blick. Dort gab es sowieso nichts zu sehen außer der städtischen Kläranlage. Der weiß gedeckte Tisch hob sich deutlich vom provisorisch wirkenden Umfeld ab, für Empfänge war die Terrasse nicht ausgestattet. Eugen Cordes war nicht der Mann, der Empfänge gab. Was er tat, das tat er im kleinen Kreis, und für Prestige gab er keinen Cent aus. Seine hochgewachsene Gestalt stand am Rand der Terrasse, er blickte nach Westen hinaus und telefonierte. Die weißen Haare fielen in den Nacken, wie gewohnt, und den grauen Anzug kannte ich auch. Wahrscheinlich hatte er einen ganzen Kleiderschank mit dem einen Modell.

»Gott zum Gruße, Herr Prokop«, sagte er, wandte sich um und wies auf den Tisch. »Ein Amontillado als Aperitif?«

»Mit dem größten Vergnügen«, stimmte ich zu und wunderte mich, wann ich wohl erwähnt hatte, dass ich Amontillado mochte. Irgendwann musste ich es getan haben, denn zufällig war er nicht darauf gekommen.

Weißjacke präsentierte zwei Gläser auf einem Tablett, wir stießen an. Cordes lächelte.

»Wie geht es Ihrem Projekt?«, begann er.

»Wir glauben unverbrüchlich an den Erfolg«, sagte ich und dachte, peng, genau zwischen die Augen.

Er lächelte breiter. »Es technisch möglich zu machen, ist nicht alles, das haben Sie inzwischen festgestellt.«

Ich sagte nichts und nahm einen Schluck Amontillado. Über die miserable Bonität der Unidata war er früher informiert gewesen als ich.

»Die Pressemitteilung war auch nicht hilfreich?«, setzte er fort, diesmal tatsächlich als Frage.

»Das ist korrekt«, stimmte ich zu und lächelte zurück, »jedenfalls kam sie nicht zu spät.«

»Das kann man wirklich nicht sagen. Unmittelbar nach der Aufsichtsratssitzung an die Öffentlichkeit zu gehen und nichts weiter in der Hand zu haben, das ist ambitioniert.«

Ich hätte nun sagen können, besser gleich als nie, zumindest aus der Sicht des Marketings, behielt es aber für mich. Er begann wie beim letzten Mal, zuerst musste er ein paar Kränkungen loswerden. Richtig ausgeholt hatte er noch nicht.

»An wie viel hatten Sie gedacht?«, fragte er, obwohl er genau wusste, dass die Anleihe sieben Millionen bringen sollte.

»Sieben«, sagte ich, »sieben Millionen.«

»Die werden Sie nicht zusammenbekommen, das ist Ihnen doch klar?«

»Das ist kein Problem, wir können früher schließen.«

»Nicht annähernd, um genau zu sein.«

Ich sagte nichts. Albert und ich waren längst zu diesem Schluss gekommen. Cordes hatte mich nicht zu Branzino eingeladen, um mir zu erklären, dass die Anleihe eine Totgeburt war. Wir lächelten beide.

»Sie stehen bei null, korrekt?«, brachte er es auf den Punkt, genauer gesagt auf dem Nullpunkt.

»An wie viel hatten *Sie* gedacht?«, stellte ich die Gegenfrage, allmählich musste es konkret werden.

»Welche Vollmachten haben Sie?«

»Keine. Ich berate den Finanzchef.«

»Gut, ich bin bereit, mit zwei Millionen einzusteigen.«

»Das ist sehr erfreulich. Darf ich fragen, was Sie unter dem Begriff ›einsteigen‹ verstehen?«

»Lassen Sie mich das so sagen. Die Anleihe, die können Sie mangels Nachfrage sowieso schließen. Natürlich können wir auch darüber reden, da lassen wir den Ausgabekurs, den ich wie die beabsichtigten Zinsen noch nicht kenne, einmal ganz beiseite. Einfacher wäre, Sie nehmen mein Geld für ein halbes Prozent als Mezzanin. Das halbe Prozent natürlich nach Ihren Möglichkeiten.«

Irgendetwas hatte ich sagen wollen, wie man aus Routine weiter redet, wenn man sich die völlige Verblüffung nicht anmerken lassen will. Das bekam ich nicht hin, nicht in diesem Fall. Der Mund blieb mir offen, was mir nicht so schnell passiert. Das halbe Prozent wäre mit dieser Lösung durchaus angemessen gewesen, bloß Mezzaninkapital suchten wir nicht. Damit wäre Cordes praktisch als Teilhaber in der Unidata drin gewesen.

Mezzaninkapital galt als Eigenkapital, deshalb durfte es gar nicht oder nur sehr gering verzinst werden, und wenn, dann müssten sich die Zinsen an den Möglichkeiten des Betriebes orientieren. Für Cordes war es ein wirkungsvoller Hebel, damit konnte er dem Aufsichtsrat seine Wünsche mitteilen. Der würde ihn hören müssen. Hagsteiner redete gern über den legendären amerikanischen Investor Icahn. Der kaufte fünf Prozent der Aktien und warf das Management hinaus. Cordes würde hier mit seinen zwei Millionen viel stärker sein.

Cordes hatte das geschickt formuliert. Dass ihn die Anleihe nicht die Bohne interessierte, sondern der Einstieg in die Firma, war offensichtlich. In eine gute Firma einzusteigen ist teuer, bei einer maroden ging es für wenig Geld. Die konnte man dann in Ruhe zerlegen und die Einzelteile verkaufen.

Cordes hatte die Anleihe nicht ausgeschlossen, in diesem Fall hätte ich jetzt ohne Weiteres abbrechen können. Er hatte auch nicht den Fehler begangen, das Mezzaninkapital kostenlos anzubieten, denn damit wäre die angestrebte Miteigentümereigenschaft klar gewesen. Er ließ alles in der Schwebe und bot nur sagenhaft günstiges Kapital. Cordes hatte mir eine Giftpille serviert, die ich nach Hause mitnehmen durfte.

»Sie werden das intern diskutieren wollen«, sagte er jovial, »dann können wir uns jetzt ungestört dem Essen zuwenden.«

Weißjacke erschien aus dem Nichts und begann aufzutragen. Es gab, wie beim letzten Mal, zu Branzino in der Salzkruste einen Corvo Bianco, ein vorzüglicher sizilianischer Weißwein. Auch diese Marke hatte ich mir gemerkt, denn erkennen würde ich den Wein beim Trinken nicht. Das Essen lieferte sein Restaurant. Wo das lag, hatte mich nie interessiert.

Wir redeten während des Essens nicht mehr über seinen Vorschlag. Zuletzt kam der Espresso, dann verabschiedete ich mich und stand auf. Cordes begleitete mich selbst zur Tür des Lifts, Weißjacke räumte ab.

»Sonst alles in Ordnung?«, fragte er, als der Lift da war und die Tür aufging. »Keine offenen Fragen, etwas Unerwartetes?«

»Wann ist schon alles in Ordnung? Denken Sie an etwas Bestimmtes?«

»Ich habe *Sie* gefragt.«

»Das ist mir nicht entgangen. Mir ist auch nicht entgangen, dass Sie viel sehen.«

»Die Firma hat Potenzial«, sagte er und akzeptierte meine Abwehr.

»Die Produkte kommen gut an«, bestätigte ich.

»Der Finanzvorstand, wie heißt er doch gleich?«

»Magister Albert Heller.«

»Der ist ein guter Mann, sagt jedenfalls meine Bank.«

»Da liegt Ihre Bank richtig.«

»Wie schätzen Sie seine Menschenkenntnis ein?«

Wo zielte er jetzt wieder hin? »Menschenkenntnis im Management? Wer braucht denn das? Die brauchen Zahlen.«

Cordes lächelte breit. »Das unterscheidet, natürlich unter anderem, Manager von Unternehmern«, meinte er und reichte mir die Hand. »Wenn Sie meinen Vorschlag besprochen haben, dann kommen Sie gern mit Magister Heller wieder zu mir.«

Cordes ging davon aus, dass er bekam, was er wollte. So war er das gewohnt. Wenn der Vorstand der Unidata sein Ansinnen akzeptierte, weil sie nur das Geld sahen, dann würden sie rasch feststellen, dass er dort in Hinkunft den Tarif durchgab. Ich trat in den Lift und drückte einen Knopf.

»Sie haben das Projekt gut vorangebracht«, sagte er und ging zurück.

Der Lift glitt nach unten, ich stieg in mein Auto und fuhr hinauf an die Oberfläche. Ob mir Fantomas folgte oder ob er seine private Stechuhr vor der Unidata aufgebaut hatte, kümmerte mich im Moment keine Sekunde lang. Ich überlegte, was Cordes mir alles verschlüsselt untergejubelt hatte. Bei einem Gespräch mit ihm musste man Punkt für Punkt nachher durchgehen, um alles zu verstehen.

Gott zum Gruße? Das unverbindliche ›guten Tag‹ lag ihm nicht, das Gottesgnadentum aller Mächtigen schon eher.

Sein Hinweis, dass er Unternehmer sei, traf zu. Er wollte den Laden also nicht zerlegen und verscherbeln. Ein Unternehmer quetscht auch kein Geld aus einer maroden Firma, das tun Investmentfonds. Dieser Tage gingen in England an die 5.000 Arbeitsplätze verloren, weil deren Firma pleite war. Ihr Geschäftsmodell hatte sich totgelaufen. Die Investmentfonds hatten das rechtzeitig erkannt und sich vorher noch schnell 200 Millionen Pfund Sonderdividende auszahlen lassen. Die Firma hatte dafür noch einen Kredit aufnehmen müssen.

Wenn Cordes das alles nicht vorhatte, dann würde er das Management feuern und ein anderes einsetzen. Albert würde als Einziger überleben, vielleicht auch Angel, der Techniker. Ich stellte mir vor, wie Alberts Augen leuchteten, wenn ich ihm das erzählte. Dann hätte er keinen Lotto-Sechser-Blick, sondern einen Dreifach-Jackpot-Blick.

Was hatte Cordes mit Alberts Menschenkenntnis gemeint? Sollte ich das als Warnung verstehen? Die war durchaus angebracht. Albert und ich waren uns einig, dass Schorsch und Angel zulangen würden, wenn Geld hereinkam. Dafür brauchte man keine Menschenkenntnis. Ich hatte längst das Gefühl, dass Albert den Geschäftsführern im Social Engineering unterlegen war. Die manipulierten ihn, wie sie es brauchten. Deshalb hatte er auch den Russland-Deal ausgeblendet, der musste ihn maßlos frustriert haben.

Sie haben das Projekt gut vorangebracht? Hagsteiner wäre das nie über die Lippen gekommen. 80 Prozent sind nicht 100 Prozent, pflegte er zu sagen, und bei 99 Prozent war das nicht anders. Es gab nichts, was man für ihn richtig tun konnte. Was man abgeliefert hatte, das nahm er und vergaß, wer es beschafft hatte. ›Wir blicken nach vorn‹, sagte er.

Cordes' Giftpille war nicht für mich bestimmt, dennoch würde ich als Bote wie als Beteiligter ihre Wirkungen zu spüren bekommen. Ich steuerte das DEZ-Einkaufszentrum an. Dort gab es einen Laden, in dem es giftfreie Pralinen gab, deren Folgen musste ich nur mit meiner Waage ausmachen.

*

Bevor ich Albert anrief, schien eine kurze Verschnaufpause angebracht. Es gab auch noch etwas zu erledigen. Ich spazierte mit den Pralinen langsam durch die Passage des Einkaufszentrums zum Osteingang, wo ich ohne Pralinen ankam. Dort hielt ich mich eine Weile auf, um zu telefonieren und um gesehen zu werden. Zuerst rief ich Franco an. Sein Beruf als Hausmeister ermöglichte es ihm, tagsüber gelegentlich bei der Unidata vorbeizuschauen.

»Hattest du Zeit?«, erkundigte ich mich.

»Ich habe kurz vorher eine Runde um die Unidata gemacht, nichts gesehen. Kann sein, dass er auf deiner Fährte ist. Wie ist es zu Mittag gelaufen?«

»Ich habe zwei Millionen.«

»Ist nicht wahr, einfach so?«

»Einfach schon, aber nicht umsonst. Unseren Russen wird das nicht interessieren.«

»Nein, da hätte er euch in der Garage beim Zählen zusehen können und keinen Finger dabei gerührt.«

»Danke für die Erinnerung, ich gehe die Unterlagen heute noch durch, vielleicht findet sich darin eine Verbindung zu ihm. Kannst du abends ein wenig aufpassen?«

»Geht klar, ich bin vor fünf da. Triffst du jetzt Jaqueline?«

»Die muss jetzt erreichbar sein, sie haben ausgeräumt, sie ist noch drin, irgendwas erledigen. Bis später.«

»Ausgeräumt? Ich werde es schon erfahren, bis dann.«

Ich trennte die Verbindung, inzwischen hatte Albert angerufen. Der sollte noch zappeln, außerdem würde dieses Telefonat länger dauern. Während des Gesprächs hatte ich mich umgesehen, aber niemand entdeckt. Das besagte nichts, Beschattung war nicht mein Fachgebiet. Ich spazierte zu meinem Wagen und rief Jaqueline an. Sie war gleich dran.

»Hallo, Paul.«

»Hi, ich hätte kurz Zeit, geht es dir aus? In einer Viertelstunde?«

»Kein Problem, komm her. Ich bekomme doch dadurch keine Schwierigkeiten, sicher?«

»Versprochen. Ich schicke dir an der Olympiabrücke ein Ping. Am besten wartest du vorn heraußen und zeigst mir, wo ich parken kann.«

»Okay.«

Ich kannte den Ort schon länger als sie und wusste genau, wo ich parken konnte. Jaqueline war hübsch, zierlich und vor allem sehr jung. Fantomas sollte sie gut sehen können, wenn er mir folgte.

Ich konnte nur hoffen, dass er hinter mir war. Die Chancen sollten gut stehen, denn bei der Unidata gab es wohl nur mehr öde Routine. Ich war seine einzige Abwechslung. Die Besucher aus der Verwaltung in der Innenstadt kannte er alle, die musste er nicht verfolgen.

Ich fuhr ums DEZ herum und bog bei der Osteinfahrt links ab, in die Geyrstraße, dann die Gerhart-Hauptmann-Straße hinauf und an der Amraser Straße rechts ab, um zur Olympiabrücke zu gelangen. Geradeaus hätte nach der Geyrstraße die Kaufmannstraße begonnen, das ehemalige Stalingrad, wo Fantomas wohnte. Auf der belebten vierspurigen Burgenlandstraße dagegen blieb es links ab. Im Stau auf der Olympiabrücke schickte ich mein SMS, bog an der Grassmayrkreuzung links ab und gleich noch einmal links in die Neurauthgasse. Davor ließ ich noch zwei entgegenkommenden Autos den Vortritt, die mich nicht behindert hätten. Dadurch stand ich lange genug blinkend in der Straßenmitte.

Die Neurauthgasse führt parallel zur Olympiabrücke zurück nach Osten, sie ist kurz, eine Einbahn mit wenig Verkehr. Auf der linken Seite folgt nach dem ersten Haus eine Baulücke, vor dem nächsten Haus stand Jaqueline auf dem Treppenabsatz. Sie deutete mir, in diese Lücke zu fahren. Jaqueline trug ein schwarzes T-Shirt, einen wirklich kurzen, schwarzen Rock, die langen Beine endeten in Ballerinas. Das schwarze Haar hatte sie hochgesteckt. Sie war wesentlich hübscher als die beiden Male, als ich sie im Keller des Hauses getroffen hatte.

Mit derselben Zufriedenheit erblickte ich neben der Türe das Schild, das Agnes rechtzeitig abgeliefert und

Jaqueline auf irgendeine Weise an der Wand befestigt hatte.

Jaquelines Eltern hatten im Keller dieses Hauses ein Lokal für Nachtschwärmer eröffnet, und die Tochter hätte es offiziell führen sollen. Das Lokal lag in einem tiefen Kellergewölbe, das auch als Verlies unbeanstandet durchgegangen wäre. Ungefähr so war es auch eingerichtet gewesen, den Wert der Einrichtung hatte ich auf bestenfalls 1.000 Euro geschätzt. Frau Holle, wie wir die Besitzerin des Hauses nannten, hatte mir dieses Geschäft vermittelt, und ich hatte es mir als Kuriosität nicht entgehen lassen wollen. Schon der Abgang, eine enge Wendeltreppe, war schaurig. Das Vorhaben war nicht in die Gänge gekommen und wieder abgeblasen worden. Von daher kannte ich Jaqueline.

Die Bühne war eingerichtet, Fantomas musste auf meiner Spur bequem diese Stelle finden.

Ich hoffte inständig, dass ich die reizvolle Gestalt neben dem Schild nicht allein sah, stellte meinen Wagen auf den Schotterplatz und behielt den Rückspiegel im Auge. Dann wartete ich einen Augenblick, ohne auszusteigen, bis sie ins Blickfeld kam. Sie winkte mir noch einmal und blieb mit verschränkten Armen stehen.

Im Rückspiegel glitt ein weißer Ford vorbei, eine Möglichkeit zum Halten gab es auf der kurzen Strecke nicht. Frohlockend verließ ich das Auto und ging nach vorn. Jaqueline stand wieder am Treppenabsatz. Ich stieg hinauf und begrüßte sie.

»Fein, dass du Zeit hast. Das Schild kommt gut herüber, ausgezeichnet.«

Wir traten zurück, ein Stück hinaus auf die Fahrbahn, und betrachteten die Haustür. Daneben prangte das

Schild, das sie angebracht hatte. Darauf stand *Schtschelkuntschik*, in kyrillischer Schrift wiederholt, darunter *Café*, und *23:00 Uhr bis 05:00 Uhr*.

»Frau Holle weiß wirklich davon?«, wollte Jaqueline erneut wissen.

»Habe ich mit ihr abgemacht, das geht in Ordnung. Sie nimmt es später wieder ab, sonst hat sie die Nachbarn am Hals. Du hängst es am Nachmittag wieder auf.«

»Okay.«

»Die drei Aufkleber musst du nacheinander anbringen, also ›Noch drei Tage bis zur Eröffnung‹, ›Noch zwei Tage‹ und ›Es ist so weit‹.

»Gut, am Donnerstag klebe ich den letzten Zettel drauf, dann bin ich weg.«

»Perfekt, wir machen hier einen russischen Abend, nur einen einzigen, reine Folklore.«

»Also gut, ciao.«

Jaqueline verschwand im Haus. Den weißen Ford sah ich nicht mehr. Der Platz gehörte mir. Ich konnte ihn mir in Ruhe ansehen.

Von der Einfahrt zur Neurauthgasse bis hierher war der Weg kurz und bot keine Parkmöglichkeit. Vor dem Haus lag links die Baulücke, gekennzeichnet mit einem Warnschild mit Androhung der Besitzstörungsklage, gegenüber ein Firmenparkplatz, der durch einen Zaun von der Straße getrennt war. Dahinter lagen drei Firmen, denen der Parkplatz diente. Wenn Fantomas zurückkehrte, was ich inständig hoffte, dann konnte er das Schild nur vom Auto aus sehen, denn die Straße entlang gab es keine freien Parkplätze. Die Anwohner belegten sie lückenlos. Außer vorbeizufahren blieb ihm keine Option.

Hier war früher ein russisches Lokal gewesen, Spuren davon fanden sich bei Google noch immer. Fantomas musste von dem ehemaligen Treffpunkt seiner Landsleute wissen, er hatte sich seinen Einsatzort sicher vorher genau angesehen.

Wenn hier ein neues russisches Nachtlokal öffnete, dann kannte es noch niemand. Der offizielle Treffpunkt seiner Landsleute lag inzwischen mitten in der Stadt und war allgemein bekannt. In dieser einsamen Lage würde es einige Zeit brauchen, um anzulaufen. Ein kurzer Abstecher am Eröffnungstag sollte sich ausgehen. Ich hoffte, dass er so dachte. Dann gehörte er mir. Seine Zeit in dieser Stadt musste inzwischen endlos geworden sein, und über kurz oder lang würde etwas geschehen. Als Tourist war er jedenfalls nicht hierher gesandt worden. Vielleicht ließ sich vorher feststellen, weshalb er sich hier aufhielt.

Ein schönes Mädchen, das unten auf Gäste warten würde, hatte er gesehen. Es war unwahrscheinlich, dass er sie wieder sah, falls er noch einmal vorbeikam. Es musste schon ein großer Zufall sein, wenn sie eben das Schild wieder anbrachte. Sah er sie dennoch, würde das den Eindruck verstärken. Nur den Eröffnungstermin, den sollte er jedes Mal sehen, wenn er vorbeifuhr, und sich einprägen. Am angekündigten Tag allerdings würde sie nicht da sein. Wenn er das bemerkte, würde es zu spät sein.

Hierher sollte er zurückkehren, in drei Tagen. Bis dahin sollte das Traumbild einer jungen Russin in ihm keimen, der er an einem verschwiegenen Ort zusehen konnte, wie sie hinter der Bar hantierte, ihm zwischendurch einen Blick schenkte und auf Russisch antwortete. Ich war sicher, dass Hesse auch für Russen galt: Allem Anfang wohnt ein Zauber inne.

Die Aufschrift auf dem Schild bedeutete *Nussknacker*, und dessen Bedeutung würde ihm noch klar werden.

*

Der Frühling begann heuer zeitig, der Baum hinter dem Zaun gegenüber der Baulücke trieb bereits aus. Es war angenehm warm.

Ich rollte langsam die Neurauthgasse hinunter ans Ende und warf keinen Blick nach links, wo die Unterführung unter der Olympiabrücke begann. Die führte hinüber zur Wäscherei und würde später eine Bedeutung haben. Am Ende der Straße kam unterhalb einer Mauer die Westbahn aus dem Bahnhof heraus, und rechts ging es wieder zurück zur Leopoldstraße. Hier lag ein fast idyllischer Flecken mit kleinen Häusern in Gärten, abseits vom Verkehr.

Auf der ganzen Strecke war kein weißer Ford gestanden, er wäre mir aufgefallen. Fantomas hatte seine Beschattung unweigerlich abbrechen müssen. Was er wissen sollte, wusste er nun. Hier war ein stiller Platz, wo es keine Passanten gab, an dem nicht nur Büsche und Bäume ihre Blüte ankündigten, sondern auch Erblühendes zu finden war. Er konnte es pflücken, bevor es andere taten.

Für den Fall, dass er doch irgendwo lauerte, kehrte ich unverzüglich ins Büro zurück, verfasste einen schriftlichen Bericht an Albert und schickte ihn, mit Kopie an Katjas Kanzlei, los. Sie hatte immerhin das Mandat der Unidata formuliert. Albert meldete sich 20 Minuten später.

»Unfassbar«, begann er, »du hast es geschafft. Gratuliere. Zwei Millionen? Wo sind deine Bedenken geblieben?«

»Du hast die Nachricht doch vollständig gelesen?«, fragte ich. »Nicht nur die Summe gesehen?«

»Wegen des Mezzaninkapitals?«

»Na klar.«

»Na klar? Na und, sage ich da. Wir haben uns doch beide gewundert, was man alles als Mezzanin bezeichnen kann. Schorsch sagt, das bekommt er mit der Konzernrevision hin.«

»Schorsch weiß es auch schon?«

»Er ist begeistert, keiner hat mehr dran geglaubt. Die haben gemeckert, dass wir außer Spesen nichts voranbringen. Wie geht es weiter?«

Das war nun wirklich unfassbar. Sie stiegen einfach darauf ein? Was glaubten die, mit wem sie es zu tun bekommen würden?

»Wenn du meinst, okay. Wir gehen dann gemeinsam zu Cordes. Ich hätte nur gern eine schriftliche Anforderung für den nächsten Schritt.«

»Eine was … schriftlich willst du das haben?«

»Ja bitte …«

»Du bist doch mit Brief und Siegel beauftragt, die Kohle zu beschaffen, ich verstehe dich nicht.«

»Ich bin beauftragt, es technisch möglich zu machen.«

»Genau das tust du damit. Ich musste heute im Auftrag von Schorsch dem Angel 30.000 überweisen. Warum? Lass dir was einfallen, hat er gesagt. Sie gehen mir so auf den Sack, warum nimmt er nicht gleich 100.000? Unterklassig.«

»Für welche Begründung hast du dich dann entschieden?«

»Sonderhonorar für Beratung, Erfindungsvergütung hatte ich heuer schon. Jeder langt im Jahr zwei oder drei Mal zu.«

»Dann lass dir für mich auch etwas einfallen, einfach, weil ich ängstlich bin, okay?«

»Ja, ja, mache ich schon. Hast du die Dokumente zur gecancelten Firma gelesen?«

»Gelesen, aber nicht verstanden. Das Projekt wäre doch sinnvoll gewesen, und Schorsch killt das? Warum? Warum so spät, warum nicht gleich?«

»Zu viele Fragen. Warum, das reicht schon. Er ist an einer amerikanischen Firma beteiligt, und die will er hochkriegen, die ist ihm wichtiger. Da kassiert er doppelt ab. Ich habe die Beweise. Ich habe alles zusammengetragen, Punkt für Punkt. Ich sage dir, all das wird ein Ende haben.«

»Ging es sich für das russische Projekt finanziell nicht mehr aus?«

»Ich hätte es hinbekommen, trotz allem. Ich kann auch das beweisen, alle Dokumente tragen meine Unterschrift.« Er holte Luft, setzte aber nicht fort. Das abgesagte Projekt musste ihn viel Arbeit gekostet haben. Hagsteiner ließ einem den Erfolg nicht, wenn etwas fertig war. Es kurz vor dem Ende abgesägt zu sehen und dafür noch seinen üblichen Spott zu erhalten, musste Albert tief getroffen haben.

»Gibt es eine Verbindung zu unserem Russen?«, fragte ich.

»Unser Russe?«, kicherte Albert. »Das ist deiner, du kannst ihn behalten. Was will die Witzfigur in Innsbruck? Lächerlich.«

»Interessiert dich nicht, was der will?«

»Nicht die Bohne. Er erinnerte mich nur daran, was wir damals vorhatten. Ich wollte dir zeigen, dass der gute Schorsch weg muss. Er zieht nur Geld heraus, verwässert die Anteile, weil er ständig neue Geldgeber hereinholen muss, und behindert die Entwicklung der Firma. Bist du so schwer von Begriff?«

»Das ist wirklich nicht meine Sache, definitiv nicht.«

»Dann mach deine Sache und schaff das Geld heran. Mach einen Termin.«

»Also gut, ihr habt dann jemand drin, der weiß, was er will.«

»Genau den brauchen wir, einen Unternehmer, der auf sein Geld sieht, nicht die Typen von den Investmentfonds. Was glaubst du, was ich den ganzen Tag über nur an Reports für diese Heinis rechne? Ständig fordert einer eine Analyse oder einen Forecast an, oder sonst irgendwas.«

Ich sagte nichts, da verstand ich ihn vollkommen. Da ging sagenhaft Zeit drauf für Berichte, die eigentlich niemand brauchte. Der eine sicherte sich ab, ein anderer machte sich wichtig.

»Ich muss weitermachen, alles klar?«

»Alles klar.«

»Wir sehen uns bei deinem Cordes, mach Dampf.«

Weg war er. Mein Cordes? Sein Geld. Geld zählte, wenn es wirklich Geld war, und das war es. Alles andere war vergessen. Er ging mir in diesem Moment auf die Nerven, und zwar mächtig. Allerdings war Geld sein Metier.

Ich stand auf, um mir einen Whisky zu holen, der Espresso reizte im Moment nicht. In der Büroflasche war der Aberlore, 16 Jahre alt. Der Phenolgeschmack des Quarter Cask wäre besser gewesen, er desinfizierte zugleich. Das feine Bukett des Aberlore war für diese Situation fast zu schade.

Die Ruhe, das Gespräch zu analysieren, wie zu Mittag die Unterhaltung mit Cordes, fand ich nicht. Albert wohl auch nicht. Das russische Projekt war aber nicht so tot, wie Hagsteiner glaubte. In Albert war es quicklebendig, und jenseits der Grenzen dachten auch irgendwelche Leute darüber nach. Um eine Chance zu wahren, schickte man keinen unbedarften Beobachter her, eher hatte jemand etwas zu verlieren.

Wie Franco so treffend gesagt hatte, die haben weniger Verständnis, wenn sie verlieren. Die schicken einen, der dich ausknipst. Sie schleichen sich nicht an, sie verstecken sich nicht einmal.

Auf normalem Weg war nichts herauszufinden, wenigstens vorerst. Ich rief Joe an, der als Urgestein der Firma vieles wissen musste, und bat ihn, doch nach fünf Uhr bei mir vorbeizuschauen. Als Grund gab ich vertrauliche Dokumente an, die Albert geschickt hatte und die nicht in der Zweigstelle gesehen werden sollten. Er akzeptierte. Vielleicht folgte auf seiner Fährte Fantomas. Etwas musste man ihm in seinem öden Alltag ja bieten, und erhöhte Aktivität interessierte ihn sicher. Die wollte ich hier ohnehin vortäuschen. Danach sollte er, wie ich inständig hoffte, nach Hause gehen, seine Berichte abschicken und sich aufs Ohr hauen.

Es war noch Zeit für einen Spaziergang. Ich pilgerte am Geisterbahnhof der Straßenbahn vor dem Hallenbad vorbei, ein Stück zum Frachtenbahnhof hinauf. Das war der zweite Geisterbahnhof, hier spielte sich nicht mehr viel ab. Im Augenblick stand eine rote 2043 da, eine Diesellok, die angeblich längst außer Dienst gestellt war. Ich ärgerte mich, dass ich die Kamera nicht dabeihatte, mit dem Handy fotografierte ich das schöne Stück nicht.

Arbeiter entfernten ein Stück Gleis. Ich sprach einen an, der mit einem Funkgerät daneben stand.

»Reißt ihr den Bahnhof ab?«

»Nee, vier Gleise kommen weg«, sagte er mit sächsischem Grundton, »und drei neue Weichen kommen rein.«

»Aha.«

»Das geht ins Geld, 375.000 kostet eine«, setzte er hinzu und hörte in sein Walkie-Talkie.

Wir plauderten noch ein wenig, ich sah mir den schmalen Platz zwischen den Schienen und der Straße an, wo längst der neue Büroturm stehen sollte. Weil es inzwischen genug Büroraum gab, dachte man nun an Wohnungen. Vor dem Frachtenbahnhof war das allerdings ein suboptimaler Platz. Dass nun zufällig vier Gleise abgebaut wurden, war nur Optik. Für das Genehmigungsverfahren kam es nicht ungelegen.

Ich spazierte weiter, hinunter zur Unterführung bei der Eisenbahn, und dann in der Laurinallee den Sillkanal entlang. Das stille Wasser des Kanals und die Bäume ließen mich regelmäßig den Verkehr nebenan vergessen. Zwischen dem Kanal und der Sill lag eine Halbinsel, die lange vor sich hingegammelt hatte. Das war vorbei, seit Jahren wurde hier die Sillinsel gebaut.

Die Sillinsel, eine teure Wohnanlage, blickte inzwischen ihrer Fertigstellung entgegen. Sie hatten dort keinen Kubikzentimeter verschenkt, der Sozialbau der Peerhöfe am westlichen Ende der Stadt war dagegen ein Musterbeispiel an Großzügigkeit. Verdichtung war hier zur Kompression geworden. Mit zahlreichen Aufklebern *Verkauft* machten sich die Bauherren Mut. Ich ging weiter zur Brücke, dann entlang der Sill zurück durch den Rapoldipark. Seit man den Dealern verboten hatte, hier ihre

Geschäfte abzuwickeln, fanden sich wieder Kinder auf den Spielplätzen. Vor dem Gebüsch am Teich hatte sich die Kampfhundsektion versammelt. Es war fast wie früher im Café Central, als dort vom bürgerlichen Establishment bis zur linken Alternativszene alles vertreten war, ohne sich zu treffen.

An einem Stein prangte eine gusseiserne Tafel. Sie informierte, dass der ehemalige Rapoldipark nun Stadtpark Rapoldi heiße. Ich hatte noch nie jemanden gesehen, der sie gelesen hätte.

Joe kam kurz nach fünf. Ich machte Espresso und ließ ihn an meinem Computer Platz nehmen, damit er in Ruhe die Dokumente lesen konnte, die Albert mir geschickt hatte. Bei der Einleitung – *Ich habe die Verräter bei Moskau eingekesselt* – schmunzelte er. Joe kannte Alberts Sprüche zur Genüge.

Die Lektüre dauerte eine Weile. Dann machte ich noch einmal Kaffee, wir setzten uns in den Besprechungsraum. Joe fand ihn ausgesprochen originell.

»Ich sehe Dokumente, die nicht zu glauben sind«, begann ich. »Hagsteiner killt das russische Projekt, und das, nachdem er fast ein Jahr dabei zugesehen hat. Wer soll das verstehen? Das ist doch noch unglaublicher als der Umstand selbst.«

Joe schien sich einen Moment lang zu winden, was nur eine optische Täuschung sein konnte. Schon seine stämmige Statur passte nicht dazu, und seine Tätigkeiten in Bergrettung und Feuerwehr in seinem Wohnort im Innsbrucker Mittelgebirge erst recht nicht. Ich hatte ihn immer als den klassischen Naturburschen empfunden, der er sicher war. Feigheit verband ich nicht mit ihm, und Unehrlichkeit auch nicht. Was Albert an Hagsteiners Wirken mit beißendem Spott bedachte, das musste Joes Loyalität erhebliche Probleme bereiten. Albert hatte jedenfalls den Russendeal verdrängt, bei Joe schien das Wegsehen über Hagsteiners Eskapaden der Dauerzustand zu sein. Er musste den Laden führen.

»Hagsteiner ist nicht leicht zu verstehen«, half ich nach. »Er kann sich doch in deinem Reich nicht anders verhalten als in der Zentrale?«

»Dann hast du ja die Erklärung.«

Ich musste eher ratlos dreingesehen haben, ich verstand nichts. »Nein?«

»Nein, Fehlanzeige.«

»Gut, zur Dauer: wenn Hagsteiner etwas will, sagt er das fünf Leuten gleichzeitig. Irgendeiner macht es dann. Dass etwas dauert, ist hier ganz normal, da denkt sich keiner was.«

Ich sagte nichts, eine ganze Weile.

»Moment«, murmelte ich, »das russische Projekt lief auch so ab? So ein Riesending?«

»Im Prinzip ja, nur umgekehrt. Wenn er etwas nicht will, sagt er kein Wort und sieht einfach weg. Er ist ja kein Verhinderer, es hat halt nicht geklappt, sollte nicht sein. Er ist niemandem im Wege gestanden. Degoutant wird es hier, denn hier hat er etwas torpediert, was dem Aufsichtsrat vorgelegt wurde und dieser genehmigt hat.«

Wieso war mir das nicht aufgefallen, in dieser Schärfe? Hagsteiner hatte nicht die Lust daran verloren oder unerwartet ein Haar in der Suppe gefunden, er hatte das Projekt von Anfang nicht gewollt. Er hatte alle, die daran arbeiteten, ins Leere laufen lassen. Eine Begründung für den späten Abbruch würde ich lange suchen.

»Er wollte es von Anfang an nicht?«, wiederholte ich.

»Nicht die Bohne, nicht in tausend Jahren. Er hat zugewartet, bis die Leute frustriert aufhörten, wie immer, wenn er etwas nicht mag. Dann kann er ihnen Fehlplanung vorwerfen, und Geldverschwendung.«

»O je, und diesmal hörte es nicht von selbst auf, zu viel Energie dahinter? Immerhin hat der Aufsichtsrat es genehmigt.«

»Das ist der springende Punkt. Nach dem Studium deiner Unterlagen wird vieles klar.«

Das traf tatsächlich zu, und es ergab ein hässliches Bild. Schorsch hatte seelenruhig zugesehen, wie Albert die Eingabe an den Aufsichtsrat berechnet und verfasst hatte, wie sie ein Jahr lang daran arbeiteten, und zuletzt hatte er das Projekt gekillt. Albert erinnerte sich ein weiteres Jahr später an jede Einzelheit, kein Wunder.

Schorsch hatte geglaubt, dass er es aussitzen konnte. Im letzten Augenblick musste er dann aktiv werden, was er sonst beharrlich umging. Albert, bei dem alle Fäden zusammengelaufen waren, musste maßlos frustriert gewesen sein.

»Heute habt ihr Angel 30.000 gezahlt«, sagte ich, um Joe aufzulockern. »Diese Entscheidung lief schneller ab?«

»Das weißt du auch schon?«, knurrte er.

»Albert hat sich ziemlich geärgert. Das scheint kein Einzelfall zu sein.«

»Es ist ein Selbstbedienungsladen, nicht der Einzige, eben unserer. Es sieht ja anderswo nicht besser aus. Lass mich damit in Ruhe, bitte. Dir geht es um den Russen, oder? Mit Alberts Sticheleien, die nirgends weiterhelfen, hast du doch nichts zu tun.«

»Mit den Fakten dahinter leider schon. Albert und ich machen uns Gedanken, was mit dem Geld passiert, wenn wir es reinholen.«

»Das ist berechtigt, keine Frage.«

»Damit sind wir wieder bei Russland. Da ist ein offenes Ende. Hat da jemand Ansprüche?«

Joe schüttelte den Kopf. Über die Details wusste er nichts. Aber wie es abgelaufen sein konnte, das stellte er sich vor. Seine Miene war ziemlich ablehnend geworden, fast versteinert. Sie passte zu seinem kantigen Schädel nun so gut wie der rote Plastikmantel zu Katja. Katjas lebensfrohen Eindruck erweckte sein Ausdruck allerdings nicht.

»Ihr macht euch Sorgen, dass das frische Geld im Handumdrehen weg ist, nicht wahr?«

»Ganz genau, und so etwas wird nicht ohne Folgen bleiben. Ich kann beim Geldgeber nicht den Eindruck erwecken, dass die Millionen investiert werden, wenn man stattdessen mit einem Teil nur Löcher stopft und der Rest als Erfolgsprämie herausgezogen wird.«

»Da hast du ein Problem«, stimmte Joe grimmig zu, »das kann dir passieren.«

Ich verwünschte mich wieder einmal. Wäre es nicht besser, alles abzublasen? Einerseits hatten wir nun viel Arbeit geleistet, um den Deal möglich zu machen, und andererseits wäre vielen damit geholfen, die hier gute Arbeit leisteten. Bei der Führungscrew gehörten Joe und Albert sicher dazu. Joe hatte allerdings mit Alberts Methode, ständig an Hagsteiners Sessel zu sägen und überall Tretminen zu legen, in seiner gradlinigen Art keine Freude. Aus der zweiten Reihe kann man keinen der ersten herausschießen, und als Königsmörder mochte sich Albert sehen, Joe gewiss nicht.

»Entsetzlich«, kam Joe auf Alberts Dokumente zurück, »ich hatte ja keine Ahnung, wie das ablief. Da sieht er seelenruhig zu, wie so ein Projekt aufs Gleis gestellt wird und sagt es im letzten Augenblick ab? Nicht zu fassen.«

»Die Dokumente werfen mehr Fragen auf als sie beantworten«, sagte ich, »das ›Warum‹ ist mir dabei gar nicht so wichtig …«

»Ach nicht?«, unterbrach Joe. »Die Begründung würde ich doch zu gern kennen, zumindest, was er dafür erfunden hat.«

Ich ging nicht darauf ein. Sicher hatten alle damit gerechnet, dass der ewige Zauderer Schorsch im letzten Moment zustimmen würde. Er hielt sich ja aus allem heraus, was für einen Topmanager eher eigenartig war. So lief es dort nun einmal, und die Belegschaft hatte sich daran gewöhnt. Albert hatte das treffend formuliert: ›Wie lange, glaubst du, wird die Firma mit Hagsteiner noch überleben?‹

Joe sah mich nach wie vor an.

»Das *Warum*, was habe ich davon?«, entgegnete ich. »Die Motivforschung überlasse ich den Hellsehern. Sie bringt sowieso nichts. Was ändert sich dadurch? In unserer Lage müssen wir uns um die Auswirkung kümmern. Wenn bei dir wieder einer kündigt, wie es ständig geschieht, dann hast du ein Loch. Was hilft dir das Motiv?«

Joe sah missmutig drein. Motivforschung half auch ihm nicht. Die Aufträge kamen spät herein, wurden meistens nachträglich abgeändert, neue Produkte waren selten ausgereift, dann begann das Nachbessern. Nichts davon konnte er ändern, er musste ausliefern. Kunden reklamierten, wurden ungehalten, zahlten nicht, was Joes Mitarbeiter von ›oben‹ hörten.

›Nicht die Großen fressen die Kleinen, sondern die Schnellen fressen die Langsamen‹, pflegte Schorsch zu sagen. Allerdings war die Unidata nicht eine der Schnellen, nur eine, die unausgereifte Produkte auf den Markt warf, eines nach dem anderen. Ein Gebiss hatte sie nicht eingebaut. Für die Belegschaft bedeutete das Stress und unangenehme Arbeitsbedingungen. Die Guten gingen immer zuerst.

Joe überlegte. »Der Martin, jetzt, wo du das sagst …«

»Welcher Martin?«

»Martin Zacharias, der ging vor deiner Zeit. Er war im Einkauf, eigentlich ein guter Mann. Es gab da unerwartet ein Problem.«

»Welches, wenn ich fragen darf?«

Joe zögerte. »Es ging um eine Anweisung, die Martin per E-Mail herausgegeben hat.«

»Welche Anweisung hat ein Einkäufer herauszugeben? Hat er seine Kompetenz überschritten? So schwerwiegend?«

»Schwerwiegend? Überhaupt nicht. Ich hätte ihm unter vier Augen einen Verweis erteilt und die Sache vergessen. Er kam aber in Konflikt mit der Firmenleitung.«

»Du sagtest, eigentlich gut, warum nur ›eigentlich‹?«

»Martin war nicht schlecht, er hatte beruflich einen guten Hintergrund, war gewissenhaft. Was er nicht hatte, war auch nur eine Spur von Eigeninitiative.«

»Interessant. Dann gibt er ein E-Mail heraus und wird gefeuert?«

»Paradox, nicht? Zeitlich fällt es in die Endphase des Russenprojekts. Wenn du da weiterbohrst, wirst du an manch unliebsamer Erkenntnis nicht vorbeikommen.«

Ich überlegte. Was hatte Martin Zacharias veranlasst,

seine Lethargie zu überwinden, eine Anweisung herauszugeben und dafür prompt hinauskomplimentiert zu werden? Möglicherweise nur eine Kleinigkeit, die das Fass zum Überlaufen gebracht hatte. Eher war es wohl der willkommene Vorwand gewesen, einen ungeliebten Mitarbeiter loszuwerden. Wem oder wo war er im Weg gestanden? Ich kam an der Erkenntnis nicht vorbei, dass auch hier der Weg zurück über Albert führte.

Albert besuchte regelmäßig die Produktionsanlage sowie alle Außenstellen, um, wie er sagte, das Führungsvakuum auszugleichen. Er zögerte auch nicht, dort umzurühren, auch in Bereichen, die ihn nichts angingen. In Ungnade fiel man bei ihm schnell. Ich stellte die letzte Frage nicht, die sollte Martin Zacharias beantworten. Joe hatte mich beobachtet.

»Verdienst du wenigstens an dem Job?«, fragte er.

»Zu wenig, es dauert schon viel länger, als wir gedacht hatten.«

»Du machst so etwas das erste Mal?«

»Eigentlich zweimal.«

Joe grinste. »Zum ersten und zum letzten Mal zugleich, verstehe. Gib gut Acht, das ist eine Schlangengrube. Das Einzige, wovor du absolut sicher bist, ist Anerkennung. Wenn du mit Martin reden willst, Birgit müsste wissen, wo er wohnt.«

»Wie ist er so, als Mensch?«

»Umgänglich, in Ordnung. Er mag Waffen, manche beunruhigt das.«

»Mich nicht, dann werde ich schon mit ihm klarkommen.«

Birgit saß in Joes Vorzimmer. Sie würde ich morgen anrufen. Joe brach auf, um nach Axams zu fahren, wo er wohnte. Wenn Fantomas draußen wartete, dann stimmte die Richtung. Falls er ihn ein Stück verfolgte, konnte er bei dieser Gelegenheit noch einen Blick auf das Schild werfen, das wir für ihn angebracht hatten, und an die schöne Russin im tiefen Keller denken.

*

Später am Abend schickte Franco noch ein SMS. Es war nur ein Satz: ›Alles wie gestern, dein Fantomas ist zu Hause, ich wusste es.‹

Ich für meinen Teil hatte es nicht gewusst, ich schnurrte wie Inverboindie, wenn er sich eine Extraportion herausholen wollte. Im Moment lag er neben Katja und schlief, nur ihr Fuß ragte unter der Decke hervor, am anderen Ende ihr Kopf. *Your hair upon the pillow like a sleepy golden storm*, dachte ich, aber in Leonard Cohens Song *Hey, that's no way to say goodbye* ging es um Abschied, das war hier nicht der Fall.

Ich legte noch ein Scheit auf die Glut. Es fing auf der Stelle Feuer. Dass ein Scheit allein nicht brannte, sagte der Volksmund. Es musste nur heiß genug sein, dann brannte es sofort und mindestens eine halbe Stunde.

Albert hatte noch eine Nachricht geschickt: ›Mittagessen morgen bei deinem Investor‹, prahlte er. Was auf dem Speiseplan stand, wusste er nicht. Seinen gewohnten Johannisbeersaft würde er bei Weißjacke vergebens ordern, denn Cordes hatte sich bei unserem ersten Treffen über die alkoholfreie Generation lustig gemacht.

Mit der Terminvereinbarung hatte Albert den entscheidenden Schritt selbst gesetzt. Dass er dabei unter die Räder kommen würde, erfuhr er bald. Mich ging das nichts mehr an. Schon Schorsch und Angel tricksten ihn aus, wie es ihnen gefiel, Cordes spielte ihn an die Wand.

Es war jetzt fast 1 Uhr. Mit einem Auge hatte ich im Fernseher Simon und Garfunkel verfolgt, die im Central Park ein Konzert gaben. Mit jedem ganzen Blick steigerte sich mein Missmut, sie standen hölzern auf der Bühne und sangen uninspiriert, von der Aufbruchstimmung der Originale spürte man nichts mehr. Die beiden blickten sich nicht an, sie verdienten nur mehr mit der Erinnerung aktuelles Geld. Mit Geld hatte ich allerdings nun genug zu tun, ich schaute in der Konserve nach und fand ein Konzert, das die Eagles 1977 in Maryland gegeben hatte. Es begann mit *Hotel California. On a dark desert highway, cool wind in my hair …* Kühler Wind in meinen Haaren? Mit Helmpflicht wäre diese Nummer wohl nie entstanden. Kalifornien kam so wie Florida ohne Helmpflicht aus. Ich wandte den Blick nicht mehr ab, bis das Konzert zu Ende war.

Nachdem die Eagles von der Bühne gingen, legte ich ein allerletztes Scheit auf den Rost, denn mir war ein Problem bewusst geworden. Und weil es ein ernstes war, genehmigte ich mir einen Highland Park, 18 Jahre. Katja hatte ihn mir geschenkt, für den Alltag war er zu teuer. In der Flasche war noch einiges drin.

Joe würde sich unverzüglich um ein Gespräch mit Martin Zacharias kümmern, womöglich rief er ihn selbst an. Sicher konnte ich gleich morgen mit ihm reden. Falls mir Fantomas folgte, dann führte ich ihn auf die nächste Fährte, obwohl ich weiterhin nichts über seine Mission wusste. ›Wenn du über den Hintergrund nichts weißt, wenn wir ihn auf dem heißen Stuhl haben‹, hatte Franco gemeint, dann musst du glauben, was er dir sagt. Da konnte ich gleich die letzte Budgetrede des Finanzministers anhören, das machte keinen Unterschied.

Um Fantomas zu überwachen, fehlten uns Mittel und Fähigkeiten, mehr, als ihm gelegentlich am Tag auf den Zahn zu fühlen, konnten wir uns nicht leisten. Wir mussten uns sozusagen mit Bordmitteln behelfen.

Ich sandte Agnes ein SMS: Bitte stelle dein Auto morgen früh in die Garage bei der SoWi und komme dann zu Fuß ins Büro.

IV. KAPITEL

»Hast du noch immer kein Skype?«, ätzte Albert, seine Stimme hatte etwas Schneidendes.

Vor neun Uhr morgens ging ich üblicherweise Gesprächen aus dem Weg. Ich fürchtete, dass man mich für einen Zombie hielt. Ab zehn ging es besser, aber heute standen wichtige Dinge an.

»Lass mich mit Skype zufrieden«, verlangte ich unwirsch. »Kommen wir damit zu einem besseren Ergebnis? Du weißt, wie ich aussehe, wozu brauchst du mein Konterfei am Bildschirm?«

»Höhlenmensch, von mir aus. Zu Mittag alles klar?«

»Sonnenklar, wir sehen uns eine halbe Stunde vorher in der Unidata. Alles auf Schiene.«

Albert verabschiedete sich. Sollte er bei seinen Mitarbeiterinnen den Munteren spielen. Der Termin zu Mittag bei Cordes war allerdings etwas Außergewöhnliches. Da durfte Albert doch ein wenig nervös sein.

Die Nachricht von Joe war schon vorher gekommen, ich konnte Martin Zacharias tatsächlich am Vormittag treffen. Er stellte seine Kaffeepause zur Verfügung, um mit mir zu reden. Er sei eine Weile am Trockenen gesessen, hörte ich, und es ginge ihm nicht gut. Von all dem brauchte Albert nichts zu wissen.

Agnes gab mir Schlüssel und Parkticket für ihr Auto und beschrieb, wo sie es abgestellt hatte. Ich brach auf.

Normalerweise trug ich Jeans und ein Sakko, am liebsten mit einem Pullover. Der Termin bei Cordes erforderte formelle Kleidung, also den anthrazitschwarzen Anzug mit Krawatte. Albert hatte sicher dasselbe Outfit gewählt. Da passten wir besser zusammen. Wenn es um Geld ging, schadete es nicht, den Dresscode einzuhalten.

Fantomas musste sich also etwas dabei denken, wenn er mich mit so ungewohntem Auftreten sah. Das war genau in dem Moment der Fall, als ich die Straße überquerte, um zu meinem Auto zu gehen. Das stand vor dem Rapoldipark, Fantomas lauerte etwas weiter unten, in der Nähe des Kiosks. Er hatte sich so platziert, dass er mir folgen konnte, wenn ich mich zur Defreggerstraße wandte, oder dass er bequem wenden konnte, wenn ich die Richtung zu ihm nahm. Er sollte auf seine Kosten kommen.

Beim Einsteigen warf ich ihm einen nachdenklichen Blick zu, den er erwiderte. Auf Unauffälligkeit legte er noch immer keinen Wert. Worauf war der Bursche aus? Wollte er jemanden – oder einige – in der Firma erinnern, dass da noch etwas offen war? Vielleicht erfuhr ich etwas, wenn sich Fantomas morgen wirklich zu unserem Folkloreabend im Nussknacker einfand.

Ich nahm die Defreggerstraße, dann die Pradler Straße hinunter zur Sill. Durch das Häusergewirr von Dreiheiligen konnte er bequem folgen, hinter dem Viadukt sah ich ihn in der Kapuzinergasse in gebührendem Abstand. Die Kapuzinergasse war lang und immer leer, sie endete vor der südlichen Einfahrt in die Garage der Wirtschaftsuniversität. Ich fuhr schleunigst hinunter in die Garage, stellte den Wagen auf den ersten freien Platz und verließ sie ebenso rasch beim nächsten Aufgang zum Campus.

Langsam schlenderte ich zu dessen nördlichem Ende, wo ich hinter der Buchhandlung wieder in die Garage hinunterging. Mit dem Golf von Agnes verließ ich die Garage im Norden beim Kongresshaus. Für Innsbrucker Verhältnisse lagen die beiden Zugänge in verschiedenen Welten. Fantomas war ich damit los.

Nachdem ich die Stadt hinter mir gelassen hatte, rief ich Franco an.

»Schon unterwegs?«, fragte er.

»Ich treffe mich vor Telfs mit einem Veteranen«, sagte ich. »Der muss etwas über den Hintergrund wissen. Was mich überrascht, ist, dass mir der Russe vorhin tatsächlich aufgelauert hat. Seit wann ist der Frühaufsteher?«

»Spinne ich?«, platzte Franco heraus, es überraschte auch ihn.

»Ich habe ihn zur SoWi-Garage gelockt und dort das Auto gewechselt. Das hat klaglos funktioniert.«

»Ja, Umsicht lohnt sich immer. Aber etwas ist anders, das dachte ich gestern schon, ich wollte dich bloß nicht nervös machen.«

»Na fein, läuft seine Zeit ab? Hoffentlich klappt das morgen noch.«

»Das klappt«, sagte er trocken.

»Dein Wort in Gottes Ohr.«

»Nein, ich garantiere es dir«, bestätigte er, nun ein wenig spöttisch.

»Cool, woher nimmst du die Garantie?«

»Vertrau mir, er hat angebissen. Gestern Nachmittag fuhr er langsam durch die Neurauthgasse, um 15:36 Uhr, um genau zu sein, und es hatte 23 Grad Celsius.«

»Verstehe, du warst mit einer mobilen Wetterstation dort?«

»Nein, es steht auf dem Foto, das ich von ihm habe. Wir haben bei uns im Haus eine Wildkamera installiert, wie sie die Jäger verwenden, um die Futterplätze zu überwachen. Die macht schöne Bilder, mit Bewegungssensor und Infrarotblitz, unsichtbar. Bei uns im Keller macht sich ständig jemand an den Schlössern zu schaffen, den wollen wir kriegen. Ich habe die Kamera gestern ausgeliehen und im Lieferwagen eines Bekannten aufgebaut, das kostet dich einen Parkschein für drei Stunden.«

»Wahnsinn.«

»Sag ich doch. Konzentriere dich auf deinen Job und werde nicht nervös, den Rest mache ich hier.« Franco legte auf, und ich schnurrte wie Inverboindie, wenn es Fisch gab. In diesem Fall erhielt er immer den Kopf, und von dem blieb kein Rest übrig. Katja schätzte das allerdings weniger, denn Inverboindie schleppte ihn durch die ganze Wohnung, bis er alle war.

Ich erreichte den Kreisel an der Autobahnausfahrt vor Telfs pünktlich um drei viertel zehn. Rechts ragte eine Industrieanlage in die Höhe, vor dem Kreisel lag eine Bushaltestelle. Ein einzelner Mann stand da, in grauem Anzug, mit schwarzer Krawatte. Ich hielt an und öffnete die Beifahrertüre.

»Hallo, Martin«, sagte ich, »ich bin Paul.«

Der Mann musterte mich. »Gehen wir ein Stück?«

»Gern«, stimmte ich zu und parkte den Wagen bei denen der Pendler.

Wir standen in der menschenleeren Landschaft, bei der verlassenen Bushaltestelle. Geradeaus, hinter dem Kreisel, begann die Pappelallee, die man in den 80er-Jahren angelegt hatte und die nun recht ansehnlich geworden war. Wo sie begann, sah man von hier aus nicht.

Links, zum Inn hinunter, breitete sich eine große Wiese aus, auf der Kühe grasten. Martin steuerte den Wirtschaftsweg an, der entlang der Autobahnausfahrt zum Fluss führte.

»Joe hat mich informiert«, begann er, »die alte Geschichte lebt wieder? Es wäre auch zu schön gewesen, um wahr zu sein. Bist du sicher, dass du darin verwickelt werden willst?«

»Das bin ich schon. Joe hat dir von dem Russen erzählt?«

»Das hat er.«

»Und das reicht dir nicht?«, fragte er, fast aggressiv.

»Ich bin schon drin, Martin. Der komische Vogel verfolgt auch mich. Ich habe sogar unterwegs das Auto gewechselt, um ihn nicht zu dir zu führen.«

»Ha«, lachte er heftig, »er hat das Auto gewechselt. Na toll.«

»Ist schon passiert«, sagte ich missmutig, »tut mir leid, wenn es dich stört.«

»Du hast keine Ahnung, nicht wahr? Nicht die geringste.«

»Dann hilf mir auf die Sprünge.«

»Na gut. Weißt du, was ich brauche, wenn die zu mir kommen?«

»Du wirst es mir sagen.«

Er langte in die Tasche und holte eine sehr kleine Pistole hervor. Sie war dunkelgrau, handlich und kurz. Sie verschwand praktisch in der Hand, der Zeigefinger reichte fast bis zur Mündung.

»Darf ich?«, fragte ich.

Er zögerte kurz und gab sie mir. Es handelte sich um eine kleine und dennoch großkalibrige Waffe, platzsparend konstruiert zum verdeckten Tragen. Eine nagelneue Beretta Nano lag in meiner Hand. Ich wandte sie zur Böschung und zog den Schlitten ein Stück zurück. Gelb schimmerte das Metall der Patrone darin, die Waffe war schussbereit. Dann ließ ich das Magazin herausgleiten. Ich drückte eine Patrone heraus, sah die Beschriftung an und sagte: »Ach du grüne Neune.«

»Federal American Eagle 9 mm, 147 Grain, Full Metal Jacket«, erklärte Martin.

»Beeindruckend, dieses Projektil ist ja fast doppelt so schwer wie das der normalen 9 mm Parabellum, und die ist schon nicht schwach. Da geht was ab.«

»Du kennst dich damit aus?«

»Ja. Ein schönes Stück, dieses Modell kannte ich noch nicht. Erstklassig.« Ich lud die Waffe wieder und gab sie ihm zurück. Er war zusehends freundlicher geworden. Den Kollegen war er unheimlich gewesen, weil er Waffen mochte, hatte Joe erzählt. Dieses Problem hatte ich mit ihm nicht.

»Beeindruckende Antwort, die Pistole«, sagte ich, »dann weiß ich, wie ernst du die Lage einschätzt. Trägst du sie immer bei dir?«

»Nein, erst seit gestern, als Joe mich angerufen hat. Beschafft habe ich sie vor einem Jahr. Joe erwähnte gestern auch den Russen. Die wissen genau, wo ich arbeite, das mit dem Auto-Wechseln war also überflüssig. Danke trotzdem, es war gut gemeint.«

Er war nun besser aufgelegt, wir spazierten weiter, ich erzählte Martin, wie ich auf das russische Projekt gekommen war, dass ich einen Investor an der Hand hatte, und dass Albert mir dieses Projekt während den Vorbereitungen für die Anleihe einfach verschwiegen hatte.

»Steig aus, Paul«, kommentierte Martin, als ich fertig war, »das ist es nicht wert, was immer du dran verdienst.«

Ich schüttelte den Kopf.

»Du spinnst«, sagte er, »sei mir nicht böse, aber etwas anderes fällt mir nicht ein.«

»Ich bin nicht ganz hilflos. Hilfe brauche ich aber, damit ich weiß, was da abgelaufen ist. Albert hat mir Dokumente gesandt. Ohne Erklärung sind sie nicht zu verstehen, zudem verschweigt er mir einiges.«

»Albert? Scheißkerl, elender, er soll zum Teufel gehen. Lass dich nicht von ihm einwickeln, da zahlst du drauf.«

»Ich bin schon drin, wie gesagt. Ich muss jetzt durch. Lassen wir Albert einfach beiseite, geht das?«

»Albert beiseite lassen? Na klar. Lass die Schwerkraft beiseite, denk dir dein Bankkonto schön, alles kein Problem.«

Ich sagte nichts. Er wirkte ganz anders, als Joe ihn mir beschrieben hatte. Eine Weile auf dem Trockenen zu sitzen und nach und nach zu verstehen, dass man verladen wurde, bewirkte einiges. Ich verstand ihn nur zu gut. Albert hatte das abgesagte Projekt griffbereit im Computer, Martin seine großkalibrige Waffe in der Hosentasche.

»Martin, ich brauche Hilfe. Ich muss verstehen, was dahintersteckt. In zwei Stunden treffe ich den Investor, der ist ein ausgeschlafener Bursche. Er wird mir keine Ausflüchte abkaufen. Ich kann nicht mehr zurück, und ich will es auch nicht. Du hilfst nicht Albert, sondern mir.«

Martin schüttelte verständnislos den Kopf. »Was willst du wissen?«

»Worum es mit den Russen wirklich geht. Das geht aus

Alberts Dokumenten nicht hervor. Man hat dich deshalb über die Klinge springen lassen, aber warum?«

»Warum? Das weißt du doch.«

»Ich weiß nur, was alle glauben sollen, dass es um deine offizielle Warnung ging, ein bestimmtes Produkt zu verkaufen. Das war doch nur ein Vorwand, was steckt wirklich dahinter?«

»Mensch«, sagte er ärgerlich, »du willst es genau wissen. Es ging um eine große Bestellung. Rohmaterial. Man hatte nachträglich die Lieferadresse geändert, ohne mein Wissen. Natürlich ist es mir aufgefallen.«

»Wie war das?«, fragte ich erstaunt. »Die Lieferadresse nachträglich geändert? Innerhalb der Firma?«

»Eben nicht. Die Lieferung ging woanders hin.«

»Unglaublich, wohin wurde es stattdessen geliefert?«

»Nach Russland, direkt an einen der Partner.«

»Sind die noch bei Trost?«, fragte ich unwillkürlich. »Das konnte doch nicht unentdeckt bleiben. Der Russe baut damit fertige Produkte und kassiert selbst? Die Unidata liefert und zahlt auch noch das Rohmaterial dafür?«

»Das verstehst du erst, wenn du den Namen kennst, wenn er dir etwas sagt.«

»Versuche es«, bat ich.

»Kormonov.«

»Lass mich überlegen. Digiteknik Kormonov? Geht es um diese Firma?«

»Schau an, du weißt ja doch einiges. Woher hast du den Namen?«

»Aus Alberts Dokumenten. Ich kenne die Namen der Partner inzwischen auswendig, nur anfangen kann ich damit nichts. Was ist mit Kormonov?«

»Er sollte Direktor der russischen Firma werden.«

»Nein … was sollte er? Der sollte Direktor werden?«

Wir waren stehen geblieben. Martin sah mich kühl an. Er holte eine Schachtel Zigaretten hervor und zündete sich eine an.

»Beginnst du jetzt, klarer zu sehen?«, fragte er.

Ich nickte. Eines der Erfordernisse für eine russische Niederlassung war ein russisch sprechender Direktor. Als Direktor der russischen Firma wären Sergej Kormonov viele Möglichkeiten offen gestanden. Er konnte für Kredite unterschreiben, die andere zurückzahlen mussten, er konnte sagen, der X will 200.000 für diesen Großauftrag und 150.000 davon für sich behalten. Als Chef der offiziellen Niederlassung kämen die Aufträge zu ihm, er müsste nicht mehr mit anderen Partnern darum kämpfen.

Das war die Perspektive, die ihm verloren gegangen war. Das war nicht irgendetwas, da ging es um Geld, und zwar um viel Geld. Kormonov hätte auch alle Spuren seiner korrupten Vergangenheit verschwinden lassen können, wenn er einmal oben saß.

»Na fein«, sagte ich, »ich hatte keine Ahnung, dass da ein so großes Rad gedreht wird.«

»Ja, Paul, wenn das wieder aufkocht, dann wären wir besser weit weg.«

»Zu spät, der Zug ist abgefahren. Auf eine Notbremse wurde aus Gründen der Gewichtsersparnis verzichtet.«

»Gewichtsersparnis ist gut für die CO2-Bilanz«, grinste er in einem Anflug von Galgenhumor, »ich bin in diesem Unheil gefangen und komme nicht heraus. Du hast dich sehenden Auges hineinreklamiert, aber so was wie ich hast du nicht?« Er tippte auf die Pistole in der Hosentasche. Ich konnte nur den Kopf schütteln. Den Ernst der Lage hatte ich allerdings verstanden. Für Cordes hatte ich umgekehrt nichts, was ich erzählen konnte. Stattdessen stellten sich jetzt neue Fragen. Wir waren unterhalb der Autobahn durch und gingen auf der westlichen Seite der Böschung zum Beginn der Pappelallee.

»Du hast deinen Job verloren, als das Projekt zu Ende ging«, setzte ich fort, »das ist nicht der Stil des Hauses. Sie kündigen praktisch nie. Die, die sie nicht mehr wollen, schieben sie aufs Abstellgleis und warten, bis sie aufgeben und von selbst gehen. Das war bei dir anders.«

»Was du nicht sagst.«

»Ja, und wie man da weiters sagt: Du warst der Mann, der zu viel wusste. Was zum Beispiel? Irgendwelche Mitspieler in der Firma? Die muss es ja geben, von Moskau aus kann Kormonov verdammt wenig ausrichten.«

»Das ist ja keine berauschende Erkenntnis. Frag dich doch, warum ein Jahr später ein Russe vor der Firma herumspaziert. Joe hat mir alles erzählt. Der Bursche fällt doch auf wie ein bunter Hund.«

Martins Miene wechselte zwischen spöttisch und verbittert hin und her.

»Es ist eine Schlangengrube«, wiederholte er Joes Ausspruch, »und die schlimmste der Schlangen ist eine grüne Mamba namens Albert, dein Auftraggeber. Sobald er das Gefühl hat, du stehst nicht bedingungslos hinter ihm, beißt er zu.«

»Und jetzt steht der Schlangenfänger vor der Tür. Der Russe hat doch Albert im Visier, oder? Alle Dokumente tragen – wie er sagt – seine Unterschrift. Hat er sich da irgendwo verrechnet? Er wollte das Projekt ja.«

»Er will es noch immer, das gibt er doch nie auf. Deshalb hat er auch mich, als ich die Sauerei aufgedeckt hatte, auf der Stelle hinausgeworfen.«

»Du warst der Sündenbock. Dem lädt man die Sünden auf den Rücken und jagt ihn in die Wüste hinaus. Verstehe. Aber diese Rechnung geht nicht auf.«

»Vielleicht doch, im letzten Moment. Albert hat einen nützlichen Idioten gefunden, der für diesen maroden Laden tatsächlich Geld beschafft. Damit steigt sein Ansehen, an dem er unermüdlich arbeitet, in schwindelnde Höhen.«

Dieser Gedanke war mir auch schon gekommen, aber ihn so deutlich ausgesprochen zu hören, tat weh. Mit Cordes als Finanzier hatte sich Albert allerdings abermals verrechnet, denn Cordes akzeptierte keine Ratgeber. Er tat genau das, was er für richtig hielt, nicht mehr und nicht weniger. Damit hatte sich Albert einen zweiten schwerwiegenden Fehler geleistet. Wir waren wieder stehen geblieben, Martin beobachtete mich aufmerksam.

»Oh weh, der arme Ikarus«, grinste Martin, »er ist zu nahe an die Sonne herangeflogen. Gleich schmilzt das Wachs an seinen Flügeln. Er fliegt noch und ist doch schon tot.«

Ich musste schmunzeln, Martins Vergleich aus der griechischen Mythologie traf ins Schwarze, nur zu gut. Was er nicht erwähnte, war die Frage, ob Albert Kontakte nach Russland hatte, oder wenigstens Signale dorthin sandte. Jemand hielt ihn auf dem Laufenden. Unser Projekt hatte ihn veranlasst, sich wieder einzuklinken.

»Du bist schon zu weit drin«, sagte Martin, »du kannst wirklich nicht mehr aussteigen. Von der Blamage abgesehen hättest du Schadenersatzforderungen am Hals, wenn ich das richtig sehe.«

»So ist es. Bei dir ist es aber noch schlimmer, du hast dich anständig verhalten, verlierst dafür den Job und kommst in Kormonovs Fadenkreuz.«

»Ja, wie du sagst, normalerweise kündigen sie keinen. Mich haben sie damit markiert, weithin sichtbar markiert. Albert, elende Kröte.«

Wir waren an der Allee angelangt. Martin sah auf die Uhr, seine Pause war um. Er konnte hier die Straße überqueren und zurückgehen.

»Da wäre noch ein Aspekt«, sagte ich.

»Ein Aspekt, schau an. Noch einer? Du willst es wirklich ganz genau wissen.« Er holte sein Handy hervor und telefonierte kurz. Dann gab er mir einen USB-Stick. Er enthielt seine Korrespondenzen, also das, was Albert mir verschwiegen hatte, Verträge, Bestellungen und anderes mehr, vor allem eine Beschimpfung von Kormonov persönlich. Wir tauschten auch unsere Visitenkarten, und ich sagte ihm, dass er mir problemlos E-Mails senden könne. Ich hatte meinen eigenen Server im Haus, die gefräßige und neugierige Cloud, die alles kopierte, auswertete und für sich behielt, musste bei mir draußen bleiben.

»Kommen wir noch einmal auf deine Weisung zurück, die du per E-Mail verschickt hast«, sagte ich.

»Von mir aus.«

»Damit hattest du deine Kompetenzen überschritten. Du bist Einkäufer und hast dem Verkauf nichts anzuschaffen. Das war der offizielle Anlass für die Kündigung, richtig?«

Martin schwieg mit verbittertem Gesicht. Er suchte wohl den Aspekt, den ich angesprochen hatte.

»Lassen wir die Details beiseite«, fuhr ich fort, »du wolltest nur die Aufmerksamkeit auf die große Schweinerei lenken, oder? Du wolltest, dass jemand hinsieht. Du hast das intern abgehandelt, ohne große Glocke nach außen.«

»Natürlich doch«, murrte er, »ich wollte die anderen Kollegen nicht blamieren, die alle nichts dafür konnten. Wie du sagst, ich wollte, dass endlich jemand hinsieht. Die Reaktion war allerdings eine ganz andere.«

»Erzähl mir davon.«

»Zuerst hat Hagsteiner getobt. Der hat Albert zu sich bestellt und ihm den Kopf gewaschen. Albert ist dann völlig ausgerastet, und wie. Er hat noch schlimmer getobt als Hagsteiner.«

»Aber all das geschah hinter verschlossenen Türen?«

»So was von verschlossen, die Grabkammer von Tutanchamun am tiefsten Grund der Pyramide war bis zu ihrer Entdeckung ein offenes Haus dagegen. Absolutes Stillschweigen nach außen, hat Albert angeordnet.«

»Ja, und dich hat man ausgemauert. Da hast du es besser als die Baumeister der Pyramiden, die hat man ja angeblich eingemauert.«

Martins Stimmung hatte sich gebessert, vielleicht weil, was ihn derart schmerzte, endlich einmal ausgesprochen war. Er schmunzelte. »Ja, danach wurde ich gekündigt. Gehaltsfortzahlung innerhalb der Kündigungsfrist, aber Haus- und Konkurrenzverbot. Kaltgestellt. Alles bekannt. Wo ist der Aspekt, von dem du gesprochen hast?«

»Da müssen wir einen Schritt zurück, und zwar einen Schritt hinter deine Verkaufswarnung. Was geschah, als du den Diebstahl entdeckt hast. Wie bist du vorgegangen?«

»Ich ging zu Schorsch.«

»Was machte er?«

»Er hörte zu, machte ein ernstes Gesicht und rief Albert zu sich.«

»Wie reagierte Albert?«

»Da war ich nicht dabei. Albert sagte mir später, das sei zwar eine Schweinerei, aber am Fahrplan ändere sich nichts.«

»Verstehe. Bleiben wir bei Hagsteiner. Hattest du da den Vorschlag mit der Verkaufswarnung schon?«

»Natürlich, ohne Vorschlag zur Lösung gehe ich nirgendwo hin. Er ging nicht darauf ein.«

»Hagsteiner sagte nichts, wo er doch Ideen gern heruntermacht?«

»Ja. Das fällt mir jetzt auch auf, was war ich für ein Idiot.«

»Mach dir keine Vorwürfe, das kann er wie kein anderer. Da geht ihm auch Albert regelmäßig auf den Leim. Er macht alles herunter, was er nicht haben will. So fällt nicht auf, dass er das ausspart, was er wirklich will.«

Martin schüttelte den Kopf, diesmal verzweifelt. Er hatte die Methode Schorschs endlich verstanden. Was Schorsch nicht in den Kram passte, das überzog er freigiebig mit Häme und Herablassung. Wer sich um Anerkennung bemühte, dem blieb nur übrig, worüber Schorsch nicht gespottet hatte. Diese Methode war so perfide wie wirkungsvoll. Den meisten fiel sie erst auf, wenn sie frustriert gekündigt hatten.

»Kommen wir zu dem Tag, als du das Mail hinausgeschickt hast«, sagte ich. »An diesem Tag muss Schorsch etwas anders gemacht haben als sonst.«

»Ganz genau, und auch das fällt mir jetzt erst auf. Ich war wegen dieser Sache wieder einmal bei ihm. Er erwähnte, dass er überlege, dieses Produkt überhaupt vom Markt zu nehmen. Nach diesem Vorfall sei es endgültig im Arsch. Er hat sich auf einmal richtig in Rage geredet. Bis dahin hat er jedes Mal nur wortlos zugehört. Diesmal hat er eine Show abgezogen, denn nun wollte er, dass die Warnung hinausgeht.«

»Verstehe. So etwas bemerkt man in der Hitze des Gefechts nicht«, tröstete ich ihn.

»Diese Mistsau. Ich bin darauf hereingefallen und habe ihn prompt daran erinnert, dass es höchste Zeit ist, die Verkaufswarnung hinauszuschicken.«

»Wie hat er reagiert?«

»Er hat mit den Achseln gezuckt und zu telefonieren begonnen. Das Gespräch war zu Ende.«

Martins Karriere auch. Schorsch hatte den darauffolgenden Wirbel als Anlass genommen, Martin wegen Überschreiten seiner Kompetenz durch Joe hinauswerfen zu lassen. Das Projekt starb bald darauf, aber der Vorfall war nur ein Vorwand gewesen, den wahren Grund kannte Martin nicht. Er dachte auch an keinen anderen.

Sein Gesicht hatte wieder eine gesunde Farbe angenommen. Die Erkenntnis, dass man ihn manipuliert und missbraucht hatte, war leichter zu ertragen als das Gefühl des Versagens, das ihm Schorsch eingeimpft hatte.

Wir spazierten unter der Autobahn durch, zurück zum Parkplatz. In Martin arbeitete es. Diesen Aspekt hatte er übersehen. Schorsch hatte seelenruhig zugeschaut, wie Albert sich mit dem Projekt abrackerte, und dann in Martin denjenigen gefunden, der es für ihn umbrachte. Töte mit einem fremden Messer, eine alte chinesische Kriegslist.

»Nette Pistole«, kam ich auf seine Beretta zurück. »Hast du einen Schein?«

»Den Schein habe ich zurückgegeben. Die ständigen Kontrollen gingen mir auf den Wecker. Als legaler Waffenbesitzer hast du ständig die Polizei im Haus, zur Überprüfung. Als Gauner mit einer illegalen Waffe gilt die Privatsphäre. Wenn ich sie brauche, bin nur ich dran. Dann lieber so.«

»Da verstehe ich dich. Hoffentlich kommt der Augenblick nicht, aber das haben wir jetzt nicht mehr in der Hand. Lernt man den Umgang mit Waffen im Einkauf?«

»Nein«, lächelte er, »vor vielen Jahren habe ich bei einer Sicherheitsfirma Transporte begleitet.«

»Wo hast du da gearbeitet?«

»Kann ich dir nicht sagen. Jedenfalls in Deutschland, und es waren wertvolle Transporte. Du stehst nur als Zielscheibe vorn. Jeden Moment kann eine Kugel kommen, dann bist du dran. Es ist vorgekommen.«

Wir sahen uns an.

»Du musst den zweiten Schuss auf eigene Kosten peinlich rechtfertigen«, setzte er hinzu, »der Gangster bekommt für den ersten anwaltlichen Beistand, gratis natürlich.«

Er wirkte nicht wie jemand, der sich wichtigmachte, vielmehr wie jemand, dem noch immer der Schauer über den Rücken läuft bei dem Gedanken an eine Kugel aus dem Hinterhalt.

»Unser Besuch ist da«, erinnerte ich, »er verfolgt auch mich. Er ist mir einmal von der Unidata aus nachgefahren. Er ist mir hierher sicher nicht gefolgt. Wenn das hier eskaliert …«

»Es wird eskalieren. Möglicherweise bin ich für eine Weile im Ausland, bei der Familie meiner Frau.«

»Gute Idee«, bestätigte ich und setzte hinzu: »Du bist gut vorbereitet, und das ein Jahr danach.«

»Wie konnten Schorsch und Albert nur glauben, das wäre ausgestanden? Niemals. Ich war fast erleichtert, als ich hörte, dass ein Russe da wäre. Die Ungewissheit war schwerer zu ertragen.«

»Sie blicken nach vorn.«

»Denen kann keiner mehr helfen. Du triffst zu Mittag den Investor? Wie ist der so?«

»Topfit, kurz gesagt.«

»Komisch, dann gehst du mit einer Leiche hin, und die heißt Albert. Mach deinen Deal und hau ab, solange du noch kannst. Wenn Albert wüsste, dass sie mit ihm den Falschen im Visier haben? Das falsche Spiel des lieben Schorsch habe ich erst jetzt verstanden. Zum Teufel mit den beiden. Wir bleiben in Kontakt.«

Martin wandte sich ab und ging rasch davon. Möge die Macht mit ihm sein, dachte ich, aber er war schon zu weit weg, als dass ich es ihm hätte sagen können. Ich nahm den Weg zurück, den wir gekommen waren.

Er war besser vorbereitet, als ich gedacht hatte. Vor allem rechnete er mit wesentlich schlimmeren Dingen. Das war sehr beunruhigend. Franco meinte, dass die Falle morgen funktionieren würde. Sie musste.

Ich fuhr zurück, um die Autos auszutauschen und mich mit Albert zu treffen.

*

Birgits Flamencoschuhe knallten auf dem klinisch reinen weißen Fußboden, auf den Hagsteiner so stolz war. Er hatte alles damit überziehen und eine weitläufige Anlage bauen lassen. Sein eigenes Zweitbüro, das er hier hielt, war allerdings von vornherein als ganz spezieller Raum konzipiert worden. Die Tür ging auf, Birgit kam mit meinem Espresso und setzte sich zu uns. Albert und ich hatten am Besprechungstisch in Schorschs Büro Platz genommen, um noch einmal alles durchzugehen, bevor wir zu Cordes aufbrachen. Sein Palast im Gewerbegebiet war höchsten fünf Minuten entfernt.

»Ihr seid heute ausstaffiert«, bemerkte sie spöttisch und bestaunte unsere dunklen Anzüge mit Krawatten, die wir sonst nie trugen. »Was liegt denn an?«

»Sagen wir's ihr?«, fragte Albert und blickte auf meine Espressotasse.

»Lasst es doch bleiben«, sagte sie und stand auf. »Birgit erhält keine Auskünfte, Birgit erteilt sie. Das ist sie gewohnt. Auch einen Kaffee?«

»Wenn's leicht geht.«

Weg war sie, ihre Schritte klackten den Gang hinunter. Albert sah mich mit seinem unternehmungslustigen Blick an.

»Knallst du sie?«

»Was, wie … spinnst du?«, fragte ich entgeistert.

Birgit übte tatsächlich auf einen beträchtlichen Teil der männlichen Belegschaft einen eigenartigen Reiz aus, die meisten hätten alles für sie getan. In der Regel war es umgekehrt, alle kamen zu ihr, wenn sie etwas brauchten, und erhielten es von ihr. Sie war hübsch, aber nicht sexy, und eher klein. Ich sagte gelegentlich ›Alberich‹ zu ihr, oder: ›Ich seh' dir in die Augen, Kleines.‹ ›Alberich‹ hatte sie verstanden, weil der Tatort-Gerichtsmediziner Professor Boerne das zu seiner klein geratenen Assistentin sagte, aber das zweite Zitat hatte ich ihr erklären müssen. Birgits Generation kannte Humphrey Bogarts Spruch aus *Casablanca* nicht mehr. Für die meisten war ihre gute Laune das Erkennungszeichen, für mich waren es ihre Flamencoschuhe und die strenge Frisur wie die der Flamencotänzerinnen. Birgit war nicht streng.

»Wie sie dir immer den Espresso bringt, fünf Minuten, nachdem das Meeting begonnen hat, und wie sie dich ansieht ...«

»So ein Unsinn, überall siehst du Liebschaften und Verhältnisse.«

»Was verstehst du eigentlich? Die Bankerin, die hat dich doch genauso angesehen ...«

»O weh, die hat mich angesehen wie das fünfte Rad am Wagen, das ich in dieser Besprechung ja war. Gesehen hat sie die Bilanzen, die ihr gar nicht gefielen. Begeistert war sie nur von deiner Präsentation.«

»Zu Recht.«

»Absolut, sie war hin und weg von deinen Erläuterungen und Folien. Sie hat am nächsten Tag den lokalen Statthalter angerufen und davon geschwärmt.«

»Auch zu Recht. Wenn du aber eine siehst, die schnackseln will, dann kapierst du nichts.«

»Das sieht man deutlicher.«

»Na wie denn? Erklär mir das, erleuchte mich.«

»Aber gern. Vor langer Zeit, als wir noch Youngsters waren ...«

»So lange her?«

»Geduld, ein markantes Beispiel. Wir waren zu zweit im Auto unterwegs, es war ein verregneter Abend im Herbst.«

»Gehört das dazu?«

»Natürlich, die Stimmung, alles. Du musst das als Gesamtkunstwerk verstehen.«

»Ja, du und die Kunst. Red schon weiter.«

»Da ging ein Mädchen am Straßenrand. Sie hatte einen hellen Trenchcoat an. Ich sehe das Bild noch vor mir, oben blonde Haare über einem hellen Mantel, ihre Beine, schwarze Stöckelschuhe auf dem nassen Asphalt des Gehsteigs.«

»Du meinst malerisch, verstehe. Ihr habt sie aufgegabelt.«

»Sie hob die Hand, ohne den Kopf zu drehen, wir hielten an, sie stieg ein, wir fuhren weiter. Während wir noch überlegten, wie wir anfangen sollten, beugte sie sich vor, lachte uns an und fragte: Was glaubt ihr, was ich unter dem Mantel anhabe?«

»Am Ende nichts? Das habt ihr euch wohl vorgestellt.«

»Wir wünschten es uns, und ich sprach es aus: Nichts.«

»Und dann?«

»Sie sah uns an, wir nickten bekräftigend, sie knöpfte den Mantel auf, zog ihn auseinander und war drunter angezogen. Sie lachte lauthals.« Albert lachte auch.

»Wo ist die Pointe? Das ging daneben.«

»Das befürchteten wir einen Moment auch. Aber sie wollte nur das Eis brechen.«

»Das Eis brechen, klar. Ist ihr das gelungen?«

»Und ob, wo ein Wille, da ein Gebüsch. Ich meinte: schade. Sie fragte: Soll ich mich ausziehen? Wir standen wie ein Mann zusammen und verlangten: Aber ja doch.«

»Hat sie?«

»Sie fragte noch einmal: Soll ich wirklich? Wir nickten noch kräftiger. Sie zögerte einen Moment, dann zog sie den Mantel aus und der Reihe nach alles. Als sie fertig war, lehnte sich nackt zurück, schlug die Beine übereinander, breitete die Arme auf der Rücklehne aus und sah uns triumphierend an.«

»Triumphierend?«

»Ja, das war wohl auch für sie Stress, Unbekannte zu fragen, ob sie sich ausziehen solle und es dann zu tun. Wir hätten ja verkappte Moralapostel und schockiert sein können.«

»Stress«, sagte Albert und schüttelte den Kopf, »geile Böcke als Moralapostel, Stress. Ein Vamp mit Stress.«

»Ich habe nie einen Vamp kennengelernt, sie war kein Vamp. In so einer Situation sind sie unsicher und verletzlich. Wer alles gibt, dem bleibt nichts.«

Diese Situation erklärte ich Albert umsonst. Ich hatte, vor langer Zeit, in einem Nachtklub eine Stripperin zornig abgehen sehen mit dem Fluch, ›die Hände sollen euch abfallen‹, weil keiner applaudiert hatte. Ich auch nicht, hatte ich bedauernd, aber zu spät festgestellt. Unser unerwarteter Gast hatte mit ihren Kleidern alles gegeben, sie wollte etwas zurückbekommen, nämlich Anerkennung. Von Anerkennung verstand Albert so wenig wie Hagsteiner. Albert bedankte sich in Mails wortreich für die kleinsten Handreichungen, wie ich das bei Finanzern oft gesehen hatte, aber unter die Haut ging nichts.

»Ja, ja.« Albert schüttelte den Kopf. »Führte das zu etwas?«

»Wir mussten schleunigst einen Landeplatz finden, das war die Hölle. Nach vorn sehen und nicht ständig in den Rückspiegel. Wir fanden ihn auf der alten Straße am Achensee, die war damals noch offen. Alles hat gepasst, der Regen, das einsame Ufer, der dunkle, stille See vor uns, die Liebesgöttin, die sich vergnügt auf der Rückbank rekelte und deren Stimmung mit jeder Minute gelöster geworden war. Wir haben sie in den Morgenstunden zu Hause abgesetzt.«

»Wie sah sie aus, nackt auf dem Rücksitz?«

»Gut, etwas füllig, fast eine Rubensfigur. Einfach eine Liebesgöttin. Wie Aphrodite, ohne Arglist, nur der Lust zugetan.«

»Die Liebesgöttin, hatte sie einen Namen?«

»Wir haben nicht gefragt. Wozu auch. Der Augenblick zählt. Der ist Ewigkeit, alle Lust will Ewigkeit.«

»War sie eine Professionelle?«

»Wo denkst du hin. Einen Münzeinwurf finde ich am Parkautomaten auch, und unter ihrer gespielten Freundlichkeit sind sie so kalt wie der Automat. Unsere war echt, die verkaufte keine Illusion. Da hatten sich drei gefunden, die dasselbe wollten. Wir haben uns gelegentlich wieder getroffen, wenn sie an derselben Stelle spazieren ging.«

Dass man die schönen Dinge im Leben gratis oder für wenig erhielt, erklärte ich einem Finanzer nicht.

»Ihr müsst ja tolle Hechte gewesen sein«, knurrte er und holte einen Umschlag aus dem Sakko.

»Wäre ein anderer statt uns vorbeigekommen, dann hätte er den Fisch an Land gezogen. Wir hatten einfach Glück.«

»Glück? Von mir aus, der Kaffee kommt auch nicht, dann machen wir jetzt den Deal?«

»Her damit.«

Albert gab mir den Umschlag, ich nahm ein Bündel Banknoten heraus und begann, durchzuzählen. Es waren, wie erwartet, 3.400 Euro in kleinen Scheinen. Die kleinen Scheine hatten nichts weiter zu sagen, die stammten bloß aus der Sparbüchse. In einem zweiten Umschlag war die Rechnung. Seine Consultingfirma stellte mir eben diesen Betrag in Rechnung, für Beratung bei der Platzierung einer Anleihe. Das tat eigentlich umgekehrt ich, aber so konnte er es verrechnen und hatte einen Zahlungseingang vorzuweisen.

Die Finanz, hatte er erzählt, stünde kurz davor, seine eigene Firma wegen Liebhaberei zu schließen, weil sich da nichts abspielte. Ich zahlte also sein eigenes Geld auf sein Konto und hatte dafür eine Ausgabe, die mir Steuern sparte. Er hatte damit Geschäftstätigkeit vorgetäuscht. Das Ganze war ein Nullsummenspiel, denn die Steuer, die ich mir ersparte, zahlte nun er.

Als ich die Scheine zusammenschlichtete, um sie in den Umschlag zu stecken, ging die Tür auf und eine der jungen Einkäuferinnen, von denen Joe erzählt hatte, betrat mit dem Kaffee für Albert den Raum. Sie sah das Bündel Geld, das ich eben einsteckte und lächelte verlegen. Mit ihren Hausschuhen hatte sie sich lautlos angenähert, Birgit hätte man kommen gehört. Das Mädchen stellte den Kaffee ab und verschwand. Albert grinste diebisch. Ich staunte über seine Unverfrorenheit und die Lust an der Provokation. Immerhin war er der Finanzvorstand der Firma und steckte einem externen Auftragnehmer am Besprechungstisch ein Bündel Banknoten zu. Was sich das Mädchen jetzt dachte, konnten wir uns ausmalen, und dass es gleich die Runde gehen würde auch. Es störte ihn nicht im Geringsten, im Gegenteil.

Wir brachen mit meinem Auto auf. Um fünf vor zwölf fuhren wir in die Tiefgarage ein. Als wir vor dem Lift standen, fragte er noch einmal: »Das mit der Dame am See hast du doch erfunden?«

Ich schüttelte nur den Kopf, die Tür des Lifts ging auf. »Da könnte ich dir schon mehr Episoden erzählen.«

»Mehr? Ohne Namen?«

»Etliche. Vielleicht beginnt Besitzstreben schon mit der Frage nach dem Namen«, spottete ich.

»Vollkoffer.«

»Die Psychos haben doch für die Freude am Augenblick den Begriff ›Bindungsangst‹ erfunden, oder?«

»Ja, wenn wir die Psychologen nicht hätten.«

Wir waren oben und gingen den Flur entlang. Das war das Gute am Finanzwesen, es handelte sich dabei um eine betroffenheitsfreie Zone. Alt werden wollte ich darin nicht, aber gelegentlich ein Ausflug dorthin hatte auch etwas für sich. Ich legte den Finger auf die Klingel.

»Bindungsangst solltet ihr jetzt entwickeln, falls ihr die nicht habt«, riet ich, »der da hinter der Tür hat keine. Der Laden wird bald ihm gehören.«

Albert plagten keine derartigen Skrupel, er drückte auf den Knopf. Gleich darauf ging die Tür auf und Weißjacke bat uns herein.

Er führte uns durch den nächsten Flur in Cordes' Büro. Das war weitläufig und, wie ich es nun schon gewohnt war, vor allem leer. Seine hochgewachsene, hagere Gestalt erhob sich ohne zu zögern, er kam freundlich lächelnd hinter dem Schreibtisch hervor und ging auf uns zu. Die 70, dachte ich, hatte er hinter sich. Man konnte offenbar Jahrzehnte hinter dem Schreibtisch verbringen, alt werden und dennoch fit und hellwach bleiben. Er gab mir die Hand, dann sah er Albert an und begrüßte auch ihn.

»Sie sind Magister Heller, der Finanzchef?«, fragte er, um gleich fortzufahren: »Dann beginnen Sie bitte.«

Weißjacke zog für Albert einen Stuhl zurück, ich setzte mich daneben, Cordes nahm am kurzen Ende Platz. Albert hatte eine Visitenkarte bereit, er hielt sie einen Moment ratlos in der Hand, was Cordes nicht beachtete. Manche Gesprächspartner halten es mit der direkten Art, Cordes war so einer. Vom Eis-Brechen hielt er nichts, eher umgekehrt. Albert war allerdings die verschiedensten Gesprächspartner gewöhnt, er setzte sich, klappte sein Notebook auf, startete es und begann mit seiner Präsentation.

Eine Seite nach der anderen von seinen PowerPoint-Folien erschien. Albert erläuterte den Geschäftsverlauf, Umsatz- und Gewinnentwicklung, aufgeteilt nach den Geschäftsfeldern, Cashflow, Bilanzpositionen, besprach die beiden letzten Bilanzen und stellte eine Projektion für die nächsten drei Jahre an, bis er endlich zum Geschäftsplan für die Anleihe kam. An deren Zustandekommen glaubten wir offiziell ja noch immer.

Cordes sah schweigend zu und folgte, es war wie bei den Präsentationen, die ich bei den Bankern miterlebt hatte. Es gab keine Zwischenfragen, Albert hatte an alles gedacht und erläuterte ausführlich. Als er fertig war und sich zurücklehnte, war eine Dreiviertelstunde vergangen.

Cordes bedankte sich und stand auf. Er spazierte zur Fensterfront hinüber, wir schlossen uns an. Der Ausblick ging nach Norden, über die Dächer der Stadt. Am Fuß der Nordkette zeigte sich schon frisches Grün, das bereits ein schönes Stück hinauf reichte. Darüber war es noch braun, und oberhalb der Baumgrenze lagen die Reste des letzten, spärlichen Schneefalls. Hinter uns begann Weißjacke anzurichten.

»Sie denken also daran, den Schwerpunkt von der Hardware auf Software zu verlegen«, sagte Cordes.

»Ja«, antwortete Albert knapp.

Im Prinzip taten das im Augenblick alle, die eine Möglichkeit sahen oder zu sehen glaubten. Die Begründung sparte er sich, um Cordes Gelegenheit zu geben, seine eigentliche Frage zu stellen.

»Warum glauben Sie, dass das bei Ihnen klappt?«, fragte Cordes. »Viele ziehen sich da nur den Teppich unter den Füßen weg. Alle Großen in der Branche kommen jetzt mit ihrem Cloud-Printing daher. Es muss ja alles in die Cloud. Will die kleine Unidata gegen Hewlett-Packard, Google und so weiter antreten?«

»Wir bekommen eine Menge Daten über unsere Druckmaschinen«, erklärte Albert. »Die melden, wie inzwischen üblich, ja alle Daten in die Zentrale, also, was gedruckt wird, die Kunden, deren Geschäftsverbindungen, Adressen, Zahlungsdaten, Bonität und so weiter.«

»Datenhandel, meinen Sie? Sie wollen die gewonnenen Daten verkaufen?«

»Das ist das Ziel.«

Cordes musterte eingehend die Bergstation der Hungerburgbahn, wie mir schien. Tatsächlich zielte er ein wenig höher hinaus.

»In Ihrer Präsentation hörte ich davon nichts.«

Albert sah mich an.

»Die Meinungsbildung ist noch nicht abgeschlossen«, sprang ich ein.

Ich wusste nicht, was Albert jetzt dachte, aber er wirkte nicht unzufrieden. Um die Lippen von Cordes zeigte sich ein wenig das Lächeln, das ziemlich grausam werden konnte. Am Tisch war es still geworden, Cordes deutete dorthin. Wir setzten uns.

Es gab Lammkrone, so vorzüglich, wie es bei Cordes eben üblich war. Albert erhielt ein Mineralwasser, ich schloss mich dem Rotwein an, den Cordes erhielt. Es war ein Castello di Monsanto, also Chianti, die einzige Art Rotwein, die ich kannte.

Ich sah Albert an, dass er überlegte, wie er den Faden wiederaufnehmen konnte, aber er war so klug, es nicht zu tun. Hier war er in seinem Element, da unterlief ihm kein Fehler. Man musste auch still halten können, ohne sich in weiterer Argumentation zu verfangen. Cordes nahm ihm das Sprechen ab.

»Die Bestrebungen etlicher Firmen gehen dahin«, meinte er zwischen zwei Bissen, »an die Autoindustrie anzudocken. Die vernetzen ja ihre Fahrzeuge, um Rückrufe geräuschlos durchführen zu können. Dazu muss das Auto jederzeit den möglichst vollständigen Zustand an die Zentrale melden.«

»Damit haben sie alle Betriebsdaten ihrer Kunden in Echtzeit«, stimmte Albert zu, »natürlich auch, wann und wo er fährt oder steht, wie schnell er fährt, ob es regnet oder nicht, wer im Auto sitzt, und so weiter.«

»Richtig. Der Kunde erhält am Handy eine Nachricht, wann er in die Werkstatt kommen soll. Das eröffnet die Möglichkeit, eine Menge Zusatzdienste über Apps anzubieten, kostenpflichtig natürlich.«

»Am meisten verdient man mit dem, was keiner braucht«, trug ich bei, in dieser Runde durfte ich das sagen.

»Diese Aussicht auf Erfolg erblicke ich nicht«, stellte Cordes ruhig fest, »in Ihren Ausführungen waren keine konkreten Maßnahmen enthalten.«

Albert und ich sagten nichts, wir wussten, dass es dazu nichts Konkretes gab. Cordes wechselte das Thema, und nach dem Essen erschien Weißjacke und räumte ab. Die Audienz war zu Ende, wir standen auf.

Cordes begleitete uns zur Tür.

»Sie haben einen fundierten Eindruck Ihrer Firma vermittelt«, sagte er zu Albert. »Lassen Sie meinem Büro alle Unterlagen zukommen, Herr Prokop hat die Kontaktdaten.«

Weißjacke schloss die Tür, wir gingen zum Lift zurück. Als ich die Garage verließ, fand Albert die Sprache wieder.

»Das war jetzt fast wie damals …«

»In der Bank«, setzte ich fort, »in Wien, im weißgottwievielten Stock, als wir dachten, nach dieser Einleitung werfen sie uns hinaus?«

»Genau. Diesmal nicht, er hat angebissen. Bestätige mir, dass ich recht habe!«

»Nicht ganz, er hat zugebissen. Für dich läuft es auf dasselbe hinaus, du hast deine zwei Millionen.«

»Wir! Wir haben sie, das ist gut für dein Honorar. Ich fühle mich sauwohl, tun wir etwas dagegen.«

»Kein Problem, denk nur an Goebbels.«

Das saß, damit war die Stimmung tatsächlich angeschlagen, aber das hatte er ja haben wollen. Mit Goebbels meinten wir den Kommunikationschef, der damals schon die unfertige Anleihe hinausposaunt hatte. Wir redeten über ihn nie mit seinem bürgerlichen Namen, Alberts Verachtung für ihn war bodenlos. Er selbst berichte an Hagsteiner, legte Albert fest, und ich sollte mich um Goebbels kümmern. Ich sei der Projektleiter, behauptete er wieder einmal, und müsse auch etwas beitragen. Ich konnte also nur versuchen, dass die Pressemeldung so unterkühlt wie möglich ausfiel, denn hinausgehen würde sie auf jeden Fall.

Wir standen wieder vor dem Kreisel, als vierte in der Schlange. Vor uns ging nichts weiter.

»Fahr schon los«, knurrte ich, »dämlicher Träumer.«

»Niete«, stimmte Albert zu, »das haben wir beim Heer anders gelernt.«

»Genau, in der Kolonne fahren alle zugleich an und nehmen dabei die Abstände ein. Wäre nicht so schwierig.«

Albert lehnte sich zufrieden zurück. Bei solchen Themen verstanden wir uns immer. Heute sollte es noch besser sein als sonst, am Ende des Weges.

Ich begleitete ihn in Schorschs Zweitbüro. Albert rief zuerst Birgit an, die ich am Telefon ›wow‹ schreien hörte. Im Handumdrehen erschien sie mit einem Tablett voller Gläser und der Sektflasche, von denen eine immer in der Kaffeeküche auf Anlässe wie diesen wartete, gefolgt von zahlreichen Mitarbeitern. Joe gesellte sich bald dazu, und wir ließen uns gebührend feiern. Nachdem das in Gang gekommen war und sich verselbständigt hatte, verabschiedete ich mich von Albert. Er ging mit mir hinaus zum Auto.

»Was tun wir mit dem Russen?«, wollte ich wissen. »Der ist noch übrig.«

»Vergiss ihn, habe ich das nicht deutlich gesagt?«, grinste Albert. »Die haben das Projekt nicht vergessen, nun bekommen sie es. Alle sind zufrieden oder werden es bald sein.«

»Ich kann dir nicht folgen«, stellte ich verblüfft fest, »es ist tot, und wir haben es Cordes gegenüber wohlweislich verschwiegen. Im guten Glauben, jedenfalls, was mich betrifft.«

»Glaub, was du willst, das ist dein gutes Recht. Du kannst auch glauben, dass Cordes sich das entgehen lässt.

Wir erschließen einen neuen Markt. Manchmal bist du wirklich ein Christkind.«

Die Antwort, die mir auf der Zunge lag, verschluckte ich. Albert war nicht in der Laune, eine zu hören, er sah sich am Ziel. Vor dem Auto gab er mir die Hand.

»Was glaubst du, woran ich ein volles Jahr gearbeitet habe, und warum ich ein weiteres volles Jahr still gehalten habe? Das Projekt kommt. Mit einem wie Cordes im Hintergrund werden wir endlich Hagsteiner los, und dann wird geschehen, was geschehen muss. Lass mir die Daten zukommen, verlieren wir keine Zeit.«

»Keine Zeit verlieren? Darum ging es dir? Hagsteiner loswerden, und du kannst deine Träume verwirklichen? Für wen hältst du mich? Ich bin nicht der Rächer der Enterbten. Ich habe eine Unternehmensfinanzierung auf die Beine gestellt und nicht eine Vendetta finanziert.«

»Mach es nicht dramatischer, als es ist«, sagte Albert, »dein Investor kann das Risiko beurteilen, sagtest du. Dann kann er auch seine Chancen beurteilen, was du offenbar nicht kannst.«

»Natürlich«, lächelte ich, »wie dumm von mir.«

Er schüttelte meine Hand, die er noch immer hielt, und ich setzte ein verständnisvolles Lächeln auf. Seinen prüfenden Blick erwiderte ich mit einem Kopfnicken. Routine hilft einem über manchen Tiefschlag hinweg. Albert kehrte zurück. Mechanisch drückte ich auf den Schlüssel und stieg ein. Ich fuhr los und rief Katja in ihrer Kanzlei an.

»Alles gut gelaufen?«, fragte sie.

»Ich brauche einen Scotch, und zwar einen verdammt großen, aber ich will ihn nicht allein trinken.«

»Komm her«, sagte sie. »Treffen wir uns drunten im Café? Der Wirt hat schon die Tische auf der Straße.«

Sie war nach dieser Einleitung sicher auch beunruhigt, aber das merkte man ihr nie an. Die Fahrt über den Südring dauerte eine Viertelstunde, dann saßen wir beisammen. Der Whisky stand schon da, die Frage, welcher es war, bedeutete im Moment wenig.

»Slàinte mhath«, sagte ich in reinstem Gälisch, nachdem ich festgestellt hatte, dass es Lagavulin war. Diese gute Nachricht war für heute wohl die letzte ihrer Art.

»Was ist passiert?«, fragte Katja.

»Er hat mich über den Tisch gezogen, dieser erbärmliche Mistkerl, und zwar nach allen Regeln der Kunst.«

»Albert? Doch nicht mit den Russen?«

»Genau damit. Er will mit Cordes im Hintergrund Hagsteiner abschießen und das russische Projekt erneuern, der Idiot.«

»Nein«, sagte Katja und wirkte fast erschüttert, »der glaubt, dass er Cordes für sich einspannen kann? Ist er übergeschnappt?«

»Offensichtlich. Er hat allen so lange vorgerechnet, was sie falsch machen, dass er nun glaubt, er wäre Gott.«

Katja nahm einen winzigen Schluck von meinem Whisky. »Du hast also das Geld beschafft«, sagte sie, »und Albert hat Cordes nichts von dem Russenprojekt gesagt.«

»Genau so.«

»Der spinnt.«

»Weggetreten, ausgeklinkt, völlig neben der Spur. Er will das tote Projekt neu beleben, was er Cordes gegenüber verschwiegen hat, glaubt aber, dass er Cordes für sich einspannen kann – und hat einen russischen Killer auf den Fersen. Die da drüben glauben nämlich ihrerseits, dass Albert das Projekt abgewürgt hat. Mehr brauche ich nicht mehr.«

»Ein Killer? Wieso ist dein Fantomas auf einmal ein Killer?«

»Ich habe am Vormittag mit Martin gesprochen, dem geschassten Einkäufer. Der hat eine schussbereite Pistole in der Tasche und lebt auf gepackten Koffern.«

Katja sagte nichts und nahm noch einen kleinen Schluck von meinem Glas. »Hast du Albert das gesagt?«

»Er hört nicht hin. Andererseits habe ich keine Lust, Martin darin mehr zu verwickeln, als er es schon ist. Sie haben auch ihn missbraucht und dann weggeworfen.«

»Na fein. Solltest du nicht die Polizei einschalten, mit dem Russen?«

»Wozu? Er hat noch nichts getan, außer zu spionieren. Letztlich haben wir nichts als Vermutungen. Die Unidata kümmert es nicht, niemand kümmert es.«

»Dann ruf Cordes an.«

Das tat ich. Cordes hörte ruhig zu, als ich von dem abgesagten Russenprojekt erzählte und von Alberts Vorstellungen. Als ich fertig war, lachte er herzhaft, so freundlich und offen, wie ich ihn beim ersten Mal gehört hatte, als er seinem Gesprächspartner unerwartet etwas verweigerte, womit der offensichtlich fest gerechnet hatte. Albert würde diese Herzlichkeit bald auch erfahren, und nicht nur einmal. ›Das Herz einer Frau‹, sagte ein einsamer Trapper im Film *Jeremiah Johnson* zu diesem, ›ist der härteste Fels, den der Allmächtige geschaffen hat.‹ Cordes' weibliche Komponente kannte Albert noch nicht, diese Erfahrung stand ihm noch bevor.

Katja beugte sich zu mir, um mitzuhören.

»Sie informieren mich aus Gründen der Haftung?«, fragte Cordes.

»Ja«, bestätigte ich, »und weil wir einander mit offenem Visier gegenüberstehen.«

»Sie haben zwei volljährige Gesprächspartner zusammengebracht, das geht schon in Ordnung.«

»Gut, und für mich ist das Russenprojekt am Mond, oder sonst irgendwo.«

»Was wollen die denn?«, fragte er vergnügt. »Datenhandel? Wer interessiert sich für Datensätze aus Russland? Das ist doch lächerlich.«

»Dann bin ich ja beruhigt.«

»Stets zu Ihren Diensten«, sagte er, noch immer vergnügt, und legte auf.

Katja lächelte so amüsiert wie erleichtert, ich nahm das Whiskyglas, sah es an, trank es aus und sagte: »Verdammt guter Whisky.«

»Bring es zu Ende«, riet Katja, »dann kannst du abrechnen und aussteigen.«

Sie hatte schon bezahlt, wir brachen auf. Am Rückweg überlegte ich, dass nun genau das eintrat, was Kormonov befürchtet hatte, wenn auch aus einem anderen Grund. Das Ergebnis war dasselbe. Vielleicht ließ sich morgen etwas herausfinden und das Stoppsignal nach Moskau senden.

Zurück im Büro fand ich einen Brief, den mir Defcon zero geschickt hatte. Defcon zero war der Kriegsname meines jugendlichen Bekannten Gernot, seines Zeichens Hacker, und zwar einer der unbefangenen Sorte. Ich hatte eine Weile nichts mehr mit ihm zu tun gehabt und ohnehin schon an ihn gedacht, denn für morgen brauchte ich seine Hilfe. Da kam mir sein Brief gerade recht.

Der Brief enthielt eine Art Streifen, etwa zwei Millimeter dick, so groß wie ein Pflaster, aber ohne jeden Heilzweck. Es handelte sich dabei, wie er schrieb, um eine Kamera, von denen er eben einen Posten aus China beschafft hatte. Sie kosteten ein paar Cent das Stück. Einen Streifen davon schickte er mir zum Ausprobieren. Ich ging unverzüglich hinüber zum PC von Agnes und klebte ihn auf den Bildschirm. Ihr PC war klein, stand daneben und somit in Reichweite, die Software war rasch installiert. Von meinem Computer, auf den das Bild übertragen wurde, hatte ich damit einen guten Blick auf Agnes. Ich war schon gespannt, wie sie das kommentieren würde.

Wofür früher James Bond einen Besuch von Q erhielt, der im Hotelzimmer seinen geheimnisvollen Koffer öffnete und ihn einwies, das kostete heute praktisch nichts mehr, wie diese eigenartige Kamera, und war für jedermann zu haben. Nicht alles stand im Katalog, aber das machte nichts.

Ich rief ihn an, bedankte mich für das Spielzeug und bat ihn um jemanden, der einen RFID-Reader besaß und bedienen konnte. Damit konnte man die kleinen Funkchips auslesen, die heute in Pässen, Kreditkarten und auch sonst überall drin waren. Der Grundgedanke bei diesen Dingern war gewesen, dass man nicht in die Tasche greifen musste, um einen Ausweis hervorzuholen. Diese Chips lassen sich von Sendern ansprechen, auslesen und auch programmieren. Defcon zero war gleich Feuer und Flamme.

»Höchste Zeit, dass du die neuen Entwicklungen auch einmal zur Kenntnis nimmst«, sprudelte er los. »Ich kann dir einen gebrauchten für 500 Dollar beschaffen. Damit kannst du im Café die Gäste einmal unter ganz anderen Gesichtspunkten sehen. Reichweite fünf Meter, analysiere in Ruhe deine Nachbarn, sie merken nichts davon.«

»Ich will nur eine bestimmte Kreditkarte umprogrammieren, und da habe ich ganz geringe Ansprüche. Ich habe auch keine Zeit, mich einzuarbeiten, ich brauche den Reader nur einmal, und zwar morgen Abend. Mach es möglich.«

Gernot stieß einen langen Fluch aus.

»Ich wusste, dass du es schaffst«, beruhigte ich ihn.

»Ich versuche es. Wenn es klappt, schicke ich dir die Nummer. Gib ihm ein ordentliches Trinkgeld, verstanden?«

»Verlass dich drauf. Den gebrauchten Reader für 500 nehme ich aber doch nicht. Wenn ich einer Whiskyflasche um 50 Euro vor dem Regal einen Rabatt von 20% einprogrammiere, dann dauert es zu lange, bis es sich rechnet.«

»Dir ist nicht zu helfen«, meinte er, »du bist kein Geschäftsmann. Ciao.«

Gernot hatte sich verändert. Seine Stimme klang fest und bestimmt, mit der Sicherheit, die manche Jugendliche ausstrahlen, die große Pläne haben, nachdem ihnen einige Dinge gelungen sind. Ich sah ihn förmlich vor mir, Bildschirme vor ihm, rechts und links Leiterplatten, Lötkolben und alle möglichen elektronischen Bauteile um ihn herum, mit seiner stämmigen Figur und dem kahlgeschorenem Schädel. Wie Franco hatte er auch kein Studio gebraucht, um Muskeln anzusetzen.

Nach einer Weile ging ich hinauf in die Wohnung, begrüßte Inverboindie und setzte mich mit der *marcia funebre* Beethovens ans Klavier. Ein Freund, der mir gelegentlich mit diesem Instrument aushalf, hatte entsetzt auf das Notenblatt gesehen und gesagt: ›Ist das schwierig, sieben b!‹ ›Gar nicht‹, hatte ich geantwortet, ›alles ist einen Halbton tiefer.‹ Das hatte er lachend zur Kenntnis genommen. Abgesehen davon, dass mir der Trauermarsch gefiel, war er vor allem langsam und damit in meiner Reichweite.

Mit dem Abstand, den mir das Klavierspiel verschafft hatte, überlegte ich den Stand der Dinge. Durch den Einstieg von Cordes war das russische Projekt Geschichte, keiner brachte das wieder in Gang. Die Anleihe konnte mit den zwei Millionen von Cordes auch beerdigt werden, denn niemand sonst würde noch einsteigen. War es nicht wirklich an der Zeit, auszusteigen und abzurechnen?

Das wäre die Entscheidung, die die Vernunft nahelegte. Alle die kleineren und größeren Schweinereien, die hier geschehen waren, blieben dann unentdeckt. Albert hatte sie ausfinanziert, man konnte wieder nach vorn blicken. Und Fantomas? Ohne Job schickte man ihn nicht her. Den konnte er erledigen und unbehelligt zurückkehren. Falls man ihn doch bei etwas schnappte, was hatte er zu befürchten? Dieser Tage hatte sich die Polizei in einer Landeshauptstadt beklagt, dass man mit viel Aufwand eine rumänische Diebesbande festgesetzt hatte. Die Staatsanwaltschaft ließ sie mit ihrer Beute abziehen.

Der Versuch, selbst etwas zu unternehmen, konnte nicht schaden.

*

Katja kam kurz nach sechs. Wir beschlossen, in die Stadt zu gehen, weil wir heute noch keine Bewegung gehabt hatten. Wir spazierten am Geisterbahnhof vor dem Hallenbad vorbei durch die Museumstraße hinunter zum Franziskanerplatz, an dem sich ein renovierter Vorbau nicht in das Ensemble einfügte. Der fantasielose Glaskasten würde bald einen Architekturpreis erhalten. Unser Ziel war der wie immer gut besuchte Würstelstand vor dem Stadtturm.

»Was darf es sein?«, fragte Ursula, die Herrin des Würstelstandes.

»Bosna«, meinte Katja, nachdem sie wie üblich die Liste durchgesehen und wie üblich dasselbe gewählt hatte.

»Im Gedenken an den unbekannten Soldaten«, sagte ich, »Currywurst.«

»Gedenken? An was?«

»Ich meine die norwegische Army. Die hat den armen Kerlen einen Veggie-Tag pro Woche verordnet. Auf die esse ich eine Currywurst.«

»Ist nicht wahr, im Ernst?«

»Ja, wenn's der Kampfkraft dient … eine Weiße für mich.«

Hinter uns begann es zu blitzen. Eine Gruppe Japaner war herangekommen. Sie hielten ihre Tablets hoch und fotografierten das Goldene Dachl. Die Bilder konnten sie gleich bei Facebook hochladen und ansehen, wo sie gewesen waren. Vielleicht war ein Spion dabei, überlegten Katja und ich. Die Chinesen hatten zuletzt ja auch Hallstatt nachgebaut. Kein Wunder, die zeitgenössischen Wohnmaschinen, rechteckig, praktisch und überall gleich aussehend, die baute keiner nach.

Katja erhielt ihre Bosna vor mir, obwohl die Currywurst weniger Arbeit machte. So konnte ich den Anruf annehmen, der eben hereinkam. Ich ging einige Schritte zur Seite. Die Telefonnummer kannte ich nicht, es war eine italienische Nummer.

»Wer spricht?«, fragte eine Frau.

»Prokop, Paul Prokop«, sagte ich ungewohnterweise, denn ein Gespräch, das so begann, trennte ich sonst sofort.

»Moment«, hörte ich, dann setzte Martins Stimme aufgeregt fort. »Paul, ich bin schon weg, nicht mehr im Land. Ich musste es vorziehen.«

»Vorziehen?«, fragte ich und erinnerte mich, dass er bei Gefahr zur Familie seiner Frau fahren wollte. »Wirst du bedroht?«

»Ich musste schießen«, sagte er hastig, »er kam von hinten auf mich zu. Der arbeitet mit den bloßen Händen, sonst hätte er wenigstens zurückgeschossen.«

»Wer kam? Doch nicht der Russe? Bist du verletzt? Erzähl schon.«

»Am helllichten Tag«, fuhr er fort, »ich steige ins Auto ein, wo wir uns heute getroffen haben, da kommt unversehens einer von hinten heran und sitzt auch schon am Rücksitz. Du kannst dir nicht vorstellen, wie schnell ich wieder draußen war.«

»Nicht zu fassen, und dann?«

»Die Tür geht wieder auf, aber ich habe die Knarre heraußen und schieße durch die Scheibe. Auf der Stelle geht die andere Tür auf und der Kerl ist weg. Er ist einfach weg. Dann habe ich die kaputte Scheibe heruntergekurbelt, dass man das Loch nicht sieht, und bin nach Hause gefahren, so schnell es ging. Eine halbe Stunde später sind wir abgereist, mit einem anderen Auto.«

»Ist er verletzt, gibt es Blut?«

»Nicht getroffen, er haute ab, als die Knarre sprach. Das war verdammt knapp, nun ist doch passiert, wovor ich mich immer gefürchtet habe.«

»Du bist unverletzt?«

Martin atmete durch.

»Alles okay, nur etwas durcheinander, obwohl es schon ein paar Stunden her ist.«

»Mist, das war doch hoffentlich nicht meine Schuld?«, befürchtete ich.

»Keine Rede. Ich bin in keinem Zeugenschutzprogramm, jeder findet mich. Jetzt aber nicht mehr, keiner von uns hat ein Handy mit. Ich verwende hier an der Tanke ein öffentliches Telefon. Die findet man ja fast nirgends mehr.«

»Gute Idee, bleib dabei. Du kannst den Kerl wohl nicht identifizieren?«

»Nein, keine Chance.«

»Wäre auch zu schön gewesen.«

»Es ging alles so schnell. Eine Gestalt, Tür auf, er setzt sich, ich habe die Tür noch nicht zu, wieder raus, Waffe ziehen und schießen, eine oder zwei Sekunden vielleicht. Scheiße. Ich bin eine Sekunde erstarrt da gestanden, als er abhaute. Ich kann dir nicht einmal sagen, wohin er lief. Dann Scheibe runter, einsteigen und weg.« Martin holte Luft. Vor einer Kugel aus dem Hinterhalt hatte er sich immer gefürchtet, die Annäherung hatte ihm die rettende Sekunde verschafft, um seine Waffe zu ziehen. Die trug er bei sich, weil er durch Joes Anruf von gestern gewarnt war. Mit bloßen Händen wäre das gegen einen Profi schlecht ausgegangen.

»Kannst du dich wieder melden, für den Fall, dass sich hier noch etwas ereignet?«

»Darum wollte ich dich bitten. Ich bin hier …«

»Sag nicht, wo.«

»Nein, ich bin an meinem Ziel völlig abgeschnitten. Ich weiß nicht, wann ich zurückkehren kann, ich wollte dich nur warnen.«

»Viel Glück.«

Martin war weg, und meine Currywurst da. Ich ließ mir sie schmecken. Möglichst alles so tun wie immer, dachte ich. Während ich meine Currywurst Bissen für Bissen genoss, rief ich Franco an und berichtete ihm, Katja hörte zu.

»Weißt du, was ich glaube?«, sagte Franco. »Morgen ist sein letzter Tag. Er wollte oder musste es am Schluss tun. Der kommt morgen noch in den Nussknacker, bevor er abfährt, jetzt ist er zu Hause in Stalingrad.«

»Der hat Nerven.«

»Ein Profi. Ich kann unten im Büro bei dir schlafen, wenn du willst.«

»Geht schon, ich nehme die Winchester mit nach oben, für die habe ich noch Munition im Safe. Durch die Tür kommt er sowieso nicht durch, die ist neu und massiv. Außerdem bin ich wohl nicht auf seiner Liste.«

»Das glaube ich auch nicht. Du hast doch etwas herausbekommen, über den Hintergrund, meine ich?«

»Ja, und du darfst raten, es geht um Geld.«

»Na so was. Geh nach Hause und bleib dort. Keinen Müll heruntertragen oder etwas in der Art, klar?«

»Natürlich, bis morgen.«

»Habe ich das recht verstanden?«, kam Katja auf den Anruf zurück. »Da war eine Schießerei?«

»Martin hat geschossen. Der Russe hat ihm offenbar aufgelauert.«

»Ein Warnschuss?«

»Nein, er hat auf ihn angelegt. Der Bursche hat Glück gehabt, denn Martin kann mit der Waffe umgehen. Er hat sie mir heute gezeigt, eine schicke kleine Beretta Nano, satte neun Millimeter.«

»Unglaublich. Was weiß ich denn da alles nicht? Wie konnte Martin dem Russen Widerstand leisten, als Bürohengst?«

»Er war früher bei einer Sicherheitsfirma, das weiß ich auch erst seit heute. Da geht es nicht um den Nahkampf, den hätte der Russe sofort für sich entschieden, sondern um Wachsamkeit, Beobachten, die Umgebung einschätzen und so weiter. Der Russe hat wohl nicht mit einem Profi gerechnet. Martin war seit heute gewarnt, das konnte Fantomas nicht ahnen, und schon gar nicht, dass das vermeintliche Opfer eine Knarre zieht und ohne zu fackeln auf ihn schießt.«

»Mist, wenn der heute abfährt? Dann entkommt er unerkannt und ungestraft.«

»Bloß nicht. Wir gehen morgen am Abend in die Wäscherei Billard spielen. Ich werde eine halbe Stunde weg sein.«

»Ich bleibe im Lokal und warte? So ungefähr?«

»Ich habe eine vertrauliche Unterredung ganz in der Nähe, aber mein Handy bleibt in deiner Handtasche. So sind wir den ganzen Abend über zusammen.«

Dass man ein Handy problemlos orten kann, wusste sie auch. Dann war es besser die ganze Zeit über dort, wo man später eventuell behauptete, gewesen zu sein.

Zu Hause nahm ich die Winchester aus dem Schrank und sah sie an. Es war eines dieser Gewehre mit einem Unterschaft-Repetierhebel, die nicht mehr hergestellt wurden. Ich hatte sie als Sammlerstück beschafft, und das sollte sie bleiben. Sie wanderte zurück in den Schrank.

V. KAPITEL

Ricky Nelson lehnte an der Theke, eine Whiskyflasche neben der Hand, und sah nachdenklich auf Angie Dickinson herab. Sie hatte sich mit einem halb vollen Glas in der Hand auf die Tischplatte gesetzt und blickte ziemlich desperat vor sich hin. Ihr gegenüber stand John Wayne, die Winchester auf dem Knie. Ratlos musterte er Angie. Die Szene füllte meinen Bildschirm.

Die düstere Kneipe, in der die Szene spielte, und die bedrückende Stimmung des Belagerungszustandes entsprachen etwa dem, was uns heute Abend erwartete. John Waynes Problem war leicht zu lösen, er musste Angie nur sagen, dass er sie liebte. Derartige Bekenntnisse standen heute Abend nicht an.

Agnes war in mein Büro hereingekommen und blickte mir über die Schulter, weil ich nicht geantwortet hatte. Ich hörte den Trompeten zu, die das so bekannte wie berüchtigte Motiv *El Degüello* bliesen, das von Youtube geliefert wurde. Die Melodie hatte ich morgens beim Aufwachen im Kopf, wie mir das des Öfteren passierte, und eine Weile gebraucht, bis mir einfiel, wie sie hieß.

»Das hörst du schon die ganze Zeit?«, fragte sie amüsiert. »Das ist doch aus einem Western? *Rio Bravo*, oder?«

»Ja, diese Musik ist der Todesmarsch der mexikanischen Armee. Generalissimo Santa Ana ließ ihn spielen, während seine Truppe Fort Alamo platt machte. Sie spielten, bis alles vorüber war. Damals starb man noch mit Stil.«

»Gut, was soll das?«, fragte sie und zeigte mir einen Streifen, der fast wie ein Pflaster aussah. »Hast du mir das an den Schirm geklebt?«

»Sekunde«, sagte ich und ließ das letzte Bild der Pflasterkamera auf meinem Monitor erscheinen. Man sah, wie Agnes eben den Streifen von ihrem Bildschirm abzog. Ich erklärte ihr, dass das eine Kamera sei.

»Eine Kamera?«

»Ja, und wenn ich sie bedrucke, dann sieht sie überhaupt aus wie ein Etikett.«

»Ein Etikett ist eine Kamera? Das ist doch das Letzte.«

»Warum? Ich kann eine Warnung darauf drucken, dass man den Code vor fremden Blicken schützen soll und das Ding auf den Bankomat kleben oder eines auf deinen Finger?«

»Das könnte dir so passen, hier hast du den Akt PelCo. Wir können abschließen«, sagte sie, knüllte den Streifen zusammen und verschwand.

Ich hatte den Fall bald erledigt und konnte daran gehen, die letzten Vorbereitungen für den russischen Folkloreabend zu treffen. Als solchen hatte ich ihn Jaqueline verkauft. Sie machte zu Mittag am Schild vor dem Haus den letzten Aufkleber fest: ›Es ist so weit‹.

Zu Mittag traf ich mich mit Katja beim Italiener im Saggen, am Nachmittag geschah nichts. Ich blieb im Büro und arbeitete Akten durch, Franco tat seinen normalen Dienst. In der Nähe von Fantomas' Wohnung ließ sich keiner von uns blicken. Franco war sicher, dass er kam, und ich glaubte einfach daran.

Martin meldete sich aus Frankreich, er sei in Sicherheit, sagte er. Das Gespräch führte er von einer Telefonzelle. Ich überlegte, wo es hier noch welche gab, nach einer Weile fielen mir die beiden am Rapoldipark ein, nur ein paar Schritte entfernt.

»Martin«, fragte ich, »der Russe ist doch einer von der Sorte, die mit leeren Händen zu einer Schießerei kommen, oder?«

»Ja«, bestätigte er. »Du hast nichts, was du verwenden kannst?«

»Genau. Kannst du mir aushelfen?«

»Für dich, kein Problem. Musst du dich mit dem Burschen anlegen?« Martin dachte nach. »Aber der ist doch weg, längst außer Landes. Was hast du vor, woran denkst du?«

»Will ich dir noch nicht sagen. Falls ich den – sozusagen meinen – Russen in die Finger bekomme, dann haben wir keinen Beweis, dass er dich gestern attackiert hat, das meinst du doch?«

»Genau das meine ich. Ich kann ihn nicht einmal ungefähr beschreiben. Es ist ein voller Tag vergangen, an dem er mich suchen konnte. Er hat längst herausgefunden, dass ich weg bin, und müsste schon sehr blöd sein, jetzt noch zu bleiben. Wenn du einen auf dem Kieker hast, dann ist es ein zweiter.«

»Sehr wahrscheinlich.«

»Nein«, grummelte er, »gar nicht wahrscheinlich. Ich verstehe dann aber nichts mehr. Du kannst es drehen und wenden, wie du willst, der Vorfall von gestern ist nicht mehr beweisbar, ich habe alle Spuren beseitigt, und zwar zu meinem Schutz. Bitte lass es dabei, sonst wird es ein Rohrkrepierer.«

Ich verstand ihn gut. Die Polizei würde nur sein Haus auf den Kopf stellen, ihn wegen des illegalen Besitzes einer Waffe befragen und diese dann einziehen. Beim nächsten Mal hatte er nichts mehr in der Hand.

»Du willst es durchziehen?«, fragte er. »Du willst dich mit ihm anlegen?«

»Es bleibt nichts anderes übrig, und allein bin ich dabei nicht. Mit bloßen Händen ist er besser, darauf würde ich mich nicht einlassen, in dem Fall wäre ich erledigt.«

Martin ließ mich die Adresse seines Hauses aufschreiben, er wohnte ein wenig oberhalb von Telfs, und gab mir die Telefonnummer seines Nachbarn. Der sollte mir die Garage aufsperren.

»Es ist eine alte Knarre«, fuhr er fort, »versteckt in einem ziemlich schäbigen Werkzeugkoffer, Hilti steht drauf. Er sieht aber nur außen schäbig aus. Ein paar Schuss sind dabei, nicht viel, zwei Trommeln gehen sich aus.«

»Was ist in dem Koffer?«

»Ein kurzer Revolver, Smith & Wesson, Kaliber .38. Er ist alt, funktioniert aber tadellos. Hat mich nur 100 Euro gekostet. Wenn du ihn benutzen musst, lass ihn danach verschwinden.«

»Wunderbar. Ich hole ihn noch vor dem Abend.«

»Es ist eine zuverlässige Waffe, falls du mit dem Burschen konfrontiert wirst. Wenn du abdrücken musst, bleiben keine Hülsen zurück. Wo die Kugeln dann stecken, musst du dir vorher überlegen.«

»Wird schon klappen, zumal ihm grad eine Kugel um die Ohren geflogen ist, im wahrsten Sinn des Wortes. Was ist mit deinem Auto?«

»Ich habe die Scheibe herausgeschlagen und verklebt, es sieht jetzt wie ein Einbruch aus. Die Kugel aus meiner Beretta ist auch weg. Falls du den Russen loswirst, könnte ich zurückkehren. Ich rufe dich morgen wieder an, okay?«

»So machen wir das«, bestätigte ich, und weil ich nicht glaubte, dass das so einfach sein würde, setzte ich hinzu: »Wie geht es dir jetzt?«

»Gar nicht gut«, kam die prompte Antwort, sie klang düster.

»Erzähle schon.«

»So, wie meine Frau gestern in das Haus ihrer Eltern eingezogen ist …«

»Ach nein«, sagte ich und schüttelte den Kopf.

»So, wie sie eingezogen ist, frage ich mich, ob sie von dort wieder weggeht.«

»Lass ihr ein paar Tage.«

»Hagsteiner«, murmelte er, »elende Mistsau. Ich habe mir den Arsch aufgerissen, und er kocht mich ein. Er nimmt mir den Job und ruiniert mein Leben. Kann einer mir sagen, was ich falsch gemacht habe?«

»Vergönne dir etwas Ruhe, wir kümmern uns hier um das Nötige.«

*

»Klatsch«, machte es, der kraftvolle rechte Schwinger traf den Chinesen voll auf den Punkt, sodass er zurücktaumelte. Er wandte mir den Rücken zu, nur der blauschwarze Zopf war über dem Getümmel in der vollen Billardhalle der Wäscherei sichtbar. Teresas lächelndes Gesicht erschien vor mir.

»Eine halbe Stunde, dann wird was frei«, sagte sie, »zwei kleine Bier inzwischen?«

»Ich bitte darum.«

Ihr Gesicht verschwand und gab den Blick auf Batman frei, der dem Chinesen eine verpasst hatte. Er tat das auf einem überdimensionierten Poster mit knallrotem Hintergrund. Der Poster zierte die hintere Wand der Billardhalle.

Wir hängten unsere Mäntel an der Seitenwand auf und erwarteten unser Bier. Nachdem das gekommen war und wir angestoßen hatten, sahen wir uns um. Bald entdeckten wir Günter. Er betrachtete nachdenklich den Tisch. Ich schätzte Günter auf knapp 60, seine hagere Gestalt mit dem wallenden Bart war ein Markenzeichen und nicht zu übersehen. Er spielte mit seinem Klub an einigen Tagen der Woche hier und nahm alles sehr genau. Günter war der, den wir brauchten, hier und jetzt. Damit war Katja beschäftigt und stand nicht allein am Tisch, ich konnte mich zurückziehen. Wir näherten uns und warteten den Stoß ab.

»Nicht übel«, lobte Katja, nachdem die Kugel in der Tasche versenkt war.

Günter wandte sich um, wir begrüßten uns. Dann stützte er sich auf seinen Queue und sah Katja über seine Brille so nachdenklich in die Augen, wie er vorhin die Kugel betrachtet hatte.

»Das ist nicht so schwer«, meinte er, zeigte auf einen Spieler, der über seinen Queue visierte und begann zu erklären.

Ich zog mich vorsichtig zurück und steuerte den Ausgang an. Mein Handy, das ich in der Hosentasche nicht aus der Hand gelassen hatte, vibrierte endlich. Ich steckte es Katja in die Tasche. Das Bier stellte ich im Gang ab und eilte die Treppe hinunter. Am Parkplatz holte ich Martins Revolver aus dem Auto, den ich unter einigen Zeitschriften abgelegt hatte, steckte ihn in die Tasche, ging hinaus auf den Weg und brachte die dunkle und schmutzige Unterführung hinter mich.

Bis zur Neurauthgasse waren es etwa hundert Meter, dann ein paar Meter weiter bis zum angeblichen Café Schtschelkuntschik. Auf die Uhr hatte ich nicht geschaut, der Anmarsch dauerte keine zehn Minuten. Die Olympiabrücke war Teil des Südrings, südlich davon war man in einer anderen Welt. Gesehen hatte mich seit dem Treppenhaus in der Wäscherei niemand mehr, die Neurauthgasse war leer.

An der Tür fehlte das Schild. Das bedeutete, dass die Zielperson eingetroffen war. Ich kontrollierte die Uhr, von jetzt an musste alles in 20 Minuten erledigt sein. Smartphones meldeten ohnehin alles nach Hause zu Mama, Uhrzeit, geografische Daten und so weiter. Sie senden ständig, ob man sie verwendet oder nicht. Keiner wusste, welche Apps Fantomas auf seinem installiert hatte. Er sollte nicht zu lange abwesend sein, und ich wollte zurück im Billardsaal sein, bevor meine Abwesenheit auffiel.

Ich sperrte auf, verschwand im Eingang und schloss hinter mir ab. Die Tür zur Wendeltreppe, die ins Verlies hinunterführte, war offen. Ich zog sie hinter mir zu und leuchtete mit dem Feuerzeug, um etwas zu sehen. Kein Anlass dieser Welt hätte mich dazu gebracht, diese Treppe zu betreten, außer demjenigen, dass ich selbst den Treffpunkt da unten eingerichtet hatte. Ich klopfte an.

Ein Schlüssel wurde ins Schloss gesteckt, die Tür ging auf, ich sah nichts. Auf den zweiten Blick erkannte ich die mächtige Gestalt, welche die Türöffnung ausfüllte. Sie wich zurück, sodass ich eintreten konnte, und warf mir von weit oben herab einen freundlichen Blick zu.

»Paul«, sagte ich, schloss hinter mir und reichte dem Hünen die Hand, die er in seine Pranke nahm.

»Roli«, antwortete er und gab meine Hand unbeschädigt wieder frei.

Mehr als ein schwaches Halbdunkel herrschte nicht in dem kleinen Raum. Rechts von mir lag das Gewölbe, hinter dem zwei kleine Tische Platz gefunden hätten, davor stand ein roher Tisch, an dem einige Gestalten saßen und würfelten. Die von der niedrigen Decke hängende Glühbirne ließ nur wenig von ihnen erkennen. Zwischendurch drang die helle, lachende Frauenstimme aus der Unterhaltung hervor. Sie hatte Fantomas wohl den letzten Zweifel ausgeräumt, falls er auf der Wendeltreppe welche gehabt hatte. Es war nicht Jaqueline, die er mit den Schildern an der Tür gesehen hatte, um ihn anzulocken.

Linker Hand befand sich ein Tresen, dahinter ein Regal mit Flaschen. Am Boden vor dem Tresen wartete ein Heizlüfter darauf, in Betrieb genommen zu werden. Franco lehnte am unteren Ende des Tresens. Er trug wieder den hellen Anzug, mit dem er sich vor sehr vielen Jahren einmal irgendwo vorstellt hatte. Katja sagte Hochzeitsanzug dazu. Jedenfalls sah er wieder aus wie Rambo im Anzug. Die langen, dunkelblonden Haare fielen ins Gesicht, denn Stirnband trug er keines.

Davor wartete Fantomas auf einem Barhocker. Er starrte in sein Bierglas wie damals im Rossini und wirkte verloren. Hier war er am Ort der Verlorenen gelandet, die sich um diese Zeit hier einfinden hätten sollen, um abzusacken und gegen fünf Uhr früh nach Hause zu gehen. Fantomas schätzte seine Lage zweifellos richtig ein. Jeder hier sah so aus, als wüsste er sich zu helfen, Franco und besonders Roli spielten erkennbar in einer höheren Liga, und die Tür war zu. Durch die dicken Mauern hörte ihn niemand. Sie hatten ihm ein Bier hingestellt und sich selbst überlassen.

Da konnte er ruhig ein harter Bursche sein, was er zweifellos war, die Übermacht war erdrückend, der optische Eindruck eindeutig und der Fluchtweg nicht mehr existent. Nun konnte er nachdenken, was wohl am Programm stand, wenn er aufgerufen wurde. Ich beachtete Fantomas nicht und ging mit Roli hinunter zu Franco. Ein kühles Bier fand sich in der Kühltruhe, ich schenkte mir ein Glas ein.

Wir steckten die Köpfe zusammen, aber ich erzählte nur einen Witz. Mehr, als dass sie lachten, war nicht beabsichtigt. Dann holte ich den Revolver hervor und verstaute ihn in einer Lade, Fantomas sah uns regungslos zu. Diese Szene deutete er zweifellos richtig, nämlich, dass ich bewaffnet war und dass mit dem Weglegen der Waffe der Ernst begann. Die ist beim Verhör nie dabei.

Ich trank mein Bier aus und stellte mich hinter den Tresen, ihm gegenüber.

»Wodka?«, fragte ich freundlich. »Sie sprechen doch Deutsch, ein wenig, English?«

»Deutsch, ein wenig.«

»Das wird reichen.«

Ich füllte Schnapsgläser aus der einzigen Flasche Wodka, die bereitgestellt war. Wenn Fantomas so klug gewesen wäre, nicht zu kommen, oder wenn unser Versuch scheiterte, dann tranken Franco und ich die Flasche allein aus, hatten wir beschlossen. Was nun folgte, war nichts anderes als Show. Wir konnten nur hoffen, sie überzeugend über die Rampe zu bringen. Wenn sie misslang, dann waren wir blamiert bis auf die Knochen. Ich musterte das Glas so nachdenklich wie vorhin Günter die Kugel auf dem Billardtisch und versank in meine Rolle als Bösewicht.

»Sa sdorowje«, sagte ich und hob das Glas.

Wir stießen an.

»Ein wenig Deutsch, das wird reichen«, kam ich auf Fantomas zurück und setzte weniger freundlich hinzu: »Machen wir es auf die unbequeme Art oder geht es so?«

»Bequem«, sagte er nach kurzem Zögern, als er verstanden hatte.

»Alles auf die Theke, alles, was du dabei hast.«

Fantomas packte aus, alles landete am Tresen. Ich sah den Ausweis an und warf ihn zur Seite. Der Name interessierte mich nicht. Zulassung, Kreditkarte gesellten sich dazu. Das Handy verstand ich nicht. Ich schob es ihm hin. Fantomas stellte den Zeichensatz um, mit westeuropäischen Zeichen statt der kyrillischen Schrift wäre es nun lesbar gewesen, wenn ich Russisch verstanden hätte. Ich legte es vor mich auf die Theke. Hier herunten, in dem Gewölbe, hatte man keinen Empfang. Auch das musste Fantomas klar sein.

»Ist das alles? Waffen?«

»Alles, keine Waffen, nichts.«

Franco tastete ihn ab und trat wieder zurück. Es wurde ganz still, alle sahen her. Ich nahm die Kreditkarte, schob ihm einen Block und einen Kugelschreiber hin.

»Den Code.«

»Den …«

»Den Code, schreib ihn auf. Die Rechnung für den Abend muss bezahlt werden. Wir holen Geld für dich.«

Fantomas zögerte, aber nicht lange, und schrieb ihn auf den Block. Franco riss den Zettel ab und überreichte ihn mit der Kreditkarte dem Mädchen, dessen Stimme so anregend aus dem Gemurmel klang. Er sperrte auf, das Mädchen sah zu uns. Ich ging hin und gab ihr einen USB-Stick. Dann drehte ich mich um und warf Fantomas einen prüfenden Blick zu. »Du hast ihr doch den richtigen Code aufgeschrieben?«, fragte ich ihn. »Sonst siehst du nämlich alt aus.«

Er nickte. Dass es für ihn nichts Gutes bedeutete, wenn der Code nicht funktionierte, konnte er sich ausrechnen. Das Mädchen verschwand, Franco schloss wieder ab, wir kehrten zu ihm zurück. King Kong setzte sich zu seinen Leuten an den Tisch.

»Du gehst uns schon eine Weile auf die Nerven«, begann ich, »seit gestern aber endgültig. Ich muss dich wohl nicht fragen, wo du gestern Nachmittag gewesen bist?«

Fantomas starrte mich an. »Ich verstehe nicht.«

»Solltest du aber, in deinem Interesse. Der Nachmittag interessiert mich im Moment nicht die Bohne. Du sagst mir aber jetzt, und zwar auf der Stelle, warum du hier bist.«

Fantomas überlegte. »Das geht Sie nichts an. Sie wollen mich zwingen, etwas zu sagen, was Sie nichts angeht?«

»Ja, das wird dir noch klar werden.«

In seine leblose Miene mischte sich eine Spur Ironie. »Sie glauben wirklich, dass ich Ihnen das erzählen werde?«

»Was wollen wir wetten?«

Eine Pause trat ein.

»Roli«, sagte Franco.

King Kong erhob sich und kam zu uns herüber. Er ging an uns vorbei, hob einen mit Wasser gefüllten Kübel auf und stellte ihn auf den Tresen. Es stand noch ein weiterer am Boden, und der Blick des Russen fand nun auch den Wasserhahn. Roli tauchte ein grobes Tuch in den Kübel, wrang es aus und legte es auf die Bar.

Waterboarding machte man damit, etwas, was keine sichtbaren Spuren hinterließ. Auf dem Brett fixiert, mit dem Kopf nach unten, das Tuch über den Kopf gelegt, langsam Wasser darüber rinnen lassen. Es würde das Gefühl des Ertrinkens erwecken. Während der Ertrinkende das in einer Minute hinter sich hatte, konnte man das mit Waterboarding beliebig lange machen. Für zart besaitete Gemüter war das überhaupt nichts, aber schon für Widerstandsfähigere schrecklich anzusehen. Fantomas musste es kennen, Leute wie ihn rekrutierte man meistens aus ehemaligen Polizisten oder Soldaten. Entweder hatte er es schon getan oder war wenigstens dabei gewesen. Franco und King Kong standen nun hinter ihm.

Für einen Augenblick flackerte es, dann begriff ich, dass er zugeschlagen hatte. »Du dämliches Schwein!«, brüllte ich und schlug in einem Reflex zurück. Ich traf ihn gut auf den kahlen Schädel, denn Franco und King Kong hatten ihn bereits gefasst und drückten ihn nun auf den Boden. Franco verpasste ihm eine, Roli hatte ein Brett zur Hand, und Fantomas fand sich unversehens daran fixiert. Beide hoben ihn hoch und legten ihn auf die Theke.

Ich betastete meinen Backenknochen und versuchte, den Zorn hinunterzuschlucken. Mir fehlte nichts weiter, doch so einfach sollte es nicht werden.

»Das war nicht die nette Art«, schrie ich ihn an, »es geht auch anders, wie du willst. Dann eben auf die harte Tour, du blöder Misthaufen.«

Roli tauchte das Tuch wieder ein und breitete es aus.

»Sicher geht es«, keuchte Fantomas, »kooperiere.«

»Weißt du das auch ganz genau?«

»Ja, genau.«

Ich überließ die Entscheidung Franco und Roli. Sie hoben ihn vom Tresen herunter und stellten ihn auf. Franco löste die Fixierung der Arme.

»Versuch es ruhig noch einmal«, munterte er ihn auf, »ich warte nur darauf.«

Ich stopfte eine Pfeife, Fantomas durfte sich eine Zigarette anzünden. Einer vom Tisch kam herüber, holte Eiswürfel und Tücher und gab sie mir und Fantomas. Ich hielt mir das Tuch mit den Eiswürfeln an die Backe, Fantomas schien erst seinen Augen nicht zu trauen, dann griff er zu und legte es auf den kahlen Schädel. Franco begutachtete ihn sorgfältig und meinte, er sehe noch gut aus, so könnten wir ihn noch gehen lassen.

»Jetzt sei ein schöner Singvogel«, sagte ich zu Fantomas, nachdem ich mich beruhigt hatte, »erzähle, und lass uns nicht warten. Warum bist du da? Wir haben wenig Zeit, entscheide selbst, in welchem Zustand du hier herauskommen möchtest.«

Fantomas überlegte wieder, aber Franco stieß ihm hart in die Rippen, auch seine Geduld war erschöpft. Es gab nichts mehr zu überlegen. Ich konnte den wachsenden Zorn nur mühsam niederkämpfen. Es hätte so einfach sein können. Die Situation war doch klar, der Gefangene konnte auf nichts mehr hoffen.

»Mir reicht es«, hörte ich mich sagen.

Franco und King Kong packten zu, Fantomas schrie »Es geht schon.«

»Ich höre nichts«, fauchte ich.

»Hör zu, du dummes Schwein!«, brüllte Franco, »nach seiner Frage höre ich deine Stimme, klar. Sonst landest du auf dem Brett und dann will ich meinen Spaß haben. Hast du das kapiert?«

»Ihr Weicheier«, schaltete sich Roli ein, »ich habe euch gleich gesagt, dass er es genau wissen will. Ihr solltet einmal hören, wie sie schreien, wenn man ihnen die Kniescheiben heraus schlägt. Warum nicht? Lasst ihn auf seine Kosten kommen, den dämlichen Idioten. Bei mir redet der in der ersten Sekunde, nach der er wieder Luft bekommt.«

»Auftrag«, sagte er zu mir hastig, »Chef, Auftrag.«

»Warum, war die Frage, also warum?«

»Weiß ich nicht, frage ich nicht.«

»Ich befolge nur Befehle? Diese Antwort ist veraltet. Das hat man dir in der Ausbildung beigebracht, dass diese Antwort bei Gefangennahme nicht mehr zieht. Damit kommst du bei uns nicht an. Was hat dein Chef davon?«

»Er verliert Geschäft, wenn die Firma nicht kommt. Ich weiß nicht, welches Geschäft.«

»Wenn sie nicht kommt? Glaubt er, dass er so an sein Ziel gelangt? Ist er so dämlich?«

»Bei uns geht das«, sagte er trotzig, aber nicht ohne Vorsicht.

»Ist dein Chef an Digiteknik Kormonov beteiligt? Gehört sie ihm oder hat er da Geld drin?«

»Weiß nicht, kenne die Firma nicht, wirklich.«

»Natürlich nicht«, gestand ich ihm zu, »den sogenannten Chef kennst du auch nicht?«

Fantomas schüttelte den Kopf.

»Niemand kennt ihn, ich mache nur Arbeit.«

»Ich verstehe, wenn die Unidata ihre Beteiligung an der russischen Firma abgibt und stattdessen eine eigene gründet, wird dein Chef dort selber Chef. Es geht um Bestechungsgeld, oder? Dann sitzt er ganz oben?«

Fantomas überlegte, bis er verstanden hatte. »Provision sagt man.«

»Viel Geld also?«

»Viel, ja.«

Ich zündete meine Pfeife an, endlich brannte sie. »Dein Chef hat keine Ahnung, wie das hier läuft. Du kannst hier gar nichts ausrichten. Mein Freund, der gestern ungebetenen Besuch erhielt und deshalb ins Ausland flüchten musste, konnte überhaupt nichts dafür, ist dir das klar?«

»Nein«, wehrte er ab, »ich wusste nichts, wirklich.«

»Was sollst du tun? Nicht nachdenken, antworten.«

»Ich warte auf Befehl, soll nur warten.«

»Kommt der Befehl damit?«, fragte ich und nahm das Handy.

»Ja.«

»Du bist arbeitslos, damit kommt nichts mehr. Es ist beschädigt.« Damit warf ich es in den Kübel, das Wasser spritzte. Fantomas sah ihm entsetzt nach. »Du bist arbeitslos«, wiederholte ich, »kannst du zu Hause erklären, wie du so dumm sein konntest, hier hereinzukommen? Natürlich nicht.«

Fantomas ließ den Kopf sinken und starrte auf den schmutzigen Boden. Nun war er verzweifelt. Zu Hause konnte er das nicht erklären.

Ich nahm die Geldscheine aus seiner Brieftasche und

legte sie auf die Bar. Die Brieftasche und Ausweise folgten in den Wasserkübel.

Hätte ich Zuversicht gehabt, das Problem hier zu lösen, dann hatte sie sich nach diesem Gespräch in Luft aufgelöst. Kormonov im fernen Moskau stellte sich das einfach vor oder er weigerte sich, die Angelegenheit differenzierter zu sehen. Mit seiner unkomplizierten Sicht der Dinge war er bisher gut gefahren. Eine Botschaft sandte ich ihm aber, der Versuch konnte nicht schaden. Diese Botschaft kam in dem Augenblick, das Mädchen war zurück und gab mir die Kreditkarte, Geld und den Stick.

»Passt«, sagte sie und ging zum Tisch zurück.

Sie hatte in der Nähe den Hacker getroffen, den Defcon zero mir gestern vermittelt hatte. Mit seinem Gerät war die Karte rasch umprogrammiert, als Zahlungsmittel taugte sie nicht mehr. Auf dem USB-Stick war die Nachricht gewesen, die der Hacker in den Chip der Karte geschrieben hatte. Den Stick steckte ich ein und gab Fantomas seine Kreditkarte und das Geld, das damit abgehoben worden war.

»Das Geld brauchst du, um heimzufahren. Die Karte würde ich nicht mehr verwenden, sonst kommt am Ende gleich die Polizei. Auf dem Chip haben wir eine Nachricht für deinen Chef abgespeichert. Er ist umprogrammiert. Pass gut darauf auf.«

Ich wartete, bis er beides eingesteckt hatte.

»Du verlässt die Stadt«, begann ich wieder, »vor Sonnenaufgang. Du kannst jetzt gehen. Vorher beheben wir die Wasserschäden.«

Damit fischte ich das Handy und die restlichen Karten aus dem Kübel, legte sie auf einen Teller und stellte ihn in die Mikrowelle. Es dauerte nicht eine Minute, und nichts davon war so, wie es gewesen war. Seine digitale Existenz war gelöscht, das Smartphone Elektronikmüll, die Karten mit ihren integrierten Chips funktionierten nicht mehr.

»Willst du sicher auf die Straße nach oben kommen?«, fragte Franco hämisch.

Fantomas nickte, Franco löste die Fixierung der Beine.

»Dann bau keinen Mist, sei schön artig«, setzte er hinzu und ließ ihn aufstehen.

»Gehen wir«, sagte ich, schob ihm die Habseligkeiten zu und steckte meinen Smith & Wesson wieder ein.

Unversehrt waren nur mehr sein Pass und die Banknoten, das brauchte er, um von hier wegzukommen. Es beanspruchte einige Ermunterung, ihn dazu zu bringen, den Rückweg durch den engen Kanal zu wagen.

Wir hielten draußen vor der Tür. Eine von Francos dunklen Gestalten lungerte hinter seinem Auto. Franco selbst stand dicht bei uns. Fantomas war noch nicht aus dem Schneider.

»Dort, im Süden, nur einige hundert Meter«, sagte ich und wies ins Dunkel, wo der Berg Isel lag, »da ist die Sillschlucht.«

Fantomas nickte.

»Dort sind auch die Bergisel -Fälle.«

Er überlegte, dann schüttelte er den Kopf.

»Kein Wasserfall in dieser Stadt.«

»Wasser?«, fragte ich spöttisch. »Wer redet von Wasser? Wenn wir dich noch einmal hier sehen, dann fällst du sie hinunter. Du wirst ihnen den Namen geben. Vertrau mir.«

Eine dunkle Gestalt sprühte einen pinkfarbenen Strich auf die schwarze Motorhaube seines BMW. Er hatte sich ein anderes Auto zugelegt. Als die zweite Linie ein Herz ergab, ahnte man, was folgen würde. ›I love‹, und nun folgte ›Putin‹, da rannte Fantomas los. Francos eiserner Griff erstickte den Versuch im Keim.

»Es gibt keine russischen Killer in dieser Stadt«, raunte ich ihm zu, Franco löste seinen Griff.

Fantomas rannte, startete seinen BMW, mit dem er nun kein konspiratives Auftreten mehr hatte, und fuhr los. Früher hätten die Reifen dabei gequietscht, aber der automatische Lastausgleich ließ das nicht mehr zu.

King Kong verließ uns, die dunkle Gestalt verschwand, Franco grinste unverschämt.

»Ja, ja«, sagte ich, »sieht man etwas?«

Franco beäugte mein Gesicht und schüttelte den Kopf.

»Du hast den Stress unterschätzt, in den du ihn gebracht hast?«, fragte er süffisant.

»Komisch, obwohl ich das jeden Tag mache.«

»Mach dir nichts draus, alles ist gut gegangen. Was war das mit der Kreditkarte?«

»Die ist neu programmiert, Defcon zero hat mir jemanden vermittelt, der das passende Gerät dafür hatte. Spesen macht unser Russe damit nicht mehr. Ein E-Mail, das Kormonov an den Finanzchef geschickt hat, ist jetzt in dem Chip auf der Karte. Ein Kommentar von mir auch. Vielleicht kapiert Kormonov, dass er nichts mehr ändern kann.«

»Lassen wir uns überraschen. Wir räumen noch auf.«

»Mach es nicht sauberer, als es vorher war«, riet ich und ging rasch zurück.

Die Neurauthgasse und der Weg zur Brücke waren menschenleer. In der Unterführung unter der Olympiabrücke hielt ich kurz an, ließ die Patronen aus der Trommel gleiten und steckte sie in die Hosentasche. Am Weg zum Parkplatz vor der Wäscherei traf ich niemanden, so konnte ich den entladenen Revolver ungestört wieder im Auto verstauen. Auf der Treppe hörte ich schon das Stimmengewirr des Lokals. Theresa stand an der Theke im Billardsaal und zapfte Bier. In dem Gewühl war es nicht aufgefallen, dass ich weg gewesen war. Sie reichte mir die Kugeln, unser Tisch war frei geworden.

Diese Kugeln hatten ein größeres Kaliber als die aus dem Revolver, aber sie waren harmlos. Ich legte sie auf. Katja kam eben von der Schank, wo sie die Kugeln erhalten hatte. Wir begannen zu spielen. Zwischendurch erzählte ich ihr, dass alles gut gelaufen sei. Die Nachricht sei sicher am Weg nach Moskau, nun konnten wir nur mehr hoffen, dass sie so wirkte, wie ich mir das vorstellte.

*

In den nächsten Tagen fehlte Fantomas tatsächlich. Als Einzelkämpfer ohne Infrastruktur, ausgestattet mit einigen wenigen Banknoten, blieb ihm nur die Heimkehr.

Er tauchte nicht mehr vor dem Werk auf, auch in Stalingrad fand sich keine Spur von ihm. Ich spazierte hinüber in die Kaufmannstraße und schaute mir die zwei alten Wohnblöcke an, die als letzte vom überlieferten Stalingrad übrig geblieben waren. Man hatte sie längst saniert, die hohen Bäume standen noch immer da, und rund um sie herum war ausreichend Platz.

Ich schlenderte zwischen den alten Häusern umher und stellte wieder einmal fest, dass die Sozialbauten längst vergangener Tage wesentlich heimeliger wirkten als die modernen Wohnmaschinen gehobener Klasse. Albert fiel mir spontan ein, ich musste beim Gedanken an ihn genauso schmunzeln so wie beim Begriff ›spontan‹. Hier hatte ich auch ein Mädchen gekannt, aber nicht ihren Namen, so wenig wie sie meinen. Wir waren uns zufällig über den Weg gelaufen und hatten spontan das getan, wozu wir beide Lust verspürten.

Das große Projekt hatte ich abgerechnet und Albert meine Honorarnote übersandt. Er hielt mich dennoch auf dem Laufenden, wie die Sache mit Cordes voranging. Ich las seine Mails und antwortete freundlich darauf, ohne mich auf Details einzulassen. Eine Sitzung der erweiterten Geschäftsleitung war anberaumt worden, bereits in der kommenden Woche. Es war ihm tatsächlich gelungen, sein russisches Projekt auf die Tagesordnung zu bringen. Hagsteiner hatte keinen Einwand erhoben, berichtete Albert triumphierend. Ich ersparte mir die Erklärung, dass Hagsteiner das nüchterner sah, denn einen toten Hund trat man nicht. Albert ersparte mir andererseits nicht seine Ansicht, dass er mich nach wie vor als Projektleiter betrachtete, der ich nie gewesen war. Er überging meinen Einwand, dass mich das nicht mehr kümmerte. Aus so einem Projekt könne man sich nicht einfach verabschieden, meinte er. Ich war mir dahingehend auch nicht völlig sicher, jedoch in anderer Hinsicht. Von Kormonov hatte ich nichts gehört, obwohl es unwahrscheinlich war, dass er mich direkt kontaktierte. Für ihn hatte ich trotz des Folkloreabends keine Bedeutung, ich war bestenfalls ein Störfaktor am Rand. Eher sollte in der Unidata eine Reaktion zu finden sein, denn da saß der Maulwurf, den er sich hielt. Irgendjemand informierte ihn, offensichtlich aus der Froschperspektive. Dieser Jemand saß in der Hackordnung zu weit unten, er hatte keine Einsicht in die Absichten der Geschäftsleitung, sonst hätte Kormonov nicht derart falsche Schlüsse gezogen. Hagsteiner hatte ja auch Albert kunstvoll ins Leere laufen lassen, dabei stand Albert ganz oben.

Kormonov hätte einen Maulwurf gebraucht, verfügte allerdings nur über einen Informanten. Maulwurf passte eher auf Albert, aber der wühlte ausschließlich in eigener Sache. Kormonov wäre nicht der Erste gewesen, der sich beim Versuch des Einstiegs kalte Füße holte. In meinem Archiv hatte ich eine schöne Sammlung ähnlicher fehlgeschlagener Versuche.

Bei näherer Betrachtung war klar, dass Fantomas wiederkommen würde. Mit dem Folkloreabend vergrämte ich ihn nur, doch nicht auf Dauer. Ich musste mir keinen Vorwurf machen, denn ich wollte nur mein Projekt sicher über die Distanz bringen, und Martin hatte es geholfen. Ohne die Vorwarnung durch Joes Anruf wäre er jetzt vermutlich tot, sinnlos geopfert.

Es gab also noch etwas zu tun. Diese Erkenntnis stimmte mich glücklich, denn nach dem Abschluss des Projekts drohte der glanzlose Alltag. Die Höhepunkte dürften sich auf die seltenen Momente beschränken, an denen ich gegen Katja eine Partie Billard gewann.

So freute es mich, als mich Albert anrief und bat, bei der Eröffnung einer verschlossenen Akte als neutraler Zeuge anwesend zu sein. Die Sache stammte aus der Zeit vor seinem Dienstantritt. Warum sie ausgerechnet jetzt auftauchte, würden wir beide bald wissen. Wir trafen uns in Hagsteiners Zweitbüro in der Produktionsanlage im Gewerbegebiet. Das sei so viel wie neutraler

Boden, meinte Albert. In seinem Büro in der Zentrale kämen allein aus Neugier ständig Leute herein und hielten Augen und Ohren offen.

Birgit hatte den Kaffee gebracht, diesmal für uns beide, und war auf einen Plausch bei uns geblieben. Danach wollten wir keine Unterbrechung, beschied ihr Albert. Er schob mir den Umschlag zu. Ich zündete erst meine Pfeife an, holte die umfangreiche Akte heraus und begann zu lesen. Albert sah mir ruhig zu. Die ersten beiden Blätter reichten.

»Fabelhaft«, sagte ich und schob alles zu ihm hinüber, »das muss nicht bekannt werden.«

»Kein Interesse«, meinte er und schob den Stapel zurück, »und keine Details. Gib mir eine Kurzfassung.«

»Gut, da liegen 150.000 beim Anwalt auf einem Treuhandkonto. Es gab eine Sperrfrist von drei Jahren. Die ist seit einem Jahr abgelaufen.«

»Seit einem Jahr? Das Geld ist seit einem Jahr frei verfügbar? Soll ich dir sagen, warum das gerade jetzt herauskommt?«

»Ich kann es mir denken, sag's mir trotzdem.«

»Sie vernichten regelmäßig Akten. Im Augenblick etwas mehr, weil wir wegen Cordes noch eine weitere Revisionsabteilung im Haus haben. Die müssen nicht alles sehen. Deshalb kommt es jetzt heraus.«

»Das sehe ich auch so«, stimmte ich zu.

»Gut, also 150.000 Euro? Wofür?«, fragte Albert weiter.

»Eine Geschäftsabsprache, eine verbotene, unnötig zu sagen. Sie haben bei einem großen Geschäft ihr Angebot zurückgezogen und der Konkurrenz freiwillig das Feld überlassen. So steht es zwar nicht wörtlich da, aber darauf läuft es hinaus. Sie mussten drei Jahre still halten, nun können sie über das Geld verfügen.«

»Sie? Die Kohle gehört der Firma, seit einem Jahr, aber sie sagen kein Wort.«

»Na so was«, grinste ich, »warum nur, warum?«

Albert zog widerwillig den Stapel zu sich und blätterte lustlos darin herum. Dann schob er ihn zu mir zurück. »Diesmal sagst du mir, warum.«

»Sie wollen das Geld für sich behalten, Schorsch und Angel. Wäre ja schade drum, wo es doch in keiner Buchhaltung steht, aus der man es erst herauszaubern müsste. Keiner will aber den ersten Schritt tun, sonst wäre es längst weg.«

Albert überlegte kurz, stellte die Akte wieder zusammen, klappte sie zu und legte sie auf den nun leeren Umschlag. Am Deckel prangte der Name der Firma, um die es ging. Dann griff er zum Telefon und bat Birgit um Nachschub. Birgit erschien bald, stellte neue Tassen auf den Tisch und nahm die alten. Dabei musste sie zwangsläufig die Beschriftung der Akte sehen.

»Grübel, grübel«, steuerte ich bei, um ihre Aufmerksamkeit darauf zu lenken.

»Ach nein«, sagte Birgit, »habt ihr das geerbt?«

»Erinnerst du dich?«, fragte ich aufs Geratewohl.

»Und ob. Ich habe damals gerade hier angefangen, als dieses Drama zu Ende ging. Reklamationen, Streitereien, Rücknahme aller Geräte, totales Chaos. Die kaufen bei uns nichts mehr.«

»Wir beerdigen es soeben«, sagte ich, »es ist verjährt.«

»Das Beste, was ihr machen könnt«, meinte Birgit und ging zurück.

Albert hörte ihr nach, bis die Schritte ihrer Flamencoschuhe verklungen waren.

»Touché«, sagte ich.

»Na sauber«, kommentierte er, »ein Rückabwicklung also. Davon steht in der Vereinbarung nichts.«

»Ja, die ist demnach frisiert«, stimmte ich zu, »ein Meisterstück. Bald findest du keinen mehr, der sich daran erinnert. Dann gilt nur mehr die Akte, der wahre Grund ist vergessen.«

»Da kannst du recht haben.«

Eine Rückabwicklung wäre der Super-GAU. Man müsste alles, was geliefert und montiert wurde, wieder abmontieren und zurücknehmen. Anzahlungen würden rückerstattet. Man hatte lange Zeit nicht nur umsonst gearbeitet, sondern auch nichts verdient und blieb auf immensen Kosten sitzen. Das Abmontieren, Zurücknehmen und Einlagern kostete zusätzlich Geld.

Schorsch hatte gute Nerven bewiesen und offensichtlich direkt mit der Konkurrenz verhandelt. Die wussten, dass die Unidata hier gescheitert war, das Geschäft verloren hatte und nun sie am Zug waren. Schorsch hatte vielleicht den Geschäftsführer der Konkurrenz angerufen und gesagt: ›Wir bieten nicht mehr an, was ist euch das wert?‹

Der andere hatte ihm eine Zahl genannt. Die Gefahr, dass die Verhandlungen von vorn begannen und Preisnachlässe gewährt werden mussten, war durch die Zahlung abgewendet.

Schorsch hatte nach dem Fiasko die Nerven behalten und gut gepokert. Er hatte aus dem Scheitern seiner Firma noch Geld für sich selbst herausgeschlagen.

»Hagsteiner verkauft der Konkurrenz ein Stillhalteabkommen um 150.000«, sagte ich, »das Geld haben die umsonst zum Fenster hinausgeworfen.«

»Genau, das Geschäft hätten sie sowieso gemacht, diese Idioten. Aber Hagsteiner setzt dem die Krone auf.«

»Ja, er lässt die eigene Firma bluten und kassiert von der Gegenseite Geld.«

»Unfassbar«, schrie Albert und nahm sich gleich zurück, »er setzt das Projekt in den Sand und belohnt sich auch noch dafür. Der macht aus allem Gold, nicht zu fassen.«

»Es steht nicht alles in den Akten«, sagte ich. »Dass du Birgit gerufen hast, war eine gute Idee. Wir wären sonst nie drauf gekommen. Chapeau!«

Wir überlegten beide. So etwas passierte hier nicht zum ersten Mal.

Was nicht infrage kam, stand ohne Worte fest. Keiner von uns konnte damit etwas anfangen. Wenn wir es publik machten, dann bekam ich keinen Auftrag mehr und Albert in keiner vergleichbaren Position mehr die Füße auf den Boden. Whisteblower wurde man nicht freiwillig, und danach war man erledigt.

»Da ist nichts zu gewinnen«, sagte ich, »schick es dem Anwalt zurück, denn in der Firma will es offensichtlich keiner anfassen. Sonst läge es nicht hier am Tisch.«

»Es sei denn …«, überlegte er.

»Vergiss es. Du wirst keinen finden, der zugreift. So dumm sind sie nicht. Den ersten Schritt wollten sie dir überlassen, und die Unterschriften auf den Dokumenten natürlich auch.«

Wir sahen uns an und verstanden uns wieder ohne Worte. Irgendjemand hatte Albert die Akte zugespielt. Schorsch war das nicht, der hielt sich wie üblich heraus.

Da blieb nur Angel, und dem rückte Albert nicht zuleibe. Auf mich konnte er aber nicht zählen, um Hagsteiner eine Falle zu stellen.

»Das schöne Geld«, beharrte Albert, »es wartet darauf, abgeholt zu werden. Sollte man nicht ein wenig nachhelfen, einen kleinen Stups geben?«

»Das wäre zu schön. Dann hättest du ihn natürlich am Schlafittchen.«

Albert sah mich aufmunternd an. Ich schüttelte den Kopf.

»Nein«, bestätigte ich, »er wird es wieder überleben, und ich bin nicht der Scharfrichter.«

»Natürlich, es sind nur 150.000.«

»Du sagst es. Da gab es schlimmere Fehlentscheidungen. Es war schon eine Schnapsidee, damals die Tintenfirma zu kaufen wegen der angeblich wertvollen Patente, und die Schlosserei für die Gehäuse, und so weiter, und so weiter. Alles Nieten, aber sie haben sich für ihn gelohnt. Aus jedem Fehlschlag für die Firma zieht er noch Geld für sich heraus.«

»Er steigt immer gut aus, aber nur er.«

»Man kann nicht alles haben.«

Alberts Miene war ernst gewesen, nun setzte er wieder seinen strahlenden Lotto-Sechser-Blick auf. »Wir reden noch darüber«, sagte er und stand auf, um mich zu verabschieden.

»Savonarola kannst du allein spielen«, wehrte ich ab. »Ohne mich.«

»Savonarola? Ein Bekannter von dir?«

»Nicht direkt. Er war ein Prophet der Sauberkeit im Florenz der Renaissance. Er führte die erste Volksregierung ein und räumte so richtig auf.«

»Klingt doch gut.«

»Das Volk hatte bald genug von ihm. Die Medici kehrten zurück und versprachen dem Volk mehr. Das Volk ließ ihn fallen, er wurde gehängt und öffentlich verbrannt.«

»Schwachsinn«, sagte er nach einer Pause, »manchmal verstehe ich dich nicht.«

*

Im Büro fand ich ein Mail von Martin. Natürlich konnte auch mein vorsintflutliches Handy Mails abrufen, das wollte ich unterwegs nicht. Aus demselben Grund hatte ich auch den Blackberry wieder abgeschafft, weil er mir ständig Mails nachschob, für die abends immer noch Zeit genug blieb.

Martin schrieb, dass er in den nächsten Tagen zurückkommen wolle. Wir hatten gelegentlich telefoniert, Fantomas war ausgeblieben. Sein Nachbar, der vom wahren Grund der Abreise natürlich nichts wusste, sah regelmäßig in Martins Haus nach dem Rechten und hatte nichts Auffälliges bemerkt. Martins Frau wolle noch ein wenig in Frankreich bleiben, schrieb er. Wie er der Schule erklärte, dass seine beiden Kinder nun die zweite Woche abwesend waren, konnte er mir bei einem Bier erzählen.

Der geliehene Revolver lag mit den zwölf Patronen in meinem Safe. Seit dem russischen Folkloreabend hatte ich ihn nicht mehr hervorgeholt. Er wartete nun – einschließlich der Patronen – sorgfältig gereinigt, in einem Tuch eingeschlagen auf seine Rückgabe. Franco teilte meine Zuversicht nicht.

Hier im Büro war nichts weiter zu tun, ich setzte mich ins Auto und fuhr hinüber zum Ultrakurzzeit-Café

Schtschelkuntschik. Frau Holle, die Besitzerin des Hauses mit dem Kellerlokal, hatte vor Kurzem angerufen. Sie lud zu einem Ereignis ein, das nicht alle Tage stattfand. Das Ereignis hatte ich verpasst, aber das Ergebnis konnte ich ansehen.

Sie hatte gesagt, dass ihr die Stadtverwaltung bei ihrem Standort außerhalb des Südrings nicht dreinredete, wie sie ihr Haus gestaltete. Die Fassade vor der Baulücke, die sich so gut als Parkplatz eignete, war ihr schon lange kahl erschienen. Deshalb bestellte sie einen bekannten Graffiti-Künstler, der mit einem Stab von Helfern sowie einer Hebebühne erschien und einen überdimensionalen Affen auf die Hauswand sprühte.

Die Aktion war ein Ereignis geworden, das von zahlreichen Zuschauern mit den unterschiedlichsten Ansichten und Gefühlen verfolgt und kommentiert worden war. Nachdem der Künstler das Werk begutachtet hatte, kam er zum Schluss, dass der Affe um einige Zentimeter verschoben werden müsse, und ließ die Hardware unverzüglich ein zweites Mal auffahren, beseitigte den Affen und platzierte ihn noch einmal. Im Keller dieses Hauses sollte nun ein neues Nachtlokal entstehen. Zu dessen Eröffnung konnte ich diesmal Katja mitnehmen, wenn es so weit war.

Der Affe auf der Fassade stellte sich tatsächlich als sehenswert heraus. Ich musste ihn Katja bei nächster Gelegenheit zeigen. Nach der Besichtigung fuhr ich zu meiner Werkstatt, wo mein Motorrad im Winterlager ruhte, und besprach die Inbetriebnahme. Im Frühjahr gab es immer eine komplette Revision, dann stand der Saison nichts mehr im Weg.

Als ich wieder ins Auto stieg, dachte ich daran, dass der Alltag doch nicht drohte. Es drohte allerdings etwas anderes, nämlich Albert, der beharrlich versuchte, mich in seinen Rachefeldzug zu verwickeln. Dabei ahnte er noch gar nicht, dass sein Russenprojekt auch bei Cordes durchgefallen war. Das erfuhr er in den nächsten Tagen, und dann würde man sehen, wie er darauf reagierte. Während ich überlegte, was das für mich bedeutete, rief Hagsteiner an.

»Hallo, Paul«, begann er, »wie geht es dir?«

In der Unidata waren alle per du, der Ton war betont kameradschaftlich. Das gab allen das Gefühl, gleichermaßen dazuzugehören. Schorsch hatte seinen einladenden Ton angeschlagen, mit der väterlichen Note drin.

»Ich habe mein Bike besucht«, sagte ich, »kommt nächste Woche aus dem Winterlager. Die Mühle erhält eine neue Kette und zwei neue Federn in der Gabel.«

»Schön für euch beide. Hoffentlich spielt das Wetter heuer besser mit.«

»Ja, das Wetter im letzten Jahr war eine Katastrophe. Wenig Kilometer.«

»Für mich ist das nichts, aber wir könnten wieder einmal auf den Schießstand gehen. Meine Verlobte hat mir zu Weihnachten eine exzellente Mannlicher-Büchse geschenkt.«

»Die will ich sehen. Ich habe noch eine Schachtel Patronen übrig, die muss verschossen werden.«

»Mit deiner Winchester? Das machen wir. Übrigens, kannst du noch auf einen Sprung bei mir vorbeikommen? So gegen sieben?«

»Kein Problem, geht mir aus.«

So begann er immer ein Gespräch, mit der Frage, was man gerade so mache. Er war seine Art, unverbindlich und locker ins Gespräch zu kommen. Wer ihn kannte, wusste das längst und arbeitete die Einleitung dahingehend ab, bis er zur Sache kam. Vermutlich glaubte er selbst, und wohl als Einziger, dass das eine gute Atmosphäre schaffte. Eigentlich verbreitete er trotz des väterlichen Tons, der ziemlich aufgesetzt wirkte, nur Stress in seiner Umgebung. Freunde hatte er nicht, die gewann man so auch nicht, zumal er nach wenigen Minuten des Gesprächs in Erklärungen verfiel. Er erläuterte einem dann die Welt, in endlosen Monologen.

Ich vertrieb mir die Zeit, in der ich nichts Neues mehr anfangen wollte, mit einer technischen Beschreibung der Gölsdorf-Dampflok 310. Mit ihrem konischen Kessel und den drei großen Treibrädern war sie für mich eine der schönsten Loks überhaupt. Wenn das Honorar endlich hereinkam, dann würde ich mir als Belohnung das handgearbeitete Modell dieser Lok aus Metall kaufen, das hatte ich beschlossen.

Um sieben erschien ich in seiner Büroflucht in der Innenstadt. Die war zu groß, wie die vorherigen auch, wie ich von Albert wusste. Schorsch richtete gern mit der großen Kelle an.

Niemand war mehr da, das war wohl Absicht. Schorsch öffnete selbst und führte mich in die weitläufige Cafeteria. Auf der Dachterrasse davor lag das letzte Licht der untergegangenen Sonne. Schorsch legte großen Wert auf seine Cafeteria und bezeichnete sie als Kommunikationszentrum. Er hatte sie immer als Erstes eingerichtet. Kommunikation und Team, diese beiden Begriffe zogen sich durch jedes Gespräch. Wir bereiteten Espresso zu, den wir mit einem Glas Wasser mitnahmen.

»Ein Whisky dazu?«, fragte er, ich stimmte zu und erhielt eine Flasche Jahrgangswhisky mit einem Nummerncode auf dem Etikett.

Die Nummern besagten, welche Brennerei ihn hergestellt hatte, aber die hätte ich nachschlagen müssen. Die Nummer des Fasses stand auch drauf, und die der Flasche, die man daraus abgefüllt hatte. Der Whisky hatte Fassstärke, also etwas mehr als 60 Volumenprozent, und musste nach Belieben mit Wasser verdünnt werden. Wir gossen ein und setzten Wasser zu.

»Wie sagst du da immer?«, fragte er und hob das Glas.

»Slàinte mhath«, antwortete ich, wir stießen an und tranken.

An der Wand rechts von mir prangte ein Poster. Er ersetzte seit Kurzem das Bild seiner Segeljacht. Nun zeigte es einen Dreimaster in vollen Segeln, darunter stand ein Zitat von Antoine de Saint-Exupéry: *Wenn Du ein Schiff bauen willst, so trommle nicht Männer zusammen, die Holz beschaffen, Werkzeuge vorbereiten, Aufgaben vergeben und Arbeit einteilen, sondern lehre die Männer die Sehnsucht nach der großen weiten Welt.*

Ich wandte den Blick wieder von dem Bild, es gelang mir, vollkommen ernst zu bleiben. Es war sein Schiff, das da segelte, es trug seine Ladung, und es fuhr dorthin, wo seine Goldsäcke darauf warteten, abgeholt zu werden. Der Mannschaft verkaufte er die Illusion, dass es auch ihr Schiff wäre, in Perfektion, oder so gut, wie viele andere in seiner Position auch.

»Seid ihr doch noch klar gekommen?«, begann er. »Albert sagte, dass er dich für ein neues Projekt anheuern will.«

»Wir haben geredet, aber es gab nichts, wo ich von Nutzen sein konnte«, wehrte ich ab, »konkret haben wir eigentlich über nichts geredet.«

»Das verstehe ich nicht«, sagte er und schüttelte den Kopf, »ihr versteht euch doch, oder?«

»Mein Job ist abgeschlossen, das Geld von Cordes ist ja da, denke ich?«

»Das war nicht die Frage.«

»Stimmt etwas nicht?«

»Dazu später. Du bist sicher, dass du keinen Anschlussjob willst? Du hast nichts angeboten, oder hat dich wirklich nichts interessiert, was er ins Gespräch gebracht hat? Lass einmal außer Betracht, dass er ein Lästermaul ist.«

»Nichts, was mich interessiert hat, und nichts, wo ich etwas beitragen könnte, auf jeden Fall nicht annähernd etwas Konkretes.«

»Schau an. Wozu korrespondiert er dann mit den Anwälten?«

Ich zuckte die Achseln, weil ich überrascht war, und holte die Pfeife hervor. Die war auch in Schorschs Büro zulässig, obwohl er zu rauchen aufgehört hatte.

Schorsch nahm einen Ausdruck und schob ihn mir zu. »Na gut, lassen wir das. Schau dir das an. Das ist offensichtlich ein Entwurf, ein E-Mail, das er versehentlich abgeschickt hat. Es ist unvollständig, und so hätte er es sicher niemandem geschickt.«

Nach der ersten Zeile musste ich grinsen. *Onan, der Masturbar hat zugeschlagen* stand im Betreff. Onan, der Masturbar, war meine persönliche Ergänzung zum Filmtitel *Conan, der Barbar*. Ich verwendete den Spruch gelegentlich, wenn ich mich über eine Beschäftigung lustig machte, die keinen Sinn hatte. Albert hatte er gut gefallen. Der Rest des Entwurfs war eine wüste Beschimpfung, die sich an viele richten konnte. Hagsteiner hatte sie unabsichtlich und vor allem verfrüht bekommen, wie es schien.

»Oh je«, seufzte ich, »ojoje, ist das Russenprojekt endgültig im Eimer?«

»Das was?«, sagte er und steigerte seine Stimme in heftiger Erregung. »Russland? Kormonov, der Aasgeier? Das Projekt ist tot, verstehst du mich, tot, so tot wie nur etwas tot sein kann. Wiederhole: tot. Ist das klar?«

Die letzten Worte hatte er geschrien, er beruhigte sich wieder. Ich hatte eben einen der Zornausbrüche erlebt, für die er gefürchtet war. Unerfahrene oder Rangniedrigere beeindruckte das mächtig, weil es so von der gewohnten Gemütlichkeit abwich. So entstand in ihnen der Eindruck, dass sie den verträglichen Schorsch mit etwas unerwartet Schrecklichem aus der Fassung gebracht hatten. Für mich war das nur Theater, ich kannte andere, die auch solche Ausbrüche hervorzaubern und ebenso schnell wieder kalmieren konnten.

»Ist mir scheißegal«, sagte ich, »ist nicht mein Projekt. Da es Cordes nicht gekümmert hat, ist auch kein Schaden entstanden. Causa finita.«

»Finita, finito, zum Teufel. Das heißt, du hast auch drin herumgewühlt?«

»Ich wühle nicht. Nachdem ich nachträglich davon erfahren hatte, musste ich es doch bei Cordes zur Sprache bringen. Er hielt es nicht für eine gute Idee.«

Schorsch lächelte zufrieden. Er war auch nicht untätig geblieben und hatte mit Cordes besprochen, was ihm am Herzen lag.

»Seit wann weiß Albert, dass sein Projekt endgültig begraben ist?«, fragte ich weiter. »Seit heute? Die Reaktion würde darauf passen.«

Schorsch musterte mich mit wachem Blick. Er verfügte über seine Spione und Zuträger wie andere in seiner Position auch. Er hatte Albert auch gelassen zusehen können, denn was er umbrachte, das war wirklich tot. Fantomas erwähnte ich nicht, und Martin erst recht nicht. Ich war sicher, dass Schorsch sich nicht einmal erinnerte, dass er jemals hier gearbeitet hatte.

»Heute Nachmittag hat eine Telefonkonferenz stattgefunden«, setzte Schorsch fort, »das Ergebnis ist, dass wir einige personelle Veränderungen vornehmen werden, um für die kommenden Herausforderungen optimal gerüstet zu sein. Dich dürfte interessieren, dass uns Albert in diesem Zusammenhang verlassen wird. Er bleibt uns noch drei Monate erhalten, um seinen Nachfolger einzuarbeiten.«

Ich nahm einen Schluck Whisky, denn mir fehlten die Worte. Es hatte Albert erwischt? Wer dahintersteckte, war nicht schwer zu erraten. Cordes hatte ganz anders gehandelt, als ich angenommen hatte. Alberts Sticheleien und sein Herumwühlen in allen Bereichen der Firma mochte Schorsch hinnehmen, Cordes nicht. Der schickte den Störenfried kurzerhand in die Wüste. Einen passenden Nachfolger, und wenn auch nur für eine Übergangszeit, zog er problemlos aus dem Ärmel. Schorsch hatte ja immer den amerikanischen Investor Icahn bewundert, der fünf Prozent der Anteile kaufte und das Management feuerte. Diesen Zustand hatte er nun im eigenen Haus. Im Moment kam es ihm zupass.

»Überrascht?«, fragte Schorsch.

»Überrascht ist kein Ausdruck.«

»Wenn du doch mit Albert noch etwas vereinbart hast, das wird von uns vollumfänglich eingehalten.«

»Nein, habe ich nicht. Du meinst, wegen der Anwälte? Mir fällt nichts ein, was er dahingehend besprechen hätte sollen.«

»Es waren die Anwälte der Investitionsfirma, die hier die meisten Anteile hält. Die sind im Moment etwas irritiert, wie mir scheint.«

»Ich hatte Albert gewarnt, dass Cordes ein schwerer Brocken ist.«

»Mach dir keine Gedanken, Angel und ich sind glücklich mit ihm. Schau doch gelegentlich wieder vorbei, du bist hier immer willkommen.«

Er begleitete mich zur Tür, nachdem ich meinen Whisky ausgetrunken hatte.

*

Ich fuhr weiter zur Wäscherei, Katja war zu Fuß gekommen. Gegen acht war schon mehr los, unseren Tisch bekamen wir trotzdem. Der Billardabend verlief gut, ich gewann eine Partie mehr als sie, und das, obwohl der Alltag in nächster Zeit spannend zu werden versprach.

Katja fragte nichts. Sie wusste vom abendlichen Treffen mit Schorsch wie vom Treffen mit Albert, und dass ich nie gleich darüber reden wollte. Da sie unternehmungslustig wirkte, sah ich auch keinen Anlass, die Dinge vor dem Frühstück zur Sprache zu bringen.

VI. KAPITEL

Mich wunderte, dass mich die Kälte nicht störte. Der Griff des schweren Revolvers wurde allmählich wärmer, aber nur wenig. Es war kurz nach neun Uhr, und hier am Waldrand, am Hang der Nordkette, war es um diese Jahreszeit ziemlich kalt.

Ich stand im Anschlag, hatte angelegt, schon zu lange. Kimme und Korn lagen gut und bildeten eine gerade Linie, das Ziel schwebte als unscharfe Kugel genau darüber, nicht ganz einen Millimeter. Es durfte nicht aufsitzen, sonst konnte man Kimme von Korn nicht mehr unterscheiden. Beim Revolver, natürlich genauso wie bei der Pistole, blickte man nicht auf das Ziel, weil das Auge die nahe Waffe und das ferne Ziel nicht zugleich scharf sehen konnte. Man blickte nur auf die Waffe. Die wirklich ruhig zu halten und den Schuss sauber kommen zu lassen, das war die Kunst. Gewehrschützen war das in der Regel nicht zu erklären.

Alles passte, nur der Schuss hatte sich noch nicht gelöst. Dabei hatte ich den Druck auf den Abzug ruhig und kontinuierlich kommen lassen. Es war wie verhext. Das ging sich nicht mehr aus.

»Absetzen«, hörte ich.

Ich sagte nichts. Zu spät. Ein leichter Ruck lief durch die Hand, der 357er Magnum war nur mit einer 38er geladen, den Knall hörte ich danach. Der dunkle, volle

Klang der 38er war mir viel lieber als der beißende der 22er Kleinkaliber. Den der 22er empfand ich wie den eines Mopeds neben meinem Chopper. In manchen Augenblicken sah man dabei für den Bruchteil einer Sekunde das Projektil fliegen, das war so einer. Ich hielt den Arm noch gestreckt und setzte ab.

»Das hast du davon«, hörte ich, in der Stimme lag die Spur eines Verweises.

Ich mochte Verweise nicht, überging ihn und spähte noch vorn. Das Beugen nach vorn brachte nichts, es war zu weit weg, genau 25 Meter.

»Du solltest die Walther dafür nehmen. Großkaliber ist sie mit .32 auch.«

»Die Walther ist erstklassig, keine Frage. Sie liegt gut in der Hand und geht sehr weich ab«, bestätigte ich, »aber der Python ist einfach schön. Ich mag ihn lieber, und der Abzug kommt genauso präzise wie der der Walther.«

»Du könntest meine Walther für weniger als tausend haben, du kennst sie.«

Ich schüttelte den Kopf. Natürlich war seine Walther gut, erstklassig, für diesen Zweck besser als der Colt Python. Den Revolver mochte ich jedoch lieber als die Pistole.

»Wie war ich?«

»Neun rechts oben, könnte aber noch ein Zehner sein.«

Johann setzte das Glas ab. Genau würden wir es wissen, wenn wir hinausgingen. Der Pistolenschießstand im Wald hatte keine Elektronik, die war auch nicht notwendig.

Johann war ein alter Herr, an die 80, die man ihm keinesfalls ansah. Seine Wohnung bestand großteils aus Trophäen, die er allerorts eingesammelt hatte, darunter waren zwei Titel als Militärweltmeister. In der Regel sagte er zutreffend, wo der Schuss hinging, wenn er beim Anlegen zusah. Das war natürlich nicht die Ansage, ob man die Scheibe traf oder irgendwo daneben, sondern ob es ein Neuner rechts oben werden würde oder in der Art.

»Das Schussbild wandert nach rechts aus«, stellte er fest, »liegt aber schön zusammen.«

»Nicht zu übersehen«, bestätigte ich missmutig, »ich weiß nicht, warum.«

»Du hältst den Griff immer fester, der Handballen drückt innen auf den Griff und damit den Lauf immer mehr nach außen.«

Natürlich, aber es war mir nicht aufgefallen. Den Lauf um eineinhalb Millimeter zu verkanten bedeutete, nicht einmal das Schwarze zu treffen. Dabei war der Rand des Schwarzen nur mehr ein Sechser und damit schon eine Katastrophe. Bei mir ging es nicht einmal um einen halben Millimeter.

»Noch zwei Minuten.«

Fünf Schuss, einer pro Minute, dann ging es sich aus. Ich spannte mit dem Daumen der linken Hand den Hahn, hob den Arm über das Ziel, visierte sorgfältig und ließ den Revolver langsam sinken, bis die unscharfe Silhouette des Schwarzen über Kimme und Korn schwebte. Nicht aufsitzen lassen. Diese Disziplin war kein kampfmäßiges Schießen, nur Präzision und Konzentration. Man stand ruhig da, völlig entspannt, und bewegte von den zahllosen Muskeln, die man hatte, nur einen einzigen.

Der Ruck lief durch den Arm, der Blitz verschwand auf der Stelle im Rauch, ein Funke stob seitlich davon, ich hielt den Revolver noch zwei Sekunden im Anschlag und setzte erst dann ab. Unter zwei Sekunden gab es einen Verweis. Zu früh abzusetzen, bedeutete Entspannung während des Auslösens, man hielt die Waffe lockerer, in der Folge wanderte das Schussbild nach links oben aus.

»Zehn, passt«, sagte Johann.

Ich spannte den Hahn mit der linken Hand und legte wieder an.

»Wenn du öfter zum Training kämst, könntest du in der Kampfmannschaft mitschießen.«

Der letzte Schuss wurde ein Neuner, Johann nickte zufrieden. Ich klappte die Trommel aus und ließ die leeren Hülsen herausgleiten. Von der Seite unterschieden sie sich nicht von den scharfen. Aus der Hülse ragte kein Projektil hervor, das Bleigeschoss schloss mit dem Hülsenrand bündig ab. Diese Munitionsart hieß Wadcutter. Auf der Scheibe hinterließen sie nicht die ausgefransten Löcher normaler Munition. Sie stanzten scharf umrissene Löcher, die man besser ausmessen konnte. Man musste diese Patronen in die Hand nehmen, um festzustellen, ob sie leer oder scharf waren.

Der Python passte zu mir, ein gediegenes Stück amerikanischer Handwerkskunst, der sollte es werden. Seine Produktion war eingestellt worden, die guten Stücke am Markt nur mehr schwer zu bekommen, ohne dass der Preis dafür gesunken war. Den Smith & Wesson von Martin musste ich allerdings bei nächster Gelegenheit zurückgeben.

*

»Tutto bene?«, fragte der Wirt und nahm das Reservierungsschild vom Tisch. Wie immer war er blendender

Laune. Seine Piratenkappe hatte ich allerdings schon eine Weile nicht mehr an ihm gesehen.

Mit den neuen Verordnungen hinsichtlich der Allergene konnte das nichts zu tun haben, obwohl er seit deren Gültigkeit die Pizza von der Karte genommen hatte. Die erhielt man nur mehr auf Nachfrage, in der gewohnten Qualität. Mir war zwar noch nie aufgefallen, dass nach dem Genuss irgendwelcher ungekennzeichneter Speisen die Ambulanz vorgefahren wäre, über meine Allergien hatte ich ihn aber dennoch informiert. Die bestanden aus einer Vitamin- und Sauerstoffallergie, neuerdings auch aus einer gegen Ratschläge.

»Alles in Ordnung«, bestätigte ich guten Mutes.

»Perfetto. Una birra? Chianti?«

Katja nahm das Bier, ich entschied mich für Chianti, und wir beide für Carbonara. Dann erzählte ich ihr von Alberts Versuch, mich im letzten Moment in seine Vendetta einzuspannen, und den Neuigkeiten in der Unidata.

Alberts abrupter Abgang verblüffte Katja genauso wie mich gestern. Was mich seit gestern beschäftigte und ich vorläufig einfach beiseite geschoben hatte, war die Frage, was Albert nun tun würde. Er war auf der ganzen Linie gescheitert und hatte keine Mühen gescheut, seine Absichten durchzusetzen. In der Wahl seiner Mittel war er bisher nicht weniger zimperlich gewesen. Zu allem Überdruss stellte sich zuletzt, als er sich bereits am Ziel wähnte, heraus, dass sein Hoffungsträger Cordes das russische Lieblingsprojekt nicht eine Sekunde lang in Betracht zog. Stattdessen stärkte er dem verhassten Management den Rücken und eliminierte ihn, der die Firma nicht nur jahrelang liquid gehalten, sondern bei seinem Dienstantritt sogar vor dem drohenden Untergang gerettet hatte.

»Das muss ihn hart treffen«, kam Katja auf diesen Punkt zu sprechen. »Hast du nicht gesagt, dass er heuer eine ganz tolle Bilanz geschafft hat?«

»Sagenhaft, die Konzernrevision hat ihm freie Hand gelassen, hat er mir im Dezember erzählt. Er solle aggressiv bilanzieren. Sie hatten in diesem Jahr in ihrer ganzen Gruppe nichts, was man herzeigen konnte.«

»Dann haben sie gewürfelt und gemeint, die Unidata soll diesmal gut aussehen? In Albert hatten sie den Richtigen?«

»Er hat alle Register gezogen. Unter anderem hat er mir im Winter mehrmals den Kontostand durchgesagt. Vor dem Bilanzstichtag zahlte er über etliche Wochen keine Rechnungen mehr. An diesem besagten Stichtag hatte er fast drei Millionen Bargeld auf der Bank.«

»Wozu das? Das konnte er doch nicht behalten?«

»Natürlich nicht, am Tag danach war das Konto wieder leer, weil er ja zahlen musste. In der Bilanz steht nun aber ein millionenschweres Guthaben auf der Bank. Am entscheidenden Tag war das Geld tatsächlich da. Das glitzert und glänzt nur so, ein ganzes Jahr lang.«

»Ja wie denn? Die Gläubiger haben stillgehalten? Das glaube ich nicht.«

»Das war mit denen abgemacht. Sonst wäre die Unidata gleich auf allen Mahnlisten gestanden und das Rating wäre im Arsch gewesen. Dafür hat die Unidata gezahlt. Umsonst ist nichts.«

»Toll, und wo stehen diese Kosten?«

»Kleinweise aufgeteilt über andere Positionen, das fällt nicht auf. Da gab es Rabatte, kostenlose Leistungen, alles Mögliche. Das Stillhalten war natürlich erkauft.«

Unsere Getränke wurden serviert. Katja erhielt ihr Bier, aus einer guten Brauerei im Oberland. Wir rechneten dem Wirt hoch an, dass er uns keinen Konzern-Einheitsgeschmack vorsetzte. Ich nahm vor dem Chianti erst einen tiefen Schluck Wasser. Im Saggen war es am kältesten. Da hatte es den kürzesten Weg von der Nordkette herunter in die Stadt.

»Das Tollste weißt du noch gar nicht«, setzte ich fort, »die Bilanz kommt natürlich erst später. In der Vorschau für die Aufsichtsratssitzung waren die Zahlen aber drin. Albert hat sie ja höchstpersönlich hineingeschrieben.«

Katja sah mich erwartungsvoll an.

»Der Aufsichtsrat hat Schorsch und Angel für die schöne Bilanz eine satte Bonifikation genehmigt.«

»Ist nicht wahr?«

»Also bitte. Leistung muss bezahlt werden. Anders bekommt man keine guten Leute, ist doch klar.«

»Albert ist ausgerastet, wieder einmal?«

»Und wie. Er ist dabei nämlich leer ausgegangen. Ich habe ihn ausgelacht und bei der Gelegenheit als Albert Speer bezeichnet. Der hat seinem Chef auch Dinge ermöglicht, die dieser allein nie zustande gebracht hätte.«

Unser Essen kam, Katja sah mich nachdenklich an. Dass Albert mit diesem Vergleich keine Freude gehabt hatte, musste ich nicht erklären.

Spätestens seit gestern kam auch er an der Erkenntnis nicht vorbei, dass wir allesamt nichts weiter waren als nützliche Idioten. Je besser wir unsere Jobs erledigten, umso besser ging es einigen Auserwählten. Natürlich stiegen wir nicht schlecht aus, wir wurden bezahlt. Hinterher blieb uns aber nichts, wir standen wieder bei null, faites vos jeux, auf ein neues Spiel. Unsere Dienstherren hingegen konnten auf unseren Leistungen aufbauen und die nächsten nützlichen Idioten einstellen.

Ich hatte die Sache die ganze Zeit über distanzierter gesehen als Albert, das war sein Problem. Allerdings hatte ich den gemeinsamen Weg verlassen, das konnte nun mein Problem werden. Aus meiner Karriere wusste ich, dass es gefährlich war, die Herde zu verlassen und abseits zu grasen. Die Herde wollte zusammenbleiben, sie wachte eifersüchtig, dass alle an dem Platz waren, der ihnen zukam.

»Gestern Nachmittag gab es eine Telefonkonferenz, erzählte mir Schorsch am Abend«, nahm ich den Faden wieder auf, »da war noch etwas, eher am Rande.«

»Aha?«

»Schorsch fragte mich, ob ich mit Albert einen neuen Job vereinbart hätte. Die Firma würde das einhalten, sagte er.«

»Er wusste nicht, ob es tatsächlich so war?«

»Nein. Er kam auf die Idee, weil Albert mit den Anwälten korrespondiert hat, und zwar über mich, oder meinetwegen.«

Katja sah mich fragend an.

»Einige Stunden vorher hatte ich sein Ansinnen abgelehnt, wegen einer verbotenen Absprache etwas gegen Schorsch zu unternehmen.«

»Das kann Zufall sein«, sagte Katja, legte jedoch die Gabel weg. »Welche Anwälte?«

»Die von der Investmentfirma, denen Cordes jetzt in die Suppe spuckt.«

Katja begann wieder zu essen, aber langsam. Ich hatte es bis jetzt verdrängt, weil ich nichts dagegen machen konnte. Albert war noch drei Monate im Amt. Da konnte er viel tun. Mit seinem Geschick, Dinge zu sagen und andere wegzulassen, hatte er schon viel Unruhe verursacht. Nun spielte die Kapelle das letzte Stück. Ich sah weit und breit keinen Stuhl, der noch frei war, wenn sie aufhörte.

»Was bedeutet das?«, wollte Katja wissen, obwohl sie es sich problemlos vorstellen konnte.

»Nichts Gutes«, meinte ich und rollte eine Portion Spaghetti auf.

*

Am diesem frühen Nachmittag im März stand die Sonne schon einigermaßen hoch und wärmte kräftig. Der Morgen und der Abend waren zwar kalt, aber tagsüber ließ es sich im Freien bereits gut aushalten.

Martin saß auf der Hollywoodschaukel vor seinem Haus, das ein Stück oberhalb von Telfs lag. Er hatte zugesehen, wie ich vorfuhr und ausstieg, und kein Wort verloren, als ich mich zu ihm setzte. Ich hatte nicht damit gerechnet, ihn schon anzutreffen, und wollte nur den ausgeliehenen Revolver zurück in seine Werkzeugkiste legen. Den brauchte ich nicht mehr. Martin hatte Fantomas ohne Warnung eine Kugel um die Ohren fliegen lassen, und beim Folkloreabend hatte er gesehen, dass auch ich bewaffnet war. Wenn er wiederkam, und ich war sicher, dass er wiederkam, dann ging er davon aus, dass er es bei uns mit Bewaffneten zu tun hatte, die nicht nur drohten. Das sollte als Abschreckung reichen.

Die Hollywoodschaukel war für bessere Zeiten gedacht und hatte sie wohl auch gesehen, nun saß Martin allein darauf. Joe hatte erzählt, dass Martin das Haus gemietet hatte. Es war einfach und lag ein wenig abseits, das konnte er sich leisten. Freude bereitete es ihm im Moment sichtlich nicht.

Ich setzte mich zu ihm, stopfte eine Pfeife und begann zu erzählen, was es Neues gab. Wie es bei ihm aussah, fragte ich nicht, sein Gesichtsausdruck reichte völlig, um es ohne Worte zu erklären. Im Moment beschäftigte ihn wohl die Frage am meisten, ob seine Familie jemals wieder zurückkommen würde.

»Willst du etwas trinken?«, fragte er, nachdem ich erzählt und eine Weile geschwiegen hatte.

Vor ihm standen eine längst leere Kaffeetasse, ein voller Aschenbecher und die Schachtel Zigaretten. Er bemerkte meinen Blick.

»Ein Glas Landwein? Habe ich aus Frankreich mitgenommen.«

»Gern.«

Wir gingen hinein. Die Küche war einfach und aus Resopal, wahrscheinlich an die 30 Jahre alt. Vor dem Aufbruch hatten sie sorgfältig aufgeräumt. Da gab es nichts auszusetzen. Martin war ein gewissenhafter Mensch, Joe hatte ihm, und das auch nur auf Nachfrage, nicht mehr als fehlende Eigeninitiative vorzuwerfen gehabt. Was zu tun war, das tat er ohne Aufforderung. Dazu gehörte, Ordnung zu halten. Mit der Flasche und zwei Gläsern gingen wir wieder in den Garten.

»Salut«, sagte ich, in der Gewohnheit, für den Trinkspruch möglichst die Sprache des Landes zu verwenden, aus der das Getränk stammte.

»Salut«, bestätigte er und lächelte.

»Verlierer unter sich«, sagte ich und nahm einen Schluck. Der Wein schmeckte vorzüglich.

»Wo hast du verloren? Da musst du mir helfen, das verstehe ich nicht.«

»Ach, ganz vergessen. Albert hat, nachdem ich bei seinem Vernichtungsfeldzug nicht mitmachen wollte, ein Gespräch mit den Anwälten der anderen Eigentümer geführt. Es ging um mich, sagte Schorsch, er wusste auch nichts Näheres darüber.«

»Über dich?«

»Keine Ahnung, worüber. Ich werde es wohl bald erfahren. Irgendwas wird ihnen schon einfallen.«

»Mistsau, elende.«

»Er hat noch volle drei Monate. Das ist eine lange Zeit.«

»Ja, wie du sagst, das Einzige, vor dem du wirklich sicher bist, ist Anerkennung. Was will er gegen dich unternehmen? Das galt doch in der Firma als voller Erfolg, zumindest sagt Joe das. Der ist ja nicht irgendjemand.«

»Sie werden schon etwas konstruieren, mit der Wahrheit kommen sie nicht weit. Ich lasse mich überraschen.«

»Warte erst einmal ab. Bei dir ist noch nichts verloren, obwohl man die Situation ernst nehmen muss.«

»Du willst sagen, dass bei dir alles verloren ist? Wer weiß. Vielleicht kapieren die da drüben, dass sie nichts mehr ändern können. Ich habe ihnen geschrieben, dass das Geschäft schon vor einem Jahr abgesagt wurde und sie nicht alles glauben sollen, was sie von irgendjemand zugetragen bekommen.«

»Du hast Kormonov ein Mail geschickt? Das ist nicht klug. Da bist du wegen Verrats von Geschäftsgeheimnissen dran.«

»Nein, ich habe es dem Russen in den Chip seiner Kreditkarte programmieren lassen, natürlich ohne Namen,

Zahlen und so weiter. Wie einer das als Beweis vor Gericht bringen will, das würde ich gern sehen.«

Ich erzählte Martin vom Folkloreabend, was ihn ein wenig erheiterte, und erhielt einen Anruf von einem unbekannten Teilnehmer. Es war Cordes. Er hätte heute Abend einige Minuten Zeit für mich. Treffen könnte ich ihn auf dem Friedhof von St. Nikolaus, weil er in der Gegend zu tun hatte und nach einem bestimmten Grab sehen wollte. Auch wenn das eine Marotte sei, meinte er, das Handy mochte er am liebsten abgeschaltet. Ich sagte Treffpunkt und Abschalten zu.

»Wer war das?«, wollte Martin wissen.

»Der Investor. Er hat einige Minuten Zeit für mich.«

»Das war eine Vorladung, wenn ich dich recht verstehe?«

»Exakt, und ich nehme sie wahr. Er wird für mich keinen Finger rühren, so wie für niemanden sonst auch, aber er steht hinter mir.«

»Verstehe. Willst du das Haus sehen?«

»Gern.«

Wir gingen hinein. Es war nicht groß, einfach ausgestattet, und nicht sehr gemütlich. An einigen Spielsachen erkannte man, dass hier auch Kinder gelebt hatten. Dass hier alles vorüber war, spürte man bereits beim Eintreten. Im Schlafzimmer stand die Schiebetür des Kleiderschranks halb offen, Anzüge und Hemden von Martin waren sichtbar. Unsichtbar war alles, was seine Frau betraf. Einzig einen Gürtel, der an der Stange hing, konnte ich ihr zuordnen. Sie hatte alles mitgenommen.

Der Anblick des Kleiderschranks, als Martin wohl spät abends oder nachts zurückgekehrt war, musste überaus deprimierend gewesen sein, und er war es jetzt am hellen Nachmittag noch immer. Martin lebte in einem leeren Haus, aus dem seine Frau ausgezogen war und alles mitgenommen hatte, selbst alle Spielsachen der Kinder, die sich einpacken ließen. Das war nicht in einer halben Stunde geschehen. Sie hatte begonnen zu packen, als Martin sich bewaffnet hatte.

Das leere Haus musste drückend auf ihm lasten. Jeder Blick rief eine Erinnerung wach, die Vergangenheit bleiben würde. Sie würde ihn jeden Tag anrufen, hatte er gesagt, heute hatten sie schon miteinander geredet. Sie konnte sich nicht anders fühlen.

Wir kehrten in den Garten zurück. Ich schlug vor, in der nächsten Zeit gemeinsam auf ein Essen zu gehen, mit Katja und Franco. Franco stellte ich ihm als einen Freund vor, der gelegentlich Babysitter spielte, mit dem er sich gut verstehen würde. Einerseits konnten wir einander nützen, andererseits brauchte er dringend etwas Ablenkung. Immerhin saß er da und trank Kaffee, den Wein hatte er nur zur Bewirtung hervorgeholt. Er schenkte noch einmal ein.

»Glaubst du, dass die Gefahr vorbei ist?«, begann ich wieder.

Martin schüttelte den Kopf.

»Die hören nicht von selbst auf. Ich kann auch meinen Job nicht einfach aufgeben, man muss von etwas leben. Ich habe mich krank gemeldet. Morgen fange ich wieder an.«

»Verstehe. Deine Frau bleibt aber in Frankreich, für eine Weile, wie es aussieht. Mit Kindern bleibt da kein Ausweg. Toll.«

»Wir haben beschlossen, das als Eheproblem zu erklären. Sie will etwas Zeit haben, um nachzudenken.«

Mit Martin wollte ich nicht tauschen. Der hatte eine schwere Zeit vor sich. Er war als Lockvogel zurückgekommen, weil das sonst nie ein Ende nahm. Der Killer konnte ja auch nachts in das Haus einsteigen, nachdem der Überfall am Parkplatz kläglich, aber für Martin glücklich, gescheitert war.

»Wir sitzen im selben Boot«, erinnerte ich, »was auf mich zukommt, das erfahre ich heute Abend. Ein anderer Grund für das Treffen mit dem Investor fällt mir nicht ein. Vielleicht hat das Warten dann ein Ende. Das zermürbt nur.«

»Nichts leichter als Handeln, überhaupt, wo keiner von uns seine Gegner kennt. Albert, dieser Wichser, macht das ja auch nicht selbst, wenn ich dich recht verstehe.«

»Das sicher nicht. Ein Schritt abseits von den Finanzen, dann siehst du nur mehr ein Christkind. Vom operativen Geschäft hat er keine Ahnung. Das wäre auch kein Problem, wenn er dazu den Mund halten würde, er ist ja Finanzchef.«

Martin grinste, nun war er auf einmal fröhlich. Er erzählte von einem Gespräch mit Vertretern von Lieferanten, an dem Albert teilgenommen hatte. Albert hatte ein beträchtliches Einsparungspotenzial im Einkauf ausgerechnet. Er begann das Treffen gleich mit einer ausführlichen PowerPoint-Präsentation der Firma. In einer Gesprächspause bat ihn Martin, doch endlich einmal still zu sein und anzuhören, was die Verkäufer anzubieten hatten. Nach der Pause redete er unverdrossen weiter. Der Vormittag endete ergebnislos. Albert im Einkauf, meinte Martin, dann bestimmten die Lieferanten, was zu welchem Preis gekauft würde.

»So etwas Nebensächliches wie Konditionen, Qualität, Ausstattung, Stückzahlen oder Liefertermine kennt er nicht?«, fragte ich und stand auf.

»Nein, er kennt nur Zahlen, wenn sie kumuliert in seinen Reports auftauchen. Wie sie zustande kommen, das ist nicht seine Welt.«

Er begleitete mich zum Auto, ich gab ihm den in ein Tuch eingewickelten Revolver zurück und bedankte mich.

»Etwas zu unternehmen, auch wenn es noch so wenig ist, das könnte wirklich nicht schaden«, erinnerte er.

»Was dein Problem betrifft, da gibt es in der Firma einen Verrückten, der nach Moskau berichtet. Er kann nicht weit oben in der Hackordnung sitzen, für mich sind das eher Gerüchte, was die Leute eben so reden, wenn sie in der Pause zusammenstehen, oder was so an Rundschreiben durchs Haus geht. Überlege dir doch, wer da infrage käme.«

Martin war plötzlich aufmerksam. »Verdammt, das habe ich aus den Augen verloren. Da fallen mir schon ein oder zwei ein. So ein Mist, die Idioten halten das am Leben und denken sich gar nichts dabei.«

»Wichtigtuerei, sonst nichts, aber sehr schädlich. Ich glaube nicht, dass es da eine Verschwörung gibt. Bisher habe ich dem auch keine Aufmerksamkeit geschenkt.«

»Wir sind wirklich Verlierer.«

»In der jetzigen Konstellation schon, das müssen wir unbedingt ändern. Wir waren so berechenbar.«

»Wie meinst du das?«

»Schau dich an. Du bist sehr pflichtbewusst. Du stellst das Wohl des Arbeitgebers, ohne zu zögern, über dein eigenes. Du bringst deine Familie in Sicherheit und kommst allein zurück, um dich zu stellen. Das ist nobel, aber mit Anstand kann man auch leicht zum Opfer werden.«

Nun hätte ihm ein leichtes Zähneknirschen angestanden. Ein säuerliches Gesicht wurde immerhin daraus. Die dröhnende Stille im leeren Haus lag noch über der Empörung, die nach und nach kommen musste.

»Du meinst, wir sollten das aktiv angehen?«

»Welche Alternative haben wir? Wir sind zum Erfolg verdammt.«

»Du hast recht. Das mit dem gemeinsamen Essen …«

»In den nächsten Tagen, verlieren wir keine Zeit. Katja macht das, meine Freundin, die koordiniert so gut«, sagte ich und stieg ein.

*

Die Koatlackn, gegenüber der Altstadt, bot vom südlichen Ufer gesehen einen malerischen Anblick der ältesten Häuser am Inn. Zwei bronzene Schützen knieten hier an der Ottoburg und blickten wachsam nach Norden.

Es war schon spät, die Dämmerung begann. An klaren Tagen wie heute lag im Westen über der Silhouette aus Habicht und Martinswand das letzte Licht der untergehenden Sonne, das nach oben in tiefes Blau verlief. Ich sagte immer *Tequlia Sunrise* dazu, obwohl es ja die Abenddämmerung war und nicht der Sonnenaufgang. Da ich noch ein wenig Zeit hatte, nahm ich die szenische Route. Das Handy war abgeschaltet.

Ich überquerte die Brücke, ging die Höttinger Gasse hinauf und an deren Ende die Riedgasse weiter nach Mariahilf. Diese Gasse war einmal dörflich gewesen, nun verwandelte sie sich in ein mattes Stück Unansehnlichkeit.

In ihrer Mitte lagen die schmuddeligen Fassaden eines Betonbaus, rechts, zur Stadt hinunter, einige verwilderte Gärten. Am Ende der Riedgasse hatten sich zwei mächtige Betonklötze breit gemacht. Bald würde alles hier so aussehen. Am Ende dieses Weges sollte ich Cordes treffen. Es war nicht ausgeschlossen, dass er hierher den größten Klotz bauen würde. Immobilienhaie denken in Quadratmetern, Baulöwen in Kubikmetern, beides war hier knapp und garantierte satte Profite.

Ich passierte die wuchtigen Neubauten am Ende. Sie verstellten den alten Häusern die Sicht und wandten der schmalen Gasse nur ihre kahlen Rückseiten zu, die Fenster wiesen nach unten hinaus ins Freie. Ich ging hinunter zur neugotischen Pfarrkirche und vorbei zum Friedhof. Ich war pünktlich.

Cordes' hochgewachsene Gestalt und seine weiße Mähne sah ich im Dunkeln von Weitem. Er stand zwischen den Gräbern inmitten des Weges und blickte hinauf, wo der neugebaute Klotz das Gräberfeld überragte. Wahrscheinlich überlegte er, wie viele Kubikmeter er verbaut hätte. Cordes wandte sich zu mir.

»Gott zum Gruße, Herr Prokop«, sagte er.

»Guten Abend«, erwiderte ich und sah auch hinauf, »der Kampf der Lebenden gegen die Toten. Man sieht, wer gewinnt.«

In der dunklen Hausfassade oberhalb des Friedhofs öffnete sich ein Fenster, aus dem Licht fiel. Ein Mann erschien darin, er hielt eine Flasche in der Hand.

Über Cordes' Gesicht glitt ein spöttisches Lächeln. Ein Gespräch zu beginnen, ohne vorher einige Spitzen angebracht zu haben, das fiel ihm schwer. Heute nahm er sich zusammen.

»Ihr Kollege, Albert Heller, Magister, oder was er ist, hat der ein Problem mit Ihnen, oder umgekehrt?«

»Das wäre die größtmögliche Untertreibung.«

»Sagen Sie das nicht, wenn wir fertig sind, dann wissen Sie, was ein Problem ist. Setzen Sie mich ins Bild. Was ist denn in den gefahren?«

»Jetzt müssen Sie mir helfen. Ich hörte nur, dass er die Firma verlässt. Gestern, oder vorgestern, hat er noch einmal versucht, mich gegen Hagsteiner einzuspannen. Ich habe abgelehnt, weil mich Firmenpolitik nichts angeht und auch nicht kümmert. Danach war Sendepause. Was ist denn passiert?«

Wir gingen ein paar Schritte in Richtung Ausgang. Cordes setzte fort.

»An dem nämlichen Tag hatten wir eine Telefonkonferenz, wie Sie wissen. Im Lauf dieses Gesprächs hat Heller einen Wutanfall bekommen und gekündigt.«

»Ja«, sagte ich und schaute mich um, »die Friedhöfe sind voll mit unersetzbaren Menschen.«

»Wer sagt denn das?«, schmunzelte Cordes.

»Churchill.«

»Churchill, so, so. Nicht schlecht, dessen Einfallsreichtum werden Sie womöglich brauchen.«

Jetzt blieb ich stehen. Über seinen Einfallsreichtum hinaus hatte sich Churchill mit Roosevelt und Stalin verbünden müssen, um den Gottseibeiuns unterzukriegen.

»Was wissen Sie?«, fragte ich. »Albert, also Heller, hat doch etwas vor, und Ihnen ist es nicht verborgen geblieben. Sonst wären wir nicht hier.«

Cordes sah mich nachdenklich an. »Meine Anwälte haben gehört, dass Heller eine Schadenersatzklage gegen Sie vorbereitet.«

»Dieses Schwein«, stöhnte ich, »keine Niedertracht ist ihm zu mies. Das darf doch nicht wahr sein. Wen spannt er da für sich ein, er selbst hat ja nichts zu fordern?«

»Er hat sich mit den Anwälten der anderen Eigentümer beraten. Mein Einfluss sei zu groß, sagt er, und entwerte ihre Anteile. Es ist aber noch kein Schaden entstanden, er muss damit erst durchkommen.«

Den Streitwert konnte ich mir ausmalen, wie ich wollte, einige Millionen ließen sich vorstellen. Das würde teuer werden.

Wir gingen weiter zum Ausgang. Im Friedhof war nicht mehr viel Licht, es drang von der Straße herein und erhellte den Weg gerade noch ausreichend. Ich öffnete das Gitter, ein schwarzer Mercedes der S-Klasse glitt lautlos heran.

»Natürlich muss er damit erst durchkommen, dass die den Prozess auch führen«, sagte ich, »wenn er das aber schafft …«

»Dann sind Sie erledigt«, nahm mir Cordes das Wort aus dem Mund. »Wenn er die Mehrheit überzeugen kann, den Prozess zu beginnen, dann sind Sie erledigt. Da rettet Sie auch Ihre Versicherung nicht.«

Weißjacke, wieder im schwarzen Anzug, stieg aus und öffnete die Tür.

»Sie haben in der russischen Sache einige unkonventionelle Methoden mit Erfolg angewandt«, setzte Cordes lächelnd hinzu, stieg ein und ließ die Scheibe herab.

»Wenn mir bei diesem missvergnügten Gesellen auch eine Methode einfiele, dann wäre ich glücklich.«

»Warum wollen Sie immer alles selbst erledigen?«, fragte er aufgeräumt, »das kann leicht zu einer fixen Gewohnheit werden und fremde Ideen und Beiträge verhindern. Lassen Sie einfach die Seele baumeln, entspannen Sie sich. Stellen Sie sich vor, die kommen wieder, und Sie sind nicht dabei? Was da alles passieren kann?«

Die Scheibe glitt hinauf, Weißjacke stieg ein, der Wagen verschwand lautlos hinunter zur Innstraße.

*

Auch ich ging hinunter, weiter zum Innsteg, am Hofgarten entlang in Richtung des Viaduktbogens.

Wenn Albert es schaffte, einige der Eigentümer zu einer Klage zu bewegen, dann sah es schlecht für mich aus. Ob meine Versicherung einstieg, wusste ich erst, wenn die Klage vorlag. Vermutlich hatten sie es auf die Versicherung abgesehen, denn niemand führte Albert zuliebe einen Prozess. Bei mir war wenig zu holen. Wenn es ihm aber gelang, den Prozess zu beginnen, dann blieb offen, ob die Summe reichte. Was Albert mit zugedacht hatte war eine jahrelange, elende Schmutzwäsche mit ungewissem Ausgang.

Cordes' Rat, doch einfach wegzusehen, wenn Fantomas wiederkam, war wohl der einzig brauchbare. Diese Idee gefiel mir nicht, aber ich ertappte mich beim Gedanken, Fantomas herbeizuwünschen.

Etwas konnte ich sofort tun, nämlich mit Schorsch reden. Er war Alberts Vorgesetzter, auch wenn man das nicht immer merkte. Auf jeden Fall war Schorsch ein Meister im Wegsehen, das konnte ich jetzt nicht brauchen. Ein Chef, der wegsieht, ist schlecht. Es findet sich immer jemand, der bei demjenigen aufspringt, der in seiner Abwesenheit das große Wort führt. In dem Fall wäre das Albert, dem durfte ich keine Bundesgenossen gönnen, wenn er gegen mich ins Feld zog. Ich schaltete mein Handy wieder ein, rief ein Taxi und ließ mich zur Unidata-Zentrale bringen.

Ich hatte Glück, viele waren noch da, weil sich eine Verkaufssitzung in die Länge zog. Schorsch bat mich in sein Büro.

»Ich weiß jetzt, was Albert vorhat«, begann ich unvermittelt, »er will die anderen Eigentümer gegen mich aufbringen, um eine Schadenersatzklage aufs Gleis zu stellen.«

»Was?«, fragte Schorsch erstaunt, »nicht im Ernst?«

»Genau das. Ich habe es soeben aus sicherer Quelle erfahren. Albert hat das Kriegsbeil ausgegraben.«

»Spinnt der Kerl vollkommen?«, fuhr Schorsch auf, konnte es allerdings nicht lassen, blumig zu werden. »Ist er des Wahnsinns knusprige Beute?«

Die Empörung war echt, sein Gesicht sagte mir, dass ihm das nicht passieren könnte.

»Er dreht durch, weil sein dämliches Russenprojekt nicht kommt. Nun sucht er Rache an mir.«

»Ohne uns, das ist doch sonnenklar. Weißt du das mit Russland genau?«

»Nicht genau, aber irgendwer in der Firma funkt nach Moskau. Kormonov scheint über alles im Bild zu sein. Die Informationen dürften nicht sehr wertvoll sein, aber das macht es nicht besser.«

»Woher hast du das wieder?« Schorsch wurde jetzt laut. »Stimmt das? Weißt du das genau? Wie kommst du auf Kormonov? Diese Kröte hat uns schon genug gekostet.«

»Woher ich das habe, das willst du gar nicht wissen. Geh davon aus.«

Schorsch sagte nichts und starrte wütend auf die Tischplatte. Er starrte eine ganze Weile.

»Paul, das ist vertraulich. Welcher Halunke spioniert in dieser Firma? Kannst du herausfinden, wer das ist? Es ist mir gleichgültig, wie du das anstellst. Ich feuere den Kerl in der Minute, in der ich es erfahre. Das ist mein voller Ernst.«

»Kein Problem«, sagte ich prompt, froh über die Beschäftigung, mit der ich Albert vielleicht noch rechtzeitig stoppen konnte.

Schorsch rief Caro herein. »Paul hat einen neuen Auftrag angenommen«, erklärte er ihr, »er überprüft die Struktur unserer IT auf Sicherheit. Er hat überall Zutritt, Konditionen wie im letzten Vertrag. Mach bitte eine Aktennotiz, Kopie an Paul. Unterschreiben soll es Angel, die Technik ist sein Ressort. Ich will ihn da nicht übergehen. Okay?«

Dabei sah er zu mir herüber, ich nickte.

»Das Ganze ist top secret«, setzte er hinzu, »berichtet wird nur an mich, klar?«

»Selbstverständlich«, bestätigte Caro, wirkte dabei ein wenig überrascht, »aber geheim wird das nicht lange bleiben. Wäre es nicht gut, eine Sprachregelung festzulegen?«

»Machen wir doch aus der Not eine Tugend«, schlug ich vor, »und reden endlich über den Russen. Jeder kennt ihn inzwischen, doch offiziell existiert er nicht. So gerät er nie in Vergessenheit.«

Schorsch musterte mich gründlich. Cordes hatte ihm zweifellos von meinen Bedenken erzählt, also musste er mich nicht als Gegner betrachten. Caros Irritation begann einer sichtbaren Erleichterung zu weichen.

»Du weißt ziemlich viel über etwas, das nicht existiert«,

stellte Schorsch fest, »aber warum, das will ich gar nicht wissen, wenn ich dich recht verstanden habe.«

»Reden wir darüber, was wir alle wissen«, überging ich seine Bemerkung, »da ist ein Spion, der für Kormonov arbeitet. Ich weiß es, sogar Cordes weiß es, und der CEO Schorsch doch wohl auch, oder?«

Schorsch lächelte säuerlich und nickte. Er kam nicht mehr daran vorbei, sich das einzugestehen. Vermutet hatte er es wohl lange, sein strikter Maulkorberlass hinsichtlich des Russendeals war nicht hilfreich gewesen. Im Gegenteil, er hatte dem Maulwurf eine lange Zeit der Sicherheit gegeben.

»Soll er doch wissen, dass wir ihn suchen«, setzte ich fort, »besonders schlau ist er nicht. Wahrscheinlich geht nicht mehr als Klatsch nach drüben, oder Kopien von allgemeiner Korrespondenz und Rundschreiben. Wenn Kormonov jemals substanzielle Information erhalten hätte, dann würde er nicht ein Jahr später weiterhin einer Schimäre nachjagen.«

Schorsch sah auf die Uhr, nebenan stockte die Verkaufssitzung. Er hatte mein Problem schon vergessen, denn nun hatte er selbst eines. Ich beglückwünschte mich, Kormonov ins Gespräch gebracht zu haben. Das eröffnete viele Möglichkeiten. Ich brauchte jede.

Caro hatte mitgeschrieben. Schorsch sah sie fürsorglich an, was er wie üblich gut herüberbrachte. Sie wirkte zufrieden, weil ich an Alberts Vendetta nicht teilnahm. Albert war einsam geworden.

»Ich wollte dich gleich persönlich informieren«, sagte ich und stand auf.

»Eine Riesensauerei«, knurrte er und stand auch auf, »wenn sich das bewahrheitet, dann gnade dem Kerl Gott.

Bleib noch einen Augenblick und gehe mit Caro alles durch. Sie wird dir alle Wege öffnen.«

An der Tür blieb er stehen.

»Was Albert betrifft: Ich berufe eine Sitzung der Geschäftsleitung ein, natürlich mit ihm. Da bist du dabei und kannst ihn mit der Sache konfrontieren. Er erhält für dieses nutzlose Abenteuer von uns keinerlei Rückendeckung. Das ist offiziell.«

»Hast du schon überlegt, ob der Maulwurf und Albert zusammenhängen?«

»Das können wir gleich beantworten. Am Maulwurf dürfte was dran sein, da sind wir uns einig. Bei Albert ist das undenkbar. Er ist Finanzchef und als solcher über jeden Zweifel erhaben. Das bleibt er auch, egal, was du herausfindest.«

»Natürlich, bei dieser Position sehen die Banken hin. Wie dumm von mir, das zu vergessen.«

Schorsch sagte nichts darauf und kehrte zur Besprechung zurück. Caro sah mich bekümmert an. Ein Zwiespalt war erledigt, denn Alberts ständige Sticheleien zehrten an den Nerven aller. Nun kam der Auftrag von Schorsch dazu. Das bedeutete Mühsal.

»Ich weiß, was du denkst«, sagte ich, »er wird das nie unterschreiben.«

»Ja, das geht zu Angel, aber der hat den Auftrag nicht erteilt. Dort bleibt er ein halbes Jahr liegen, vorher sieht er sich das aus Prinzip nicht an, was ihm Schorsch unterjubelt.«

»Macht nichts. Es ist offiziell, und mein Honorar wird er zahlen.«

»Zahlen wird er, keine Frage.«

»Was brauche ich mehr?«

Schorsch zahlte immer. Niemand musste ihm erklären, dass bestrittene Rechnungen oder Mahnungen kein gutes Bild nach außen gaben. Fehler dieser Art beging er nicht. Innen sah es anders aus.

Das war wieder einmal ein Beispiel seiner Vorgehensweise. Aufträge erhielt man schnell, schriftlich ausgefertigt wurden sie nicht, wenn man sie vorab mündlich akzeptierte. Er brachte seine Absichten so überzeugend herüber, dass man glaubte, er unterschriebe sofort, wenn das Blatt aus dem Drucker kam. Vermutlich glaubte er es in dem Augenblick selbst. In diesem Fall konnte er den Job aber nicht über fünf verschiedene Leute ausstreuen, der blieb mir erhalten. Er kam im rechten Augenblick.

Wir gingen in Caros Büro, wo sie das Protokoll gleich in den Computer tippte. Sie druckte mir ein Exemplar aus. Zumindest das Logo sei drauf, meinte sie, und unterschrieb als Protokollführerin. Ich holte inzwischen Espresso für uns beide aus der Cafeteria.

»Offiziell«, lächelte sie, »aber top secret.«

»Von mir aus spricht es sich herum«, antwortete ich, »es kann die Sache beschleunigen. Lass es doch als top secret die Runde gehen.«

»Wofür ist das gut? Derjenige verwischt doch seine Spuren, sobald es bekannt wird. Willst du ihn denn wirklich finden?«

»Auf jeden Fall will ich ihn finden. Es hilft eventuell, wenn sich herumspricht, dass wir einen Spion suchen. Er ist kein Profi. Vielleicht wird er nervös und löscht alles aus seinem Computer. Der Auftrag von Schorsch bedeutet im Klartext, dass ich mir alle Computer ansehe.«

»Dann ist es weg, Beweise dank Vorwarnung vernichtet, blendende Idee.«

»Du ahnst gar nicht wie blendend. Die meisten verstehen nicht im Mindesten, was in einem Netzwerk hinter den Kulissen abläuft, sie verstehen nicht einmal die eigenen Computer. Ich brauche nur die täglichen Sicherungen vergleichen und sehe sofort, wenn einer große Mengen gelöscht hat. Dann weiß ich, wessen frühere Sicherung ich genauer ansehen muss und finde, was er gelöscht hat. Man schaut die Historie an und sucht Änderungen vom gewohnten Verhalten.«

»So einfach stellst du dir das vor?«, fragte sie verwundert, verstanden hatte sie allerdings.

»Ohne Garantie, aber möglich ist es und zugleich schnell erledigt. Wenn er schlau ist und Nerven hat, dann löscht er jeden Tag nur einen kleinen Teil. Die Bänder kommen in einem bestimmten Rhythmus dran und werden jeden Tag gewechselt. Nach spätestens einem Monat wäre keine Spur mehr vorhanden.«

»Woher kommt deine Sicherheit, dass das im Computer steht? Das ist doch leichtsinnig.«

»Sicher ist nichts, aber die Leute schreiben alles in ihre Computer. Ich sehe mir sowieso auch die Logs im Mailserver an. Es würde mich wundern, wenn er das von zu Hause aus erledigt hat.«

Caro drehte nachdenklich ihre leere Kaffeetasse in der Hand. »Das ist also gar nicht so schwierig?«

»Wir werden bald mehr wissen. Es hat bis jetzt keiner versucht. Schorsch hatte ja verboten, darüber zu reden. Der Bursche hatte den Vorstand als Schutzpatron und damit ein leichtes Spiel. Damit ist es vorbei.«

»Da bin ich gespannt«, sagte Caro.

»Klopfen wir auf den Busch. Streu ein paar Gerüchte, rede von einer großen Untersuchung, die unmittelbar bevorsteht. Du hast ja deine Fans, die gern bei dir vorbeikommen«, sagte ich und verabschiedete mich.

Es war noch etwas zu tun, was gleich viel versprach, nämlich social engineering. Das ging Caro nichts an, dafür brauchte ich Martin. Der hatte im Gegensatz zu Caro keine Bindungen mehr zur Firma, stattdessen jedes Interesse, dass wir den Maulwurf fanden und ins Ausgedinge schickten. Schorsch würde diesmal wirklich nicht zögern, denn das betraf auch ihn.

Cordes hatte ihn schon umgarnt. Cordes konnte nicht nur sadistisch sein, sondern auch außerordentlich charmant. Alberts Abschied hatte er provoziert, daran hatte ich keinen Zweifel. Was dessen Quertreiben Energie kostete, rechnete er sich ohne Excel-Tabelle aus. Als Nächsten würde er den irrlichternden Schorsch zurechtstutzen oder gleich austauschen. Darauf ging ich jede Wette ein, aber das war eine andere Geschichte.

Genau genommen hatte der Spion keine Bedeutung mehr, jedenfalls für die Unidata. Cordes würde auch bei Russland nicht untätig zusehen, wenn dieser Markt bestenfalls so viel einbrachte, wie er kostete.

Das passierte aber nicht in den nächsten drei Monaten, in denen Albert noch an Bord war, um den Nachfolger einzuarbeiten. So lange er in Amt und Würden war, mussten Martin und ich mit Fantomas rechnen, der möglicherweise mit einem neuen Auftrag zurückkehrte. Bis dahin hatte ich Zeit, Alberts Amoklauf zu verhindern.

Wenn es mir gelang, den Spion zu finden, musste sich die Lage zuspitzen. Verlor Kormonov seinen Informanten, blieb das nicht ohne Folgen. Diese Folgen ließen sich heute nicht abschätzen. Der Fluss an Informationen war nicht das einzige Leck. Martin war ja hinter die Sache gekommen, weil er entdeckt hatte, dass Rohmaterial abgezweigt wurde. Schorsch hatte dem Treiben mit seinem Sprechverbot unbewusst Vorschub geleistet.

All das, um es mit Alberts Worten zu sagen, würde bald ein Ende haben.

*

Zurück im Büro fand ich ein Mail von Albert. Es klang nicht unfreundlich, aber etwas wirr. Er freue sich schon, bald in einer anderen Firma zu arbeiten, wo man etwas voranbringen könne. Im Übrigen mache er sich keine Sorgen, er könne auch auf einer Baustelle auf der Autobahn mit der Schaufel arbeiten, das mache ihm nichts aus. Arbeit fände sich immer für den, der arbeiten wolle. Das war ein großherziges Angebot an die ewigen Götter, die ihm derlei Mühsal gleichwohl ersparen würden. Er fand sicher rasch eine neue vergleichbare Position, in der er wie bei der Unidata in den ersten beiden Jahren hervorragende Arbeit leisten würde, bis er begann, umzurühren. Jetzt, da ich das alles mit anderen Augen sah, fiel mir auf, dass sein Abschied bei der früheren Firma auch eigenartig erfolgt war.

Das Mail endete mit der Nachricht, dass er den Rest meines Honorars überwiesen habe. Er führe alles sorgfältig zu Ende, bei mir mache er gleich den Anfang. Lieber Albert, dachte ich, leider wusste ich den zweiten Teil auch schon, den er mir hier verschwieg.

In der Wohnung oberhalb des Büros hatte es sich Katja in der Loggia bequem gemacht. Aus irgendeinem Grund stand die Flasche Brunello da, die auf einen besonderen

Anlass gewartet hatte. Der Korkenzieher lag daneben. Ich entkorkte die Flasche und setzte mich zu Katja.

Nach dem ersten Glas, die Flasche sollte den Abend nicht überstehen, berichtete ich vom Tag. Katja ließ sich Unruhe nie anmerken, auch wenn sie im Augenblick beträchtlich sein musste. Meine Kostenschätzung überging sie. Die konnte sie genauer anstellen als ich.

»Da müssen wir durch«, sagte sie und schob mir ihr Glas hin, um es nachgefüllt zu bekommen.

VII. KAPITEL

»Verlass dich drauf, ich will dieses Projekt«, ich überlegte, wem die Stimme gehörte. »Ich mache denen eine Präsentation, die sie umhauen wird.«

Die Tür zum Besprechungsraum ging ganz auf, es war Erik. Er kam als Letzter, alle anderen saßen schon da. Er nahm sich inzwischen einiges heraus, stellte ich fest, was bisher nicht seine Art gewesen war. Das Gespräch hatte nach Verkauf geklungen, dabei war er Projektleiter. Es gab vier von ihnen, und er übertraf sie alle. Er und seine drei Kollegen setzten die Dinge um, die verkauft worden waren. Seit wann verkaufte er selbst?

In der Unidata lief manches anders als sonst, hier machte jeder, was ihm am meisten zusagte. Da alle guten Willens waren, ging auch vieles gut. Wofür sich allerdings niemand interessierte, das blieb nicht selten unerledigt. Ich hatte Schorsch einmal darauf angesprochen, eher zufällig. Er ging auf der Stelle in die Luft. Arbeitsplatzbeschreibungen, meinte er, führten nur dazu, dass keiner mehr etwas tat, was nicht explizit drin stand.

Erik setzte sich, wir waren vollzählig. Schorsch hatte aus der erweiterten Sitzung der Geschäftsleitung heute eine Art Betriebsversammlung gemacht.

»Ich danke den Damen und Herren für ihr Erscheinen«, begann er, »das heutige Meeting wird nicht lange dauern. Wir haben nur zwei Punkte auf der geänderten Agenda. Zum ersten, im Namen der Belegschaft und in ihrem eigenen Namen gratuliert die Geschäftsleitung unserem bestens bewährten Paul Prokop für seinen Beitrag zur Finanzierung. Unser nicht weniger bewährter CFO Albert Heller hat mit seiner Unterstützung dieses Projekt zu einem erfolgreichen Abschluss gebracht.«

Er stand auf und schüttelte mir und dann Albert die Hand. Die jeweilige Hand hielt er eine Weile, bis ein Mitarbeiter das Shakehands fotografiert hatte. Er fuhr fort, als der erwartete Applaus abgeklungen war, nicht ohne wieder blumig zu werden.

»Leider trübt ein Tropfen Wermut den köstlichen Siegestrank, so sehr wir uns auch über die erfolgreiche Zusammenarbeit von Albert und Paul freuen, eine erfolgreiche Zusammenarbeit, die wir noch lange in guter Erinnerung behalten wollen.«

Schorsch legte wieder eine Pause ein.

Ich war sehr zufrieden, wie Schorsch das machte. Er nahm Albert damit den Wind aus den Segeln, indem er uns beide als erfolgreiches Team pries. Was immer Albert auch zu meckern hatte, das fand zumindest im Moment wenig Unterstützung. Hinsichtlich Alberts dachte Schorsch auch nur mehr in wenigen Monaten.

»Dieser Wermutstropfen«, setzte er fort, »der ist ein längst abgesagtes Projekt im Osten.«

Schorsch legte noch eine Pause ein und richtete den Blick in die Ferne.

»Ursprünglich wollten wir diese unappetitliche Suppe auf kleiner Flamme kochen«, brachte er mit fast angewiderter Stimme herüber, bevor er in normalem Ton weiterredete, »wir haben uns das anders überlegt. Wir bringen es offen zur Sprache. Es gibt einen oder einige wenige, zu denen die Erkenntnis noch nicht durchgedrungen ist, dass die Vergangenheit ruhen soll. Inzwischen pfeifen die Spatzen von den Dächern, dass externe Partner mit Firmeninterna versorgt werden. Das können wir nicht brauchen, wir stellen das ab.«

Er setzte sich wieder. Schorsch hatte das so entschlossen gesagt, wie man es von ihm kannte. Wer ihn nicht kannte, und darunter fielen trotz langjähriger Zugehörigkeit nicht wenige, glaubte fest, dass nun Taten folgen würden. Schorsch richtete den Blick auf mich. Albert schaltete sich ein.

»Wie stellt ihr euch das vor?« fragte er, eine Spur aggressiv.

»Ich werde mich mit dem IT-Manager kurzschließen«, sagte ich, und übernahm den geschwollenen Ton, »ich beabsichtige eine Untersuchung der betrieblichen Kommunikation durchzuführen, um die auslösenden Schwachstellen zu lokalisieren und eine adäquate Gegenstrategie zu finden.«

»Das entscheidet Schorsch«, fauchte er.

»Nein, Albert«, wandte sich Angel ruhig an ihn, »das entscheide ich, denn ich bin der technische Vorstand. Im Übrigen habe ich es schon entschieden. Paul macht es so, wie er angekündigt hat. Er hat unser volles Vertrauen. Es gehen sowieso zu viele technische Daten auf regulärem Weg an die Partner, da brauchen wir nicht noch Wetter- und Stimmungsberichte dazu. Damit machen wir uns nur zum Gespött der Branche.«

»Was hast du schon dazu beizutragen?«, fuhr Albert mich an, ziemlich laut noch dazu, der strahlende Lotto-Sechser-Blick war nun blanker Feindseligkeit gewichen.

»Ich bin ganz gut aufgestellt. Ich werde mich auch an

dich um Unterstützung wenden. Die ungeklärten Materialabflüsse des letzten Jahres haben dich doch auch irritiert. Die werden in einem zweiten Teil der Untersuchung behandelt.«

Schorsch nickte so zustimmend wie nachdenklich, aber unübersehbar. »Da sind Altlasten aufzuarbeiten«, stimmte er zu, »das Unternehmen tritt in eine neue Ära ein. Dir, Albert, sind wir da alle zu besonderem Dank verpflichtet. Ohne deine unermüdliche und professionelle Arbeit wäre unser gemeinsamer Erfolg nicht möglich gewesen.«

Albert setzte sich wieder aufrecht hin und schwieg. Die demonstrative Einigkeit zwischen Schorsch und Angel ließ ihm keinen Spielraum für weitere Attacken.

»Zuletzt«, begann Schorsch noch einmal, »habe ich offiziell zu verkünden, dass Albert auf eigenen Wunsch das Unternehmen verlassen wird, um eine neue Herausforderung anzunehmen. Er hinterlässt ein wohl bestelltes Haus, wir alle sind ihm zu großem Dank verpflichtet. Albert hat sich darüber hinaus bereit erklärt, noch einige Monate zur Verfügung zu stehen, um seinen Nachfolger einzuarbeiten.«

Schorsch wartete, bis der Erste applaudierte und schloss sich dann an. Ich klatschte kräftig mit. Fahr zur Hölle, Albert, dachte ich und lächelte ihn an.

Angel stand zuerst auf und lud alle zu einem Umtrunk in die Cafeteria ein. Ich blieb sitzen, bis die meisten aufgestanden waren. Schorsch hatte das gut hinbekommen. Sowohl Alberts Zorn wie auch seine Aufmerksamkeit waren damit von ihm auf mich umgelenkt, denn wir hatten nun einiges miteinander zu tun, was ausreichend Konfliktstoff bot. Dass er plötzlich ›Altlasten‹ aufgearbeitet sehen wollte, ließ sich dahingehend verstehen, dass offene Rechnungen beglichen werden sollten. Manch einer würde diese Untersuchung nicht überleben. Schorsch hätte das längst tun können, denn ohne sein Wissen war es nicht geschehen. Ihm drohte dabei keine Gefahr. Es war unvorstellbar, dass auch nur ein einziges Dokument auftauchte, das seine Kenntnis von Unregelmäßigkeiten bewies oder dahingehend gar seine Unterschrift trug. Er legte sich ja nie fest. Auch diesem gekonnten Auftritt würde keine Unterschrift auf einen Auftrag folgen.

Die nächste Zeit wurde spannend. Albert und ich würden uns mit Argusaugen beobachten, jeder einen Fehler des anderen suchend. So etwas gefiel mir gar nicht, aber mir blieb keine andere Wahl. Ich musste ihn vom Spielfeld schicken, bevor er seine Verbündeten überzeugt hatte. Gelang ihm das, würde es für mich sehr eng werden.

In der Cafeteria gab es Sekt und Brötchen. Ein Mitarbeiter des Kommunikationschefs fotografierte. Der kam eben mit Albert auf mich zu. Wir müssten die Pressemeldung noch aufsetzen, erinnerte er. Ich sagte, ja unbedingt, da strahlte mich Albert wieder mit seinem Lotto-Sechser-Blick an.

»Kaufst du dir jetzt die 310er?«, fragte er. »Das Honorar ist überwiesen. Was kostet das gute Stück?«

»Zuletzt habe ich es um 3.500 gesehen.«

»Was kostet 3.500?«, fragte der Kommunikationschef.

»Ein handgearbeitetes Modell einer schönen Dampflok, aus Metall und absolut maßstabsgetreu«, erklärte ihm Albert, und zu mir gewandt, »die lässt du doch nicht auf der Strecke fahren? Zuzutrauen ist es dir.«

»Sobald ich eine Strecke habe, gewiss«, sagte ich.

»Du spinnst«, kommentierte er und schüttelte den Kopf, »so etwas gehört in die Vitrine, und die muss am schönsten Platz im Wohnzimmer stehen.«

Die Vorstellung, eine handgearbeitete 310er einen Zug über eine Rampe mit vier Prozent Steigung schleppen zu sehen, tat ihm genauso weh wie die Bonifikation für die Geschäftsleitung, die sie ohne jede Leistung nur aufgrund seiner Bilanzkünste erhalten hatte. Ich verstand ihn in beiden Fällen, allerdings wollte ich verwenden, was ich besaß. Der Fotograf hatte uns nun angeregt plaudernd im Kasten, ich verzog mich zum Buffet.

Nachdem ich ein Brötchen verzehrt hatte, ließ ich mich zum Ausgang treiben. Caro holte mich ein.

»Das ist nicht vorbei«, sagte sie leise, aber eindringlich, als wir im Flur waren, »du lässt dich doch nicht von Alberts freundlichem Getue vor den Leuten einwickeln?«

»Das wäre zu schön, im Gegenteil, es fängt erst an.«

»Gott sei dank, ich dachte schon, du glaubst ihm seine Süßholzraspelei. Ich bin froh, dass du an Fallenstellereien gegen Schorsch nicht teilgenommen hast.«

»Ich bin doch nicht verrückt. Bei so was mache ich grundsätzlich nicht mit. Leider hat mich diese Prinzipienfestigkeit auf Alberts Abschussliste gebracht. Wer seinen Weg nicht mitgeht, den vernichtet er, wenn er kann. Bei mir ist noch nicht heraus, ob ich es überlebe. Bei Cordes ist er abgeblitzt, der hat ihn nicht einmal angehört. Damit kann er gegen Schorsch gar nichts tun. Jetzt hält er sich an mir gütlich, der Mistkerl. Er wird nicht ruhen noch rasten, bis er am Ziel ist. Er hat hier noch volle drei Monate, da kann er mit seinen fiesen Tricks irgendwo bei den Investoren auf Gehör stoßen. Er sitzt in der Hackordnung weit genug oben.«

»Hoffentlich übernimmt er sich. Ich drück dir die Daumen.«

»Kommt Zeit, kommt Rat. Ich hoffe, sie reicht aus.«

*

Die Sonne wärmte den Parkplatz vor dem Gasthaus in Hötting kräftig. Ich hatte die Jacke im Auto gelassen und mich eigentlich in den Garten setzen wollen, es allerdings dann nicht getan. Als ich mein Auto öffnen wollte, stieg eine Frau aus dem SUV neben mir. Sie war groß und schlank, und weil sie die langen, dunklen Haare offen trug, erkannte ich sie erst auf den zweiten Blick. Das mochte auch am Rock gelegen haben. Sie trug fast immer ein Business-Dress mit Hose, was zu ihrem Job als Controllerin besser passte. Susanne hatte mich gleich erkannt.

»Hallo, Paul.«

Sie lachte, warf den Mantel über den Arm und kam zu mir.

»Hallo, Susi«, sagte ich und nahm sie in den Arm.

Wir freuten uns immer, wenn wir uns sahen, diesmal wirkte sie besonders fröhlich. Sie lehnte sich leicht an mich und ließ sich auf die Wangen küssen. Diese Vertrautheit bedeutete nichts weiter, als dass sie angenehm war, seit unserer kurzen Romanze hatte sie nichts getrübt. Sie war zu Ende gegangen, knapp bevor ich Katja kennengelernt hatte.

Ich fühlte ihren Rücken unter der dünnen Bluse.

»Schau an«, sagte ich, »da fehlt doch was. Kein BH, wo ist dein Push-up, hast du sie heute freitragend dabei? Dressed to kill?«

»Undressed«, verbesserte sie lächelnd, »schon gekillt.«

»Ist nicht wahr? Am hellen Nachmittag? Wie auch immer, du siehst gut aus.«

»Danke. Es war schön.«

Ich hielt sie noch immer im Arm, schaute über den Parkplatz hinaus und überlegte, wo sie in der Pause wohl hin gefahren war. Sie hätte sich an meiner Stelle gefragt, mit wem.

»Es geht auch im Auto«, setzte sie gut gelaunt fort, »da staunst du, was?«

»Ich bin platt. Du hast doch früher immer alle Vorhänge zugezogen und hättest am Liebsten noch unter dem Bett nachgeschaut. Was ist denn in dich gefahren?«

»Da ist doch Katja auch nicht anders, oder?«

»Überhaupt nicht, alles muss blickdicht sein, ringsum zumindest. Sie sieht auch immer nach, ob alles zu ist.«

»Aber im Bett ist sie toll. So schätze ich sie zumindest ein.«

»Göttlich … ich meinte natürlich göttinnenlich.«

»Das vergönne ich dir.«

»Du bist es ja auch.«

»Klar«, sagte sie.

An Selbstbewusstsein mangelte es ihr nicht, sie konnte es sich leisten. Sie hatte aber eine Angewohnheit, die ich noch nie so ausgesprochen gehört hatte wie von ihr: ›Wenn ich einen Mann kennenlerne oder sehe‹, hatte sie einmal gesagt, ›überlege ich immer, wie der im Bett ist.‹ Ich erinnerte mich, den Kopf geschüttelt zu haben. Von Katja wusste sie, weil sie mich immer ausfragte, wenn wir uns zufällig über den Weg liefen und dabei Zeit für einen Kaffee fanden.

Sie überlegte. »Erinnerst du dich an meine Freundin, die ich dir sozusagen vermittelt habe, am Ende unserer, wie du immer dazu sagst, Romanze?«

»Und ob ich mich erinnere. Wir hielten mit dem Auto droben am Parkplatz beim Schießstand. Plötzlich sagte sie, sehen wir uns die Lichter der Stadt an?«

»Dann seid ihr ausgestiegen, und sie hatte nichts mehr an?«

»Schon eine Weile nicht. Nur fast nichts, um genau zu sein, bis auf ihre Schuhe.«

»Ich glaube es noch immer nicht. Sind da nicht Autos vorbeigefahren?«

»Einige, wir standen ja am Wegrand. Das hätte ich ihr nie zugetraut.«

»Nackt auf der Wiese, direkt an der Straße? Das hättest du von mir nicht bekommen.«

»Immerhin, es war großherzig von dir.«

»Mit uns war es ja vorbei, aber sie hatte mir erzählt, dass sie es einmal mit dir machen wollte. Den Gefallen habe ich euch gern getan.«

Wir sagten eine Weile nichts. Sie redete aber mit Lust darüber, im Moment verstand ich sie besonders gut.

Susanne erinnerte mich: »Das im Auto haben wir in unserer kurzen Zeit ja auch gemacht, oder?«

»Stimmt, und deine Stimmung passt auch. Die hält noch ganz gut, wie man sieht.«

»Die nehme ich mit nach Hause. Dass sie eine Weile hält, weißt du ja.«

»Ich weiß. Machst du allein weiter?«

»Heute nicht notwendig, Fritz ist zu Hause.«

»Verstehe. Wirst du mit ihm zusammenziehen?«

»Ich denke schon. Es passt ganz gut zwischen uns.«

Ich sah ihr in die Augen und dachte nicht das Geringste, als sie mich schon korrigierte.

»Das heute habe ich mir vergönnt. Du brauchst dazu

überhaupt nichts zu sagen, du hast nie etwas ausgelassen.«

»Ich vergönne es dir ja, übrigens bin ich ganz friedlich geworden.«

»Wenn es stimmt. Das hätte in dem Fall niemand gedacht, ich am allerwenigsten.«

Ich schaute auf die Knospen an ihrem kleinen Busen, die sich durch die Bluse drückten.

»Katja hat da mehr dran, oder?«, meinte sie.

»Wesentlich mehr, ihr Busen würde aber nicht zu deiner Figur passen. Deine stehen dir gut.«

»Ich bin ganz zufrieden damit. Den BH ziehe ich in der Toilette wieder an.«

»Das hast du früher am Parkplatz gemacht.«

»Gleich hier? Das würde dir so passen? Das war einmal, am Rückweg vom Gardasee auf der Autobahn. Gefallen hat es dir ja.«

»Dir auch, wenn ich mich recht erinnere.«

»Natürlich, sonst hätte ich es nicht getan.«

Wir hatten schon des Öfteren anregende Gespräche geführt, das ging mit Susanne wie mit keiner anderen. Allmählich wurde es aber Zeit, etwas zu tun, jedenfalls für sie. Fritz wartete und ahnte noch nichts von seinem Glück.

»Dann hat Fritz eine lange Nacht?«, fragte ich. »Um den muss man sich heute keine Sorgen machen.«

»Worauf du dich verlassen kannst«, bestätigte Susanne.

»Und du hast dir heute deinen Abschiedsfick vergönnt, so eine Art Polternachmittag?«

»Ja«, lächelte sie, »so kann man das sehen, der Vergleich ist gar nicht schlecht. Er hat mir schon länger schöne Augen gemacht, und ich war auch eine Weile an ihm interessiert. Das musste ich mir noch geben.«

Susanne hielt mir die Wange hin und ließ sich darauf küssen.

»Auf den Mund machen wir das ja schon lange nicht mehr«, lächelte sie, »und heute willst du das schon gar nicht.«

»Verstehe, dann sicher nicht. Warnst du Fritz auch oder kommt vorher die Zahnbürste?«

»Du hast dich doch immer lustig gemacht, wenn ich vorher in die Dusche gegangen bin. Nein, ich komme heim und werde ihm als Erstes einen blasen, ganz klassisch, auf den Knien.«

Das war keine leere Drohung. Fritz würde sich unverzüglich im siebten Himmel wiederfinden und glauben, die Füllung sei von ihm.

»Dann merkt er es wirklich nicht mehr. Glück auf.«

Sie wandte sich zum Gehen, hielt aber meine Hand noch.

»Fickst du Katja auch?«

»Also bitte«, sagte ich überrascht, »das fragst du mich jedes Mal. Ich habe mit ihr einen Haupttreffer. Marienverehrung ist nicht mein Revier.«

»Hast du es noch immer so eilig wie bei mir?«

»Sie ist selber ziemlich direkt.«

»Aber geh. Eine Frau, die will, läuft nicht weg. Bring sie doch mit dem Finger auf Touren, jeder Mann erlebt gern, wie seine Partnerin in Fahrt kommt.«

»Du hast ja schon wieder recht. Bei ihr ist es nicht anders, oder bei mir, mit ihr.«

»Ich will das bei mir auch so, damals wie heute.«

»Das war der Gong für die zweite Runde«, sagte ich,

»zieh deinen BH wieder an und sieh zu, dass du nach Hause kommst.«

»Ach, und du hast noch den ganzen Nachmittag vor dir? Dann wird es am Abend ja was geben. Wenn Katja in einer Runde zweimal kommt, mich hat das auch nie gestört.«

Es war jetzt wirklich Zeit, das Gespräch zu beenden. Katja traf ich erst am Abend, und Susanne hatte es nun eilig. Ich sah ihr nach, wie sie ins Haus ging. Warum sie heute einen Rock trug, war mir jetzt klar. Egal, wie lange es gedauert hatte, der Unbekannte war danach ein glücklicher Mann gewesen. Am Eingang drehte sie sich noch einmal um und winkte.

*

Hinter dem Autobahnkreisel bei Telfs führte die Straße nach Mösern neben einer Siedlung durch einen kleinen Wald, bevor das Gewerbegebiet begann. Da hatten sich einige Imbissbuden und einfache Lokale angesiedelt, und an so einer Imbissbude wartete Martin auf mich. Ich stellte den Wagen ab, öffnete die Heckklappe, dass wir uns ungestört hinsetzen konnten, und holte mir ein Bier und ein Paar Frankfurter.

Nach der Wurst erzählte ich Martin die letzten Neuigkeiten. Dass Schorsch plötzlich mitzog, wenn es darum ging, den Maulwurf ausfindig zu machen, ärgerte ihn. Martin hatte das bereits vor einem Jahr versucht. Weitaus mehr ärgerte ihn, dass Schorsch sogar die illegalen Materialentnahmen untersucht haben wollte. Genau das war Martin ja zum Verhängnis geworden. Das hatte ihn in die Schusslinie Kormonovs gebracht. Ich verstand seinen Frust.

Alberts Abschied fand er gerecht, aber, so meinte Martin, das würde ihn nicht mehr retten. In seinen Augen lief er inzwischen als wandelnde Leiche herum. Ich hörte diese Meinung mit wieder einmal gemischten Gefühlen. Damit waren wir bei den Personen angekommen, die als Maulwurf infrage kamen. Dessen Identität hätte Martin auch gern gekannt. Der Maulwurf hatte seit Langem Kormonov mit Details versorgt. Mit Mutmaßungen angereichert und nach Belieben interpretiert, hatten sie nur Schaden angerichtet, ohne Kormonov im Geringsten zu nützen. Der sinnlose Attentatsversuch war das beste Beispiel dafür.

Cordes hatte allerdings gemeint, ich sollte mich endlich einmal heraushalten. Cordes' Ratschläge waren bisher nie schlecht gewesen. Da befand ich mich in einem Zwiespalt. Ich brauchte die Suche, um eine Handhabe gegen Albert zu finden. Die hatte ich noch nicht.

Wir diskutierten der Reihe nach alle Mitarbeiter der Unidata durch. In der Zentrale saßen an die 40 Personen, so kam unsere Diskussion bald an ihr Ende. Man konnte in keinen Menschen hineinschauen, der erste Anlauf brachte nichts. Es ging sich ein zweiter aus, bei dem wir kritischer waren und uns Annahmen erlaubten, danach hatten wir eine Liste von fünf Personen.

Martin war der Ansicht, dass der Informant am ehesten unter den Projektleitern zu finden wäre. Damit musste ich meine Annahme revidieren, dass der Maulwurf unten saß. In der Hierarchie standen die Projektleiter direkt unterhalb der Geschäftsleitung, hatten viel Information und ständigen Kontakt nach außen. Was die Geschäftsleitung tatsächlich anstrebte, wusste sowieso niemand wirklich, meistens wussten sie es selbst nicht, ätzte er.

Was Schorsch und Angel gezielt an Halbwahrheiten verlauten ließen, fiel in der Ebene darunter auf fruchtbaren Boden. Er selbst war das beste Beispiel dafür. Jedenfalls hatten wir damit vier plus einen.

Ich versprach, anderntags unsere Liste mit den Erkenntnissen des IT-Managers abzugleichen und Martin zu informieren, bevor etwas geschah, was nicht mehr rückgängig gemacht werden konnte. Schorsch würde den Fehlbaren entgegen seiner Gewohnheit tatsächlich feuern, was schlimm genug war, wenn es sich um den Falschen handelte. Gegenüber Kormonov war das dann ein Schlag ins Wasser.

Wir redeten noch über den kommenden Abend. Wann Fantomas zurückkehren würde, ahnten wir nicht. Bisher war alles ruhig gewesen. Beim nächsten Mal konnte er jedoch versuchen, nachts in aller Stille in Martins Haus einzusteigen. Der Gedanke an eine Nacht in dem einsamen Haus schauderte mich. Martin konnte unmöglich ein Auge zu machen. Er vertrat aber die Ansicht, dass es noch zu früh wäre. Kormonov hatte unweigerlich von Alberts unerwartetem Abschied gehört und suchte nun nach einem größeren Hammer, wie Martin sich ausdrückte. Wenn wir den Maulwurf erkannten und aussortierten, dann musste etwas geschehen.

Auf der Ladefläche meines SUV saß es sich bequem unter dem Dach der aufgeklappten Hecktür. Das Gewerbegebiet dahinter, die einfachen Lokale mit ihren ungezwungenen Umgangsformen und der lockere Föhrenwald vor unseren Augen ersetzten mir problemlos die Atmosphäre eines Haubenlokals mit seinen zahlreichen Vorwärtsgängen und den Grüßen aus der Küche. In diese Idylle platzte der Anruf Caros.

»Hallo, Paul«, sagte sie, ein wenig vorsichtig.

»Ich sitze hier am Waldrand mit Martin«, antwortete ich, »musst du nicht unbedingt weitersagen.«

»Martin? Ganz besonders herzliche Grüße von mir.«

Ich richtete sie aus, er bedankte sich lautstark.

»Sprich zu mir«, forderte ich Caro auf.

»Ganz kurz, die Konzernrevision hat alle Unterlagen über dich angefordert, Honorare, Korrespondenzen, alles. Das bedeutet nichts Gutes. Geht Albert wirklich so weit?«

»Der geht bis ans Ende. Er verliert keine Zeit. Die verliere ich jetzt auch nicht mehr. Ist der IT-Mensch, Rudi heißt er, oder, ist der zu erreichen? Kannst du mir einen Termin ausmachen? Am liebsten käme ich gleich zu euch.«

»Komm einfach her, ich rede mit ihm. Er hat bereits mit den Suchläufen angefangen. Ist das eine Scheiße.«

»Ich muss mir keine Sorgen machen«, sagte ich, »die Geschäftsleitung steht hinter mir. Und wandelte ich im finsteren Tal, sie wird mich auf einer grünen Aue weiden lassen, und so weiter.«

»Ach, mehr als Sprüche bekommst du von denen nicht. Die hat es schon heute Vormittag gegeben, das war alles.«

»Ich kann immer noch auf mich zählen«, sagte ich, »schon bin ich nicht mehr allein.«

»Auf mich auch«, steuerte Martin bei, Caro hatte es gehört.

»Und auf mich«, sagte sie, »und auf Katja, da kommt schon was zusammen.«

»Danke, ich weiß das wirklich zu schätzen. In einer Stunde bin ich da.«

»Jetzt spannt er dich ein«, erinnerte Martin und meinte Schorsch.

»Natürlich, aber ich brauche diesen Job. Anders komme ich nicht an Informationen, und anders bin ich völlig abgeschnitten. Ich habe keine Wahl.«

»Stell dir vor, wir finden den Kerl, entlarven ihn als Großmaul, und Kormonov bläst seine Aktion ab. Dann kommt Albert ungeschoren davon und kann dich in Ruhe fertigmachen. Ist es so klug, was du da tust?«

»Unter dem Gesichtspunkt ist es nicht klug. Dein Albtraum wäre aber zu Ende.«

»Dafür machst du es nicht, obwohl es mir nicht schadet, bei Gott nicht. Gibt es noch einen Grund? Eher eine Illusion? Albert hat sicher nichts ausgefressen, was du nachweisen könntest. Er ist einfach als Mensch ein Schwein. Beschissener Moralist.«

»Im Augenblick habe ich nur die Hoffnung, und von der halte ich nicht viel. Mir wird aber nichts Brauchbares einfallen, wenn ich nicht mit von der Partie bin.«

Wir verabschiedeten uns, er wollte zu Fuß zurück.

»Hast du die Beretta dabei?«, fragte ich noch.

Er tippte auf die Hosentasche. Man sah nichts von der Waffe.

»Du solltest die Smith & Wesson auch bei dir tragen, kannst sie jederzeit wiederhaben.«

Ich schüttelte den Kopf. »Für den Russen bin ich nur eine Randfigur. Eine Revanche für den Folkloreabend finanziert ihm Kormonov nicht.«

»Würdest du schießen?«

»Ohne zu zögern. Ich werde aber alles tun, dass es mir erspart bleibt. Wenn ich keine Knarre mithabe, bleibt es mir erspart.«

Wir sahen uns an und sagten nichts mehr. Martin blieb diese Wahl nicht. Vielleicht hatte Fantomas aber gar keinen Auftrag mehr gegen Martin, falls er zurückkehrte. Vielleicht sollte man sich in dem Fall gar nicht um ihn kümmern. Vielleicht fanden Rudi und ich schon heute heraus, wer der Maulwurf war. Vielleicht traf ich eine kluge Entscheidung, wenn das eintraf. Ich schob die Gedanken weg und fuhr los.

*

Am Ende des Flurs war nur mehr eine Tür. ›IT‹ stand auf dem Schild, darunter ›DI Rudolf Rapp‹. Caro klopfte an und ging mit mir hinein. Rudi, ein dünner Bursche mit kahlem Schädel, in Jeans und T-Shirt, aber wenigsten normalen statt der Turnschuhe, saß vor einem seiner Bildschirme und scrollte Listen auf und ab. Er stand auf, Caro stellte mich vor. Rudi rollte zwei Stühle zum Tisch, wir setzten uns.

Er hatte schon umfangreiche Vorarbeiten geleistet, sagte er. Was zu tun war, stand im Protokoll, das Caro ihm vorbeigebracht hatte, nachdem es Angel unerwartet schnell abgezeichnet hatte. Caro erwähnte, dass ich mich auf seinem Gebiet auskannte, und ich erzählte ein wenig von dem, was ich da schon getan hatte. Wir verstanden uns rasch, ich wollte vorab ein wenig ins Fachsimpeln kommen. Das verband am schnellsten.

Anfangs, sagte er, hatten ihn die Smartphones gestört, die sich in das interne WLAN einklinkten. Nachdem er Schorsch den Sachverhalt einigermaßen begreiflich gemacht hatte, entschied der, dass das zulässig sei. Die Leute hatten die größte Freude an Dingen, die in keiner Weise spektakulär waren. E-Mail am Handy hatte es schon zehn Jahre vor Smartphones gegeben, jetzt kam uns diese Freude an vermeintlichen Neuerungen recht. Die Benutzer der Handys standen von da an mit vielen ihrer Aktivitäten in den Logs am Server.

Caro war zufrieden und erhob sich wieder.

»Wenn es sich einrichten lässt«, sagte ich zu ihr, »dann würde ich gern fünf Personen heute noch kurz sprechen, das wären die vier Projektleiter und Felix.«

Den Kampfnamen ›Goebbels‹ hatte ich wohlweislich verschwiegen. Ob er von der wenig schmeichelhaften Bezeichnung gehört hatte, wusste ich nicht, aber ein Gegensatz zwischen ihm und Albert musste bestehen. Felix war unweigerlich zu Ohren gekommen, wie Albert sich immer wieder über ihn ausließ. Ich brauchte Verbündete.

»Hast du einen bestimmten Grund?«, fragte Rudi. »Verdacht klingt ja hart.«

»Gar nicht, beim Kommunikationschef scheint es mir logisch, mit ihm zu reden, und die Projektleiter sind die Wichtigsten im operativen Bereich. Da will ich mit den Interviews anfangen.«

»Das mit den Wichtigsten«, lächelte Caro, »das sag einmal Albert, aber ich kümmere mich darum. Von den Projektleitern sind zwei auf Dienstreise, bei den anderen versuche ich es.« Caro ließ uns allein.

Schon in der Mittagspause, erzählte Rudi, waren einige Mitarbeiter in ihren Büros verschwunden und hatten begonnen, ihre Computer zu sichten. Meine Bemerkung, dass ich mich mit dem IT-Manager kurzschließen wollte, hatte offenbar an verschiedenen Stellen die Alarmglocken läuten lassen. Entsprechend hoch war die Aktivität. Am Server konnte man sie vollständig mitverfolgen, was die Wenigsten ahnten. Normalerweise beobachtete keiner diese Aktivitäten, heute schon. Die Fülle der Vorgänge konnte man nicht auf einen Blick auswerten, sie wurden aber protokolliert und konnten später analysiert werden. Dazu gehörten neben vielen anderen Dingen auch so einfache wie die Dateien, die jemand bearbeitete, und was jemand druckte. Rudi wies auf eine Druckerverbindung hin. Eine Warteschlange arbeitete sich nicht ab. Auch das hätte unter normalen Umständen niemand gekümmert, heute schon.

»Das ist Erik«, sagte Rudi, »zu dem muss ich dir später etwas zeigen. Kannst du mir versichern, dass wir hier schon das Richtige tun?«

»Das kann ich, und ich will keinem schaden. Reden wir später in Ruhe darüber. Kannst du mich auf diesen Drucker verbinden? Wo steht der, der sieht wie ein Einzelstück aus.«

»Erik hat einen eigenen, er braucht ihn besonders am späten Abend, hat er gesagt. Dann muss er nicht zum gemeinsamen Netzwerkdrucker im Gang gehen und verliert keine Zeit.«

Das war einer der Zufälle, die unverhofft Wirkung zeigen. Derartige Utensilien wie ein eigener Drucker, wo der offizielle viel leistungsfähiger war, leisteten sich Leute, die ihre Wichtigkeit glaubhaft machen konnten. Erik hatte so etwas. Rudi holte den Drucker auf den Bildschirm, ich klickte mir die Druckeinstellungen an. Dann bat ich Rudi um die Nummer von Erik und rief ihn von meinem Handy aus an.

»Moser«, meldete er sich.

»Hallo, Erik, hier ist Paul.«

»Paul … ah, hallo, Paul, was kann ich für dich tun? Geht es um die Sache, von der Schorsch geredet hat? Caro hat mich soeben angerufen.«

»Genau darum. Ich möchte mit meinen Interviews bei den Projektleitern beginnen. Hinterher kannst du ungestört weiterarbeiten. Hast du kurz Zeit, nicht jetzt gleich, gegen Dienstschluss?«

»Dienstschluss? Der war gut. An welche Zeit denkst du?«

»Vielleicht gegen sechs? Wir könnten ins Café hinuntergehen, das wirkt nicht so offiziell. Am Anfang geht es mir eher um Stimmungsberichte, ich will ein Gefühl bekommen für das, was so abläuft.«

›Stimmungsbericht‹ war mir herausgerutscht, aber der Begriff passte gut. Angel hatte den Begriff am Vormittag verwendet.

»Ah … kein Problem, dann um sechs im Bellinis.«

»Sehr gut«, ich machte eine Pause, »was ich noch sagen wollte …«

»Ja?«

»Die Klappe an deinem Drucker ist offen.«

»Was …?«

Ich hörte, wie er sich umdrehte, dann war es still.

»An deinem Drucker, Erik, die Klappe ist offen. Du hast die gelbe Patrone gewechselt und vergessen zuzumachen. So kommen deine fünf Dokumente nie aus dem Drucker, auf die du seit einer Viertelstunde wartest.«

Dass die Klappe offen war, sah ich auf dem Bildschirm, und die gelbe Patrone war als einzige voll und damit neu. In der Druckerwarteschlange warteten seit 15 Minuten die gewünschten Dokumente. Das war nun eine ganz einfache Sache, aber Erik beeindruckten sie sehr. Sein Schweigen sagte es.

»Gesehen?«, fragte ich.

»Ja.«

Ich hörte Schritte. Am Modell des Druckers auf dem Bildschirm ging die Klappe zu. »Jetzt ist sie zu«, bestätigte ich, »wir sehen uns dann später.« Ich steckte das Handy ein und stand auf. Rudi sah mich misstrauisch an.

»Den hast du absichtlich verunsichert, mit einer Bagatelle. Wie war denn das möglich? Verstehst du das?«

Rudi war erstaunt, weil Erik als Projektleiter in einer Firma, die Druckmaschinen herstellte, genau wusste, wie man Drucker online bediente. Es war sein Job, die Installation verkaufter Maschinen zu managen und sie in Betrieb zu nehmen.

»Da gibt es nur eine Erklärung. Er hat Stress, und zwar mächtig. Er hat vergessen – zumindest im Moment – dass der Scherzartikel neben seinem Schreibtisch nicht anders funktioniert oder kontrolliert wird wie die Industriemaschinen, die ihr herstellt.«

»Nicht zu fassen. Der hatte einen Blackout, als du mit ihm geredet hast.«

Wir schwiegen eine Weile. Erik hatte Stress. Dass uns sogenannte Stimmungsberichte aufgefallen und diese nicht erwünscht waren, hatte sich herumgesprochen. Caro hatte mich bei ihm angekündigt, offensichtlich als einer der Ersten. Nun fühlte er sich auch noch beobachtet.

»Gehst du mit allen so um?«, fragte Rudi reserviert.

»Werde ich sehen. Ich habe mir gemerkt, wie er heute zur Besprechung kam, als Letzter, mit einem filmreifen Auftritt. Alle durften erleben, wie er sich für die Firma ins Zeug schmeißt. Wenn er so wichtig ist, hat er auch viel zu erzählen. Dafür darf er kurz vom Sockel steigen, dann ist er gesprächiger.«

»Du hast ihn schon im Visier? Kleine Vorverurteilung? Kaffeesudlesen?«

Rudi wirkte noch etwas reservierter als vorher. Er wusste ja nicht, dass Martin und ich einige Stunden früher über alle Mitarbeiter gründlich nachgedacht und sie daraufhin abgeklopft hatten.

»Wir, und ich sage jetzt nicht, wer wir sind, haben uns Gedanken gemacht. Verurteilt wird überhaupt niemand.«

»Es klang aber danach.«

»Wenn ich den oder die finde, mach dir keine Sorgen. Ich werfe niemanden den Geiern zum Fraß vor. Das regle ich geräuschlos, wenn es sich machen lässt. Ich bin hier nicht der Scharfrichter.«

»Da bist du dir sicher? Das wirkte eben nicht so. Ich glaube nämlich nicht, dass da böse Absicht dahintersteckt. Für mich ist das einfach ein blöde Geschichte.«

»So sehe ich das auch. Finden muss ich ihn aber, und ich werde es. Kein Weg führt daran vorbei. Wenn es leicht geht, soll keinem ein Schaden entstehen. Wenn ich habe, was ich brauche, kann die Untersuchung ruhig im Sand verlaufen. Lass mir ein wenig Zeit, du wirst mich verstehen.«

»In Ordnung, schauen wir uns das an«, sagte Rudi nun freundlicher.

Ich stand auf und schob den Stuhl zurück an seinen Platz. Rudi hatte noch etwas zu sagen, das fühlte ich. Er tat es nicht.

*

Felix empfing mich reserviert. Er trat hinter dem Schreibtisch hervor und begrüßte mich mit festem Händedruck, bot mir einen Platz an und kehrte wieder zurück, um sich zu setzen. All das tat er mit seiner steifen, aufrechten

Haltung. Er war schlank, trug einen modischen Pullover mit weißem Hemd und Krawatte darunter. Vor allem war er steif und fast gravitätisch. Ich war nicht sicher, ob er inzwischen seine Halswirbelsäule verkauft hatte, denn wenn er den Kopf wandte, tat er das mit dem ganzen Oberkörper.

Wie ein Mensch mit dieser Kontaktfreude und Ausstrahlung Kommunikationschef geworden war, hatten Albert und ich uns oft gefragt. Vermutlich hatte man ihm irgendwann die Ablage der Kopien der internen Aktennoten anvertraut und ihn auf dem Posten einfach vergessen. Aus dem Organigramm wusste ich, dass seine Abteilung einschließlich seiner aus zwei Personen bestand. Albert lästerte über ihn, aber er tat ihm nichts.

»Ich stehe für das Interview zur Verfügung«, begann er.

»Das ist kein Interview, Felix, wir beide wissen, dass die gesuchte Person nicht anwesend ist.«

Felix richtete sich die Brille. »Caro hat Interview gesagt, aber meinetwegen. Worüber reden wir dann?«

»Das mit dem Interview dient der Tarnung, sozusagen. Die Belegschaft muss den Eindruck haben, dass mit allen, unabhängig von ihrem Rang, gesprochen wird. Worüber denkst du, wird man mit dem Verantwortlichen für die Kommunikation denn reden?«

Jetzt wurde er etwas lockerer. Die Bemerkung über seinen Rang tat gut. Dass er nicht im Verdacht stand, auch. Felix richtete sich genau nach dem Wind, der aus der Vorstandsebene wehte. Der wehte eindeutig gegen den Missetäter. Seine gewohnte reservierte Haltung hatte meistens nur die Ursache, dass er erst wissen wollte, ob Schorsch dahinter stand.

»Dir geht es um die Auswirkung, wenn ich dich recht verstehe. Ja, da bin ich der richtige Ansprechpartner.«

»Reden wir mit offenem Visier. Es geht um Kormonov. Jemand versorgt ihn mit Nachrichten. Schorsch hat das Projekt höchstpersönlich den Bach hinuntergeschickt, aber Kormonov wiegt sich im Glauben, es käme dennoch irgendwann hervor. Da musst du doch eine Meinung dazu haben, die interessiert nicht nur mich.«

»Kormonov glaubt … das musst du mir näher erklären«, sagte er, schon wieder reserviert.

Felix hatte sich, entsprechend Schorschs Maulkorberlass, tot gestellt. Jetzt zählte er zusammen und verstand. Da sich niemand zu dem Unbekannten, den ich Fantomas nannte, offiziell äußern durfte, blühten die Gerüchte. Ich wartete, bis Felix wieder redete.

»Du bringst das in Zusammenhang …«

»Mit dem Russen, Felix, sprechen wir es aus. Ich meine den Russen, der wochenlang vor der Produktionsanlage herumgegeistert ist.«

»Gut, den bringst du in Zusammenhang mit der illegalen Nachrichtenschleuder?«

»Was sonst? Da baut sich ein Bedrohungspotenzial auf, und keiner sieht hin.«

»Also, Bedrohung ist etwas dick aufgetragen. Am Markt macht das aber einen denkbar schlechten Eindruck, da gebe ich dir recht. Da entsteht der Eindruck, dass wir nicht wissen, was wir wollen. Das kann unsere CI nachdrücklich beschädigen. Keine Frage, dass Schorsch aufgebracht ist. Endlich geschieht etwas.«

CI, Corporate Identity, endlich hatte er sich so ausgedrückt, dass ich ihn verstand. Ich nickte bekräftigend. Mit diesem Gespräch, auf allerhöchste Anordnung, war er plötzlich wieder im Geschäft. Albert hatte ihn an die Wand gespielt, jetzt kam er zurück. Seine starre Körperhaltung lockerte sich zusehends.

Felix ließ sich jetzt über die Grundsätze professioneller Kommunikation aus. Albert und ich hatten uns oft darüber lustig gemacht, und Albert hatte sich noch öfter geärgert, wenn Felix jede Kleinigkeit in eine Pressemitteilung verpackte. Wenige davon fanden den Weg in die Öffentlichkeit.

Weil der einmütige Zusammenhalt von Schorsch und Angel Seltenheitswert besaß und die Meinung von Schorsch für Felix das Evangelium darstellte, nutzte ich den Moment, um absolutes Stillschweigen nach außen zu verlangen. Innerbetrieblich sollte die Sache nicht mehr verschwiegen, aber möglichst heruntergespielt werden. Schriftlich sollte möglichst gar nichts dazu erwähnt werden, mündlich reichte völlig aus.

Wir mussten den Spion erst enttarnen und dann herausfinden, welcher Schaden entstanden war. Darüber hinaus musste das diskret erfolgen, weil es tatsächlich kein gutes Bild nach außen abgab.

»Dann …«, er schüttelte den Kopf, »dann war das eine Ablenkung, was Schorsch heute gesagt hat, mit den unbedeutenden Dingen, Wetter- und Stimmungsberichten und so weiter? Da ist wirklich was dran?«

»Wir konnten es ja schwerlich auch noch zugeben, oder?«

Ich stand auf, er kam wieder hinter dem Schreibtisch hervor und begleitete mich zur Tür. Dabei legte er mir die Hand freundschaftlich auf die Schulter. An der Tür drückte er mir kräftig die Hand.

»Was noch?«, fragte ich, weil Felix die Hand eine Spur zu lange gehalten hatte.

Er schloss die Tür, die bereits offen gewesen war. »Mit offenem Visier?«, fragte er.

»Ganz offen. Du denkst an Albert? Der ist über jeden Zweifel erhaben.«

»Sagt Schorsch?«, fragte er, erleichtert, dass ich das Thema angesprochen hatte.

»Erkennt Schorsch.«

»Dass dieses Schlamassel ohne Albert nicht passiert wäre, ist Schorsch aber auch klar, oder?«

»Das ärgert ihn ja so. Wenn der Vorstand etwas absagt, dann ist Sendepause. Was nimmt sich Albert denn da heraus? Er war der Anlass, und Kormonov hat uns dann einen Spion ins Nest gesetzt. Das ist doch das Letzte.«

»Er ist ja bald weg. Auf ihn wartet die nächste Herausforderung.«

»Möge die Nacht um ihn sein«, sagte ich und verabschiedete mich, Felix lächelte zufrieden.

›Möge die Macht mit dir sein‹, heißt es im Original. Für Albert gefiel mir meine Version.

In besseren Zeiten, die gar nicht so lange zurücklagen, hatten Albert und ich Felix als Goebbels eingeordnet. Er war ein strammer Parteigänger von Schorsch, jetzt hatte ich den in ihm angesprochen.

Ich ging zu Caros Büro weiter. Felix musste eingebunden sein, das hatte geklappt. Er hatte mit Albert zweifellos einige offene Rechnungen und weinte ihm keine Träne nach. Damit war wieder einer aus der möglichen Phalanx gegen mich herausgebrochen.

Caro informierte mich, dass der Projektleiter, den ich nun sprechen wollte, in einer Online-Konferenz stecke und dass die sich hinziehe. Das machte mir nichts aus, der wichtigere der beiden, nämlich Erik, stand mir am

Abend zur Verfügung. Da wollte ich ihn festnageln. Er war es, daran bestand für mich nach dem Blackout wegen seines Druckers kein Zweifel.

*

Am Weg zum Lift meldete sich mein Handy. Es spielte das markante Trompetensignal aus Beethovens Fidelio. Dieses Signal kündigt dem im Kerker Schmachtenden die Ankunft des rettenden Gouverneurs an. Ich hatte aus zahlreichen Musikstücken derartige Stellen herausgeschnitten und verwendete sie als Klingeltöne. Dem IT-Manager Rudi hatte ich dieses Trompetensignal zugeordnet, in der Hoffnung, von ihm etwas zu hören, das mich aus Alberts Schlingen befreien würde.

Inzwischen hatte er wohl ausgiebig nachgedacht und bat mich noch einmal zu sich. Der Grund für sein Zögern war nicht schwer zu erraten. Was er zu berichten hatte, lieferte einen Kollegen ans Messer. Ich ließ ihn nicht warten.

»Du hast mir etwas zugesagt«, begann er.

»Vergiss es«, sagte ich, »wir beide sind nicht die Henker. Es handelt sich um Erik, nicht wahr?«

Rudi nickte bekümmert. Er holte eine Liste von Dokumenten auf den Schirm. Diese Dokumente hatte er aus der Korrespondenz zwischen Erik und Kormonov extrahiert und separat abgespeichert. Mit dem Computer ging so etwas schnell, die Sammlung hatte er schon besessen, als wir vorhin miteinander gesprochen hatten.

In der Liste befanden sich einige hundert Elemente, die allesamt interne Dokumente enthielten. Die hatte Rudi nach Stichwörtern herausgesucht, die ihm nach kurzem Überlegen eingefallen waren. Wenn man methodisch nachforsche, meinte er, dann würde die Liste viel länger ausfallen. Um den Spion zu identifizieren, reichte diese Liste allerdings vollauf.

Rudi ließ mich vor dem Bildschirm Platz nehmen und forderte mich auf, einige Stichproben zu ziehen. Ich klickte die Dokumente der Reihe nach an und las. Zwischendurch kommentierte Rudi. Bei etlichen beigelegten Office-Dokumenten waren die Dateinamen geändert worden, um sie unverfänglich erscheinen zu lassen. Erik hatte sie zusätzlich verschlüsselt. Office-Dokumente zu verschlüsseln, das tat Rudi sichtlich weh. Nichts war leichter zu knacken als diese Art der Verschlüsselung, wobei der Begriff ›Knacken‹ schon euphorisch klang. In den Texten fanden sich auch die Namen von ebenfalls verschlüsselten PDFs. Deren Originale hatte Rudi in seinen Servern rasch verfügbar.

Nach einer halben Stunde hörte ich auf. Es reichte längst. Ich war fast verzweifelt.

»Sind alle Spione so leicht zu fangen?«, fragte er »Dann gehe ich zur Spionageabwehr.«

»Manche sogar noch leichter. In Italien, in Florenz, glaube ich, flog eine Truppe der CIA auf, weil sie mit ihren Kreditkarten ausgiebige Gelage feierten. Da ist unser Spion raffinierter dagegen.«

»Dumm für ihn ist, dass er auch konkrete Fragen beantwortet hat. Wie konnte er bloß so blöd sein.«

Ich holte meine Pfeife hervor und stopfte sie. Rudis Ansichten dazu waren mir gleichgültig, aber er schloss sich mit einer Zigarette an. Dann rief ich Caro an und bat sie, zu uns zu kommen.

Rudi löschte den Bildschirm. Wir brauchten keine Beweise für ein Gericht, aber was Rudi gesammelt hatte, würde dafür ausreichen. Erik war fällig. Diese Korrespondenz konnte er nicht erklären. Ich fragte Rudi, wie er auf ihn gekommen war, denn für eine groß angelegte Suche war die Zeit, in der er zu einem Ergebnis gekommen war, viel zu knapp. Er meinte, Erik sei sofort sein erster Kandidat gewesen, einfach deshalb, weil er die meisten Projekte in Russland betreute. Ich hoffte, dass nicht zu viele dasselbe dachten. Die Suche hatte nicht einmal einen ganzen Tag gebraucht. Wir rauchten schweigend, bis Caro eintraf.

»Dann habt ihr ihn?«, fragte sie. »Das ist doch zum Weinen. Eigentlich will ich es gar nicht wissen. Ist es Erik?«

Rudi nickte, nach Triumph war ihm nicht zumute. Caro ging zum Fenster, sah eine Weile hinunter auf die Straße und setzte sich dann zu uns. Wir sahen stumm vor uns hin.

In der Flut der täglichen E-Mails fiel nicht auf, was hier noch immer ablief. Alle Zieladressen waren ja legal, es handelte sich um offizielle Partner, Kunden, Lieferanten und dergleichen. Solange man diese Nachrichten nicht gezielt nach bestimmten Inhalten durchsuchte, bemerkte man nichts. Das hätte noch lange weitergehen können, aber Kormonov war nicht Abonnent eines Nachrichtenkanals. Es interessierte ihn nicht, täglich zum Frühstück neue Nachrichten zu hören, nur um sie gehört zu haben und ihm das Gefühl zu geben, informiert zu sein. Er verfolgte ein Ziel. Davon wussten nur Martin und ich, Caro und Rudi nicht.

Für die beiden ging es nun darum, Erik aus dieser Situation herauszuhelfen. Eine böse Absicht schlossen wir von vornherein aus. Wir mussten den Nachrichtenkanal schließen, und ich musste bedenken, welche Wirkung das auf Kormonov hatte. Zuletzt musste Schorsch geholfen werden, die Absicht der Kündigung ohne Gesichtsverlust fallen zu lassen, denn Erik würde der Firma fehlen. Er behielt ihn zehnmal lieber in der Firma, als ihn einmal zu feuern.

Das Beste war, die beiden in die Vorgeschichte einzuweihen. Ich bat sie, sich auf unangenehme Dinge vorzubereiten, und begann ganz vorn.

Albert wollte Schorsch schon längst abschießen, weil er nicht mehr dabei zusehen konnte, wie Schorsch sich für mittelmäßige Leistung fürstlich belohnte. Die Firma verdiente kein Geld, nur die Schulden wuchsen jedes Jahr. Albert steigerte sich nach und nach hinein. Den Boden unter den Füßen hatte er verloren, mutmaßte ich, als Schorsch nach langer und intensiver Vorbereitung, die großteils Albert geleistet hatte, das russische Projekt einfach in den Mülleimer kippte.

Albert hatte es insgeheim am Leben erhalten, denn mir hatte er vor Kurzem prompt detaillierte Unterlagen liefern können. Nach meiner Ansicht kam nun Erik ins Spiel. Irgendjemand musste Kormonov bei der Stange halten, indem er ihn glauben machte, das alles sei nur aufgeschoben. Albert hoffte zu diesem Zeitpunkt noch, Schorsch durch einen Verbündeten wie Cordes abschießen zu können. Dabei hatte Albert mich missbraucht, denn bei einer Intrige hätte ich nie mitgemacht. Als das Vorhaben nicht aufging, richtete er seinen Zorn gegen mich.

Erik war aber seit einem Jahr schon so etwas wie Alberts Botschafter in Russland. Er ahnte so wie ich nicht im Geringsten, dass er und wofür er missbraucht wurde.

Er rutschte einfach hinein, arglos, ausgestattet mit seiner Kompetenz, seinen guten Kontakten und angetrieben durch die besten Absichten.

Martin, der bei dieser Gelegenheit auch missbraucht und dann weggeworfen worden war, ließ ich unerwähnt.

Da kam ein schöner Friedhof zusammen, und so still wie auf einem Friedhof blieb es eine Weile, nachdem ich aufgehört hatte zu reden. Es blieb ziemlich lange still.

»Das ist doch grotesk«, brach Caro endlich das Schweigen, »alle, also auch Albert, haben in bester Absicht gehandelt, keiner wollte sich bereichern, und das kommt dabei heraus.«

»Ja«, stimmte Rudi bitter zu, »und die da oben ziehen an den Strippen und stoßen sich dabei gesund.«

»Wir wollen also Erik rehabilitieren«, stellte Caro fest, »Rudi als Administrator hält den Mund, ich hintergehe als Assistentin des Vorstands meinen Chef und Paul führt seinen Auftrag nicht aus. Das ist eine Verschwörung, darüber besteht doch wohl Klarheit?«

»Starke Sache«, meinte Rudi, »aber ich bin dabei, ohne Wenn und Aber. Warum aber, Paul, machst du das? Erik ist nicht dein Kollege. Du schuldest ihm nichts. Bist du Samariter?«

Ich überlegte, welches Gesicht ich aufsetzen sollte. Caro lächelte.

»Sag du es«, verlangte ich, »dann ist es heraus, mir geht es dann besser. Ich rühre nur mehr hinter den Kulissen um, stelle Fallen, lege Minen. Ich hasse das, so will ich nicht leben.«

»Paul arbeitet in eigener Sache«, sagte sie, »eigener geht es nicht. Albert will ihn vernichten, das ist das richtige Wort, oder?«

Ich nickte.

»Er bemüht sich im Moment, die Eigentümer zu bewegen, eine Schadenersatzklage einzubringen«, setzte sie hinzu.

»Wie denn?«, fragte Rudi. »Gegen Paul? Spinnt der?«

»Der Streitwert wird über zwei Millionen liegen«, erklärte ich, »da kannst du dir die Kosten auch als IT-Mensch vorstellen. Natürlich spinnt er, aber es könnte ihm gelingen.«

Rudi überlegte. Er rätselte nicht über Kosten, dass die für eine Privatperson gigantisch waren, lag auf der Hand. Er stutzte plötzlich.

»Ich verstehe, was du willst«, sagte er, »du braucht einen nützlichen Hinweis, dass Albert den ahnungslosen Erik manipuliert hat, etwas in der Art.«

»Das wäre schön.«

»Nichts einfacher als das«, stöhnte Rudi. »Bösartigkeiten von Albert aus der IT liefere ich dir zu Hunderten, wie soll man da etwas Nützliches finden, etwas, das über seine gewohnte Art hinausging?«

Caro sah ihn an und sagte scharf: »Make it possible.«

Rudi zupfte noch eine Zigarette hervor, ich zündete die Pfeife wieder an, Caro sah uns zu und lächelte.

Ob sich in Alberts Korrespondenz etwas Handfestes fand, blieb dahingestellt. Es musste etwas sein, das wie eine Anweisung klang, oder dergleichen, nicht wie das übliche Schimpfen und Heruntermachen. Damit konnte ich versuchen, Albert bei den Investoren unglaubwürdig zu machen, ihm den Teppich unter den Füßen wegzuziehen.

»Was geschieht mit dem Beweismaterial?«, fragte Rudi.

»Weg damit«, sagte Caro. »Aber das geht wohl nicht, oder?«

»Wenn wir Albert als Agentenführer des ahnungslosen Erik überführen können, dann lösch es«, steuerte ich meine Meinung bei, »wenn die Suche fehlschlägt, erst recht.«

»Ich mache es«, schloss Rudi ab.

Caro und ich standen auf. Sie begleitete mich zum Lift und ermahnte mich, abends mit Erik rücksichtsvoll zu sein. Ich versprach ihr, dass er heute gut schlafen würde.

Der Lift kam in dem Augenblick, als ein blondes Mädchen zu uns trat, um auch hinunterzufahren. Ich kannte sie nicht, sie musste neu sein. Caro fasste mich an der Hand. Beim letzten Mal, als sie mich in vertrauter Weise berührt hatte, wollte sie mich von dort wegbringen, wo wir gerade waren. So empfand ich es jetzt auch.

»Ach, Paul«, sagte sie, »zu dumm, ich habe doch völlig vergessen …«

»Gut, dass du dran denkst«, antwortete ich prompt. »Gehen wir noch schnell in dein Büro?«

Wir gingen zu ihr, sie schloss die Tür hinter uns. Dann machte sie Espresso, ich machte es mir gemütlich.

»Wer war das?«, fragte ich.

»Ilse, eine Neue im Empfang.«

»Was stimmt nicht mit ihr?«

»Ach, ich mag das nicht, so zu reden. Albert vögelt sie.«

Ich schüttelte den Kopf. Albert, der Obermoralist, der jeder und jedem jede Verfehlung vorwarf, hielt sich eine Geliebte in der Firma? Kein Wunder, dass mich Caro vor ihr bewahrt hatte. Zu schnell hat man ein unbedachtes Wort gesagt, in dem Fall käme das direkt zu meinem Erzfeind.

»Danke«, sagte ich, »sicher ist sicher.«

»Sie kommt und geht, wann sie will. Die beiden Kolleginnen sind ziemlich sauer, keine weiß, wann sie abgelöst wird. Gestern saß ich die erste halbe Stunde selbst am Empfang, bis die Dame endlich geruhte zu erscheinen.«

»Fabelhaft, und was sagt Schorsch dazu?«

»Na was wohl. Er ärgert sich und hat ihn auch schon angeschnauzt, aber …«

»Es ist ihm gleichgültig. Da steht er drüber.«

Caro sagte nichts dazu, ich trank meinen Espresso aus. Dann verabschiedete ich mich, um zu telefonieren. Ich könne das Büro von Schorsch haben, meinte sie, und einen zweiten Kaffee dazu, telefonieren und dabei in Ruhe meine Pfeife rauchen.

Ich tat, wie sie mir gesagt hatte, und nahm Schorschs Büro. Zuerst betrachtete ich eine Weile das Schiff mit den weißen Segeln und dem Motto, das so schön klang, dann rief ich Martin an. Es war kurz nach fünf, er hatte seine Firma schon verlassen.

Nachdem ich mich erkundigt hatte, ob alles in Ordnung wäre, erzählte ich ihm vom überraschend schnell eingetretenen Erfolg der Suche. Martin war erfreut, überrascht war er nicht. Unsere Annahme, dass einer der Projektleiter verantwortlich sei, hatte sich bestätigt. Nun war zu überlegen, wie wir fortfahren wollten. Martin hatte für mich das erste wie auch das letzte Wort, denn er befand sich direkt im Fadenkreuz des Russen. Er war der Ansicht, dass wir keine Sekunde zögern sollten. Das Warten auf den Killer sei schlimmer als alles andere. Wenn sich Kormonov die Sache dann anders überlegte, wäre es natürlich das Beste, aber ohne das Signal der Terminierung blieb alles in der Schwebe.

Katja hatte ihn angerufen, morgen Abend zum gemeinsamen Essen im Oilers käme er gern. Unser ehrwürdiger

Motorradtreff, mit Schwermetall, Benzin, Öl und Burgers sollte ein unwürdiges Ende erfahren, vorher mussten wir noch einmal dorthin. Wir würden dort alles essen, was es hinterher nicht mehr geben würde.

Meiner Ansicht, dass er exponiert arbeitete und verdammt exponiert wohnte, stimmte er zu, wir verabredeten uns für den folgenden Tag.

*

Erik lehnte an der Bar im Bellinis, als ich eintrat. Er war ungefähr gleich groß wie ich, also unter eins neunzig, etwas schlanker, mit seinem kahl geschorenen Schädel aber definitiv das Gegenteil von mir. Seine runde Brille verpasste ihm ein unkonventionelles Aussehen, und das freundliche Lächeln war immer dabei. Er löste sich von der Bar und kam auf mich zu, um mich zu einem Tisch zu lotsen, der sich halbwegs in einer Nische befand. Wir begrüßten uns und nahmen Platz, ich bestellte ein Pils. Er hatte sein Glas mitgenommen.

»Ich möchte gleich zur Sache kommen«, begann er, »ich habe Mist gebaut, das ist mir nach der Rede von Schorsch klar geworden. Schaden dürfte keiner entstanden sein, immerhin hat Angel Wetterbericht dazu gesagt. Ich hatte wirklich keine Ahnung, dass meine Kontaktpflege so verstanden werden könnte. Es tut mir leid.«

»Da machst du es dir zu einfach«, entgegnete ich, »du hast einen regelrechten Nachrichtenkanal eingerichtet, Kontaktpflege ist etwas anderes. Ich habe mir einen kurzen Überblick verschafft, der Eindruck ist niederschmetternd.«

»Niederschmetternd?«

»Du hast allen Ernstes Stimmungsberichte versandt. An sich klingt das lächerlich, fast banal. Sie haben aber tatsächlich eine Stimmung erzeugt, genauer gesagt, eine Erwartung. Das ist dir nie aufgefallen?«

Erik hatte keine Ahnung, was er getan hatte. So sah er mich an. Auf jeden Fall verstand er, dass das rasche Geständnis kein Fehler gewesen war. Er verstand auch, dass seine Post gesichtet worden war, und das wenige Stunden, nachdem Schorsch die Untersuchung angekündigt hatte. Was er noch verstand, war, dass wir am Nachmittag bereits gewusst hatten, dass es sich bei dem Gesuchten um ihn handelte.

»Was werft ihr mir vor?«, fragte er. »Ich werde zu meiner Verantwortung stehen.«

»Denk nach. Erwartet sich Kormonov nicht noch immer, dass er Chef einer Niederlassung wird, die tatsächlich nie kommen wird?«

Jetzt klickte es in ihm, er blieb erst recht stumm. Daran hatte er nicht gedacht.

»Kormonov hat immer wieder Fragen gestellt?«, setzte ich fort. Erik nickte.

»Wer gab die Antworten?«, erkundigte ich weiter. »Ich meine nicht, wer sie eintippte, wer gab die Stichwörter?«

Erik drehte sein Bierglas herum und starrte auf die Tischplatte. Bald wird er noch grau im Gesicht, befürchtete ich, aber Erik hielt durch. In der Art von Arbeit, die er erledigte, gab es keine Ränke. Da gab es nur Termine, in der Regel zu knapp, Material, das oft zu spät kam, am Lieferort eine Umgebung, die nicht dem entsprach, was vereinbart war, Fehler in der Anlage, die man übersehen hatte oder frisch entdeckte. Es war Arbeit, nicht Politik.

Dass man ihn in die Politik hineingezogen hatte, begann er zu verstehen.

»War es Albert?«, fragte ich.

Erik hob ruckartig den Kopf und starrte mich an.

»War er es?«

Er schüttelte den Kopf, schaute mich befremdet an und sagte endlich: »Ich kann dir nicht folgen.«

»Erik, ich versuche es noch einmal, dann gebe ich auf. Schorsch bläst das Projekt der russischen Niederlassung ab, an dem Albert lange gearbeitet hatte. Albert nimmt das nicht hin. Ein Jahr später steht ein stummer Gast aus Russland vor der Tür, fotografiert und protokolliert Besucher. Als ich Albert darauf anrede, zieht er prompt detaillierte Unterlagen über das Projekt hervor und sagt, wenn Schorsch weg ist, dann kommt die Niederlassung. Zugleich entdecken wir deinen Nachrichtenkanal. Nun hilf mir, wie soll ich das anders sehen, wenn nicht als Komplott?«

»Wenn Schorsch weg ist?«, fragte er erstaunt. »Albert ist doch weg, oder bald weg.«

»Es ist für Albert dumm gelaufen. Der neue Investor hat den verhinderten Königsmörder postwendend in die Wüste geschickt, er hatte keine Lust, seinen Intrigen tatenlos zuzusehen.«

»Du stellst Albert fast als Monster hin. Habt ihr nicht gut zusammengearbeitet?«

»Ich bin *ent-täuscht*, ich war getäuscht und bin es nicht mehr. Jetzt mach endlich die Augen auf.«

Erik verfiel wieder ins Grübeln. Mir ging allerdings die Geduld aus.

»Albert hat dich gesteuert, du warst sein Botschafter in Russland. Der Russe kam als Kormonovs Späher, weil für ihn das, was der Botschafter Erik berichtete, nicht mit dem zusammenpasste, was Kormonov sah. Kormonov suchte seinen lukrativen Chefposten, aber nirgends stand ein Chefsessel. D'accord?«

»Du setzt mich da in ein Geflecht …«

»Ich finde dich in einem Geflecht«, unterbrach ich ihn, »wir helfen dir heraus. Du gehst bitte deine Korrespondenz mit Albert durch und erinnerst dich an Gespräche, und zwar kritisch. Er ist der treibende Geist dahinter, wir müssen ihn neutralisieren.«

»Oh nein, dafür bin ich nicht zu haben.«

»Ich mache dir hier kein Angebot. Wir erwarten es von dir.«

»Wir? Darf man wenigstens wissen, wer das ist?«

»Wir haben so eine Art Krisenstab gebildet. Es sind verantwortungsvolle Mitarbeiter, die Schaden vom Unternehmen wenden wollen, Schaden, den Albert durch seine Wühlarbeit verursacht und Schorsch durch sein Wegsehen ermöglich hat. Wie sagte Admiral Nelson vor der Schlacht von Trafalgar? England erwartet, dass jeder Mann seine Pflicht tut.«

Das hatte sich zu einem schwierigen Gespräch für Erik entwickelt. Das Versprechen an Caro, dass er heute ruhig schlafen könne, war noch nicht eingelöst.

»Du sagst das alles sehr eindringlich, ich werde versuchen …«

»Überlege es dir, und sag's mir dann.«

Ich winkte dem Wirt und zahlte für uns beide. Erik begleitete mich hinaus.

»Wann bist du eigentlich auf mich gekommen?«, fragte er, als wir in der Meraner Straße waren.

»Heute Vormittag, bei der Besprechung. So wie du hereingekommen bist, alle sollten sehen, wie du dich wieder ins Zeug wirfst, da dachte ich, jemand wie du ist leicht zu manipulieren.«

»Oh, danke, auf dieses Kompliment hätte ich verzichten können.«

An der Erlerstraße verabschiedete ich mich, um zur Parkgarage zu gehen, er musste ins Büro zurück.

»Wenn sich das irgendwie lösen lässt …«

»Wir lösen es auf jeden Fall. Wir schaffen es aus der Welt. Wir führen die Untersuchung natürlich weiter, sie wird im Sand verlaufen.«

»Niemand wird gefunden?«, fragte er erleichtert.

»Keiner. Wenn du uns mit Albert weiterhilfst.«

»Einverstanden. Eine Frage noch: Wie bist du drauf gekommen?«

»Wie? So schwer war das nicht, ich war der dritte.«

Wir trennten uns, ich steuerte die Sparkassengarage an. Tatsächlich war ich erst der dritte gewesen. Martin hatte ihn vormittags als Erster verdächtigt, Rudi als Zweiter ihn zu Mittag schon überführt.

Das Versprechen an Caro sollte nun eingelöst sein.

*

Am Rückweg stellte ich fest, dass Katja angerufen hatte. Sie brauchte am Abend einen Tapetenwechsel. Da sie zu Fuß unterwegs war, holte ich sie am Heimweg ein. Sie war heute elegant gekleidet, ich erkannte sie vor der Sillbrücke und nahm sie an Bord. Wir beschlossen, zum Oilers zu fahren, auch wenn wir uns morgen dort gemeinsam mit Franco und Martin trafen. Dem Oilers war nur mehr eine kurze Lebensspanne beschieden, die sollte ausgenützt sein.

Auf dem Weg zur Autobahn besorgte sie noch Zigaretten. Ich fragte nichts. Sie rauchte nur sehr selten, und wenn, dann stand sie unter großer Belastung. Man sah ihr die nie an, für mich war das immer das Warnzeichen, dass etwas nicht stimmte.

Als wir den Tunnel unter dem Berg Isel passiert hatten, meldete sich mein Handy. Katja fischte mein Headset hervor.

»Hallo, Paul«, meldete sich Erik.

»Je später der Abend …«, sagte ich.

»Ich habe mir jetzt alles überlegt«, begann er, »ich schreibe Kormonov heute Nacht noch ein Mail.«

»Gute Idee. Da kann ich nur deinen Mut bewundern. Du brauchst ihn doch als Kunden.«

»Ich ihn? Ha«, schrie er fast, »dass ich nicht lache. Er braucht mich. Wie bekommt er denn seine Installationen auf die Reihe? Ohne unsere Serviceleute läuft dort gar nichts.«

»Gott sei Dank. Wenn er von dir abhängig ist, dann ist das zweifellos besser als umgekehrt.«

»So ist es, und das ist noch nicht alles. Ich verlange morgen von Angel, dass wir die Gebiete neu ordnen. Ich werde Skandinavien übernehmen.«

»Das ist die beste Idee von allen. Kormonov ist dann abgeschnitten.«

»Ich habe mit Rudi gesprochen«, setzte er fort, »das war naheliegend, weil er der IT-Manager ist. Der hat Caro hinzugeholt. Dabei ist mir recht schnell klar geworden, dass ihr drei der sogenannte Krisenstab seid. Ich kann da nicht mitmachen, aus bestimmten Gründen, aber eure Task Force hat ab sofort einen Sympathisanten.«

»Danke sehr, aber wir haben uns wirklich eher als Krisenstab verstanden.«

Erik machte eine Pause. »Task Force finde ich besser, nachdem ich mit den beiden geredet habe. Dir ist nicht zufällig so etwas wie mir auch schon passiert, dass dich jemand gekonnt aufs Glatteis geführt hat?«

»Mehr als einmal.«

»Den Eindruck hatte ich, dann möchte ich noch etwas wissen. Dir hat nichts gefehlt, zum Beispiel ein Danke von mir, dass ihr mich nicht bloßgestellt habt?«

»Du meinst, etwas in der Art wie ›das werde ich euch nicht vergessen‹ oder so?«

»Das meine ich.«

»Wenn du es gesagt hättest, würde genau das eintreten.«

»Ist dir das auch schon passiert?«

»Mehr als einmal.«

»Gute Nacht, schönen Abend, oder was dir lieber ist.«

Erik hatte getrennt. Ich warf das Headset in die Ablage.

Ich sah Katja an, sie versuchte ein Lächeln. Da war es besser, wenn ich redete. Ich erzählte vom ereignisreichen Tag, von Erik, den wir als unwissentlichen Botschafter Alberts erkannt hatten und der soeben angerufen hatte. Kormonov würde noch heute Nacht sicher wissen, dass er endgültig ausgebootet war. Sein Förderer Albert verbrachte die letzten Monate in der Firma als *lame duck* und konnte nicht mehr das Geringste für ihn tun, Erik, sein Spion wider Willen, kündigte ihm die Freundschaft. Das alles würde nicht folgenlos bleiben.

Wenn Fantomas zurückkehrte, dann wohl ohne Visum oder mit einer sehr kurzen restlichen Gültigkeit. In beiden Fällen hatte er dann mehr zu tun, als zu protokollieren. Mein einziger Trost bestand darin, dass er sich eine andere Autovermietung suchen musste, denn der verzierte Wagen hatte gewiss keinen guten Eindruck hinterlassen.

Zuletzt erzählte ich Katja, dass die Konzernrevision alle Unterlagen über mich angefordert hatte. Das war das Stichwort für sie. Sie hatte sich am Nachmittag mit einem Anwalt aus Graz getroffen. Dieser hatte vor einigen Tagen angerufen, wegen eines seiner Klienten, der hier in der Stadt wohnte, und gefragt, ob sie eine Verhandlung für ihn erledigen könnte. Der Anwalt war ein liebenswürdiger Herr, 54, fast ein Kauz, untersetzt und leicht übergewichtig, mit eher schütteren Haaren und nicht teuer angezogen. Diese Einzelheiten erzählte sie zuerst. Eigentlich sei er nach seinen eigenen Worten ein ehemaliger Langzeitarbeitsloser, der mit 50 endlich seine Anwaltsprüfung gemacht und nun seine Kanzlei eröffnet hatte. Mehr als kleine Jobs wie Haftpflichtschäden oder Angelegenheiten mit Versicherungen gab es bei ihm nicht.

Dann war er zur Sache gekommen. Eine große Wirtschaftskanzlei hatte ihn beauftragt, Erhebungen über einen gewissen Paul Prokop anzustellen. Es ging darum, ob der beruflich als vertrauenswürdig gälte, ob Beschwerden über ihn vorlagen, ob Exekutionen gegen ihn liefen und dergleichen mehr. Es waren diejenigen Dinge, die man über einen Gegner in Erfahrung zu bringen versuchte, um seine Reputation anzuzweifeln und ihn in Misskredit zu bringen.

Da bereitete sich jemand vor. Was man dem Gegner, also mir, vorwerfen konnte, das sollte zum Prozessauftakt fein säuberlich sortiert bereitliegen. Das Gefühl, das ich in dem Moment im Bauch hatte, musste Katja am Nachmittag auch gehabt haben.

Wir hatten den Oilers erreicht, als sie mit dem Erzählen fertig war, und wollten vor der Rückfahrt nicht weiter darüber reden. ›Wenn es einem Geschäftsmann schlecht geht‹, hatte mein Großvater gesagt, ›dann zieht er sich den besten Anzug an und geht ins beste Lokal essen.‹ Immerhin, essen gehen konnten wir jetzt auch. Ich sah mich im Lokal um und dachte an die kommende Motorradsaison.

›Dr. Franz Unterweger, Rechtsanwalt, Verteidiger in Strafsachen‹, stand auf der Karte, die mir Katja zeigte, als wir wieder ins Auto stiegen. Den Doktor hatte er viele Jahre brach liegen lassen und lieber den Bass in einer Jazzband gespielt. Längst verließen Juristen die Uni mit dem Magister statt des Doktors. In den letzten Jahren vor der Pension wollte er wohl noch ein wenig verdienen.

Katja brachte zur Sprache, was ich die ganze Zeit über schon gedacht, aber nicht zu hoffen gewagt hatte.

»Ich glaube, der meint es gut. Der kam, um dich zu warnen.«

»Könnte schon sein. Dann ist es heute die zweite und seit Cordes die dritte Warnung. Ich hoffe, es geht jetzt nicht gleich los. Wie kommst du darauf?«

»Ich meine gar nicht ihn, sondern die dahinter.«

»Die dahinter?«

»Der Auftrag an den kleinen Anwalt kam von einer großen Kanzlei. Das ist eine Wirtschaftskanzlei, die streiten nicht. Den endgültigen Job geben sie wahrscheinlich an einen anderen weiter, der das Streiten gewohnt ist und besser erledigt. Jemand da drin wollte dir einen Wink zukommen lassen. Das ist die einzige Erklärung, die ich dafür habe.«

Ich überlegte eine Weile. Das klang logisch. Dass Katja und ich dieselbe Wohnadresse hatten, war dieser unbekannten Kanzlei nicht verborgen geblieben.

»Der Dr. Unterweger ist kein Unmensch?«, fragte ich.

»Der nicht. Der will keinem etwas tun, er will einfach helfen. Der ist sonst auch nicht anders. Wir haben uns fast eine Stunde unterhalten.«

»Ich glaube noch etwas.«

»Und zwar?«

»Das ist keine Einbahn. Nachrichten könnten auch in der Gegenrichtung laufen.« Und einige Sekunden darauf: »Wahnsinn, vielleicht bekomme ich rechtzeitig etwas in die Hand, das ich in die Gegenrichtung schicken könnte. Rudi und ich suchen in der IT nach einem Beweis, dass Albert mit Kormonov hinter dem Rücken des Vorstands wegen seines Chefpostens in Verbindung geblieben ist. Ich müsste es notfalls eben ein wenig aufbauschen oder so zubereiten, dass es die Investoren stört, damit sie das Vertrauen in ihn verlieren.«

»Das Zubereiten kannst du mir überlassen. Glaubst du nicht, dass die Klageschrift nicht auch von vorn bis hinten erlogen ist?«

Die Frage war, wie gut erlogen. Katja erinnerte, dass folgender Weg der einzige blieb, der die Klage verhindern konnte. Alberts Reputation musste so zerstört werden, dass sich keiner hinter ihn stellen wollte. Er versuchte das bei mir ja auch, die Konzernrevision hatte nicht umsonst Unterlagen angefordert. Der Besuch des Doktor Unterweger hatte dasselbe Ziel, auch wenn Doktor Unterweger sich nicht an den Auftrag hielt. Jemand bei seinen Auftraggebern hatte das offensichtlich in Kauf genommen.

Da gab es also Zweifel, vielleicht auch Sympathie, oder beides zusammen.

Den möglichen Klägern, die Albert um sich zu scharen versuchte, ging es um meine Versicherung, denn von mir bekamen sie keine zwei Millionen. Ohne Versicherung dahinter würden die nie klagen, weil sie bei mir keine Summe eintreiben konnten, die sie interessierte. Sie erhielten vielleicht ein vollstreckbares Urteil, blieben jedoch nur auf ihren Kosten sitzen.

Die Versicherung würde irgendwann zahlen, wenn sie die Klage gut konstruiert hatten, den Prozess entschlossen vorantrieben und Glück hatten. Vor Gericht war man bekanntlich wie auf hoher See in Gottes Hand. Die Versicherungssumme reichte allerdings nicht aus, dann blieb ich mit einigen Hunderttausend im Regen stehen.

Da konnte sich Schorsch ruhig mit der Vorstellung trösten, das alles zahle die Versicherung. So einfach war das nicht. Es war gar nicht sicher, dass die einsteigen würde, bevor man die Klageschrift kannte. Die Vorstellung eines jahrelangen Prozesses mit aller Gemeinheit und Niedertracht, die sich die andere Seite einfallen ließ, war auch nicht tröstlich. Mehr als verbales Mitgefühl gab es beim CEO Schorsch ohnehin nicht, er würde keinen Finger rühren.

Immerhin, der Krieg war damit erklärt. Albert hatte seine Messer gewetzt und griffbereit aufgelegt. Andererseits hatte Martin am Nachmittag erinnert, dass Albert schon als wandelnde Leiche herumlaufe.

»Was überlegst du?«, fragte Katja.

»Ich wollte, es wäre vorbei, oder die Russen kämen.«

VIII. KAPITEL

Am Vormittag hatte ich einige Termine absolviert, bei denen die anthrazitfarbene Uniform unabdingbar war, zuletzt noch einen mit einem Kunden in der Bank, sodass ich formell gekleidet mein Auto in der Bahnhofsgarage holte. Es war zwar noch lange nicht Abend, aber mich für den Oilers noch einmal umzuziehen, das brachte ich nicht fertig. Ich hasste es, mich tagsüber umzuziehen. Für den Oilers war ich definitiv overdressed, aber das ließ sich nicht mehr ändern. Für das, was spätestens seit gestern zu tun war, fühlte ich mich derart gekleidet besser, die saloppe Zeit war für eine Weile vorüber.

Ich war über den roten Platz vor dem Bahnhof gekommen und nahm die Rolltreppe nach unten in die Halle. Auf dem Weg zu den Ticketautomaten überlegte ich es mir anders und holte noch Geld vom Bankomaten. Als ich die Brieftasche wieder ins Sakko steckte und mich abwandte, berührte mich jemand am Arm. Da hatte einer unbemerkt die Diskretionszone geentert.

»Das gehört Ihnen«, sagte eine männliche Stimme. Ich drehte mich um.

Der Mann war ungefähr so groß wie ich, hatte ein Gesicht, das ich als slawisch empfand, kurze dunkle Haare und trug einen Anzug wie ich. Er lächelte und drückte mir etwas in die Hand. Ich sah mir eine Kreditkarte von American Express an.

»Sie ist Ihnen hinuntergefallen«, setzte er hinzu, »kann schon passieren.«

Der Mann, dessen Muttersprache nicht Deutsch war, sah mich freundlich an, drehte sich um und ging hinaus zur blau markierten Kiss & Ride Zone, wo auch die Taxis standen. Ich war ihm automatisch nachgegangen und trat eben durch die Glastür, als er in das erste Taxi stieg und sich wegbringen ließ. Das Taxi fuhr an, er zog eine dunkle Sonnenbrille aus der Brusttasche und setzte sie auf.

Die Kreditkarte für den Ticketautomaten zu verwenden hätte mich gereizt, aber das wäre keine gute Idee gewesen. Niemals hatte ich eine Karte von American Express besessen und sie vorhin nur mechanisch in die Hand genommen. Sie kam mir vor wie eine Karte, die ich nicht zum ersten Mal in der Hand hielt.

Die Russen waren da.

Kormonov war nicht ohne Humor. Er hatte von mir eine Nachricht auf dem Chip einer Kreditkarte erhalten, also war Fantomas wohlbehalten nach Moskau gelangt. Wie es ihm im Augenblick ging, war seine Sache. Offensichtlich hatte sein Chef das Vertrauen in ihn verloren und ihn abgelöst. Nun erhielt ich die Antwort auf demselben Weg zurück. Tröstlich daran war, dass mir Kormonov eine Nachricht schickte, die ich noch lesen sollte. Der wesentliche Teil der Nachricht war damit überbracht, bevor der Chip ausgelesen war. Ich stand nicht auf Kormonovs Liste, egal, wie viel Elemente sie enthielt. Das war schon einmal gut. Auf jeden Fall musste ich erfahren, was er mir geschickt hatte. Ich setzte mich in mein Auto, verließ die Garage in Richtung des Viaduktbogens und rief Defcon zero an.

Der frühe Nachmittag musste sich für Defcon zero so feindselig anfühlen wie der frühe Morgen für einen normalen Spätaufsteher wie mich. Als sich die Mailbox meldete, trennte ich und rief erneut an. Beim dritten Versuch hob er mürrisch ab.

»Ach nein, du«, murmelte er, »kannst du nicht wie jeder andere auch zu einer vernünftigen Zeit anrufen?«

»Ich hab die Kreditkarte wieder, schick mir deinen Fachmann noch einmal.«

»Die Kreditkarte?« Defcon zero überlegte und wurde lebendig. »Habe ich dir nicht gesagt, dass ich einen Reader für dich habe? Jetzt ist er weg, Pech gehabt. Aber ich sehe zu, dass ich den, du weißt schon, finde. Er ruft dich an.«

»Danke, gute Nacht.«

»Mist, das wäre zwei Stunden später auch noch gegangen.«

Recht hatte er, aber mir war es jetzt lieber. Ich hielt gleich hinter der Kreuzung am Viaduktbogen an, um Martin anzurufen. Dieser Teil der Ing.-Etzel-Straße ist einer, der keine *bright side* kennt. Ich hielt an der Seite, an dem die Bogenlokale lagen, wo man immer gut bedient war, wenn man eine Schlägerei erleben wollte. Auf der anderen Seite war früher eine Brauerei gestanden, inzwischen hatten sich trostlose Kästen auf deren ehemaligem Platz breit gemacht, die genau zur gegenüberliegenden Seite passten. Sie passten jedenfalls in die Wunschvorstellung mancher, indem sie unübersehbar verdichtete Bauweise aufwiesen und über einen Straßenbahnanschluss verfügten.

Martin hatte Zeit, mit mir zu reden, und hörte mit Interesse zu. Ich sah förmlich, wie er aufatmete. Der Russe, als solchen betrachteten wir ihn einfach, war mir sicher schon eine Weile gefolgt und hatte einen sehr günstigen Augenblick gefunden. Jemandem eine angeblich verlorene Karte am Geldautomaten zu übergeben, klappte mit großer Wahrscheinlichkeit. Dass er mir Übles hätte tun können, und das schon längst, aber nicht vorhatte, es tatsächlich zu tun, das kam dabei ohne Worte herüber. Martin bezweifelte, dass das auch für ihn galt. Auf dem Chip der Kreditkarte stand sicher mehr darüber.

Die Frage, ob ich den Burschen wiedererkennen würde, konnte ich Martin nicht mit Sicherheit beantworten. Die anthrazitfarbene Uniform ist eben auch nur eine Uniform, Gesichter merkte ich mir nicht immer auf das erste Mal. Ich stellte fest, dass ich nicht in der Lage war, über jemanden, der mir soeben Auge in Auge gegenübergestanden hatte, eine brauchbare Personenbeschreibung abzugeben.

Erik hatte ihn noch gestern Abend angerufen, erzählte Martin. Ich staunte, wie schnell Erik seine Konsequenzen zog und wie gründlich er mit allen Beteiligten redete. Sie hatten auch über die illegalen Umleitungen von bestelltem Material miteinander gesprochen. Dass Martin diese Betrügereien entdeckt und zur Sprache gebracht hatte, war ja für Schorsch der willkommene Anlass gewesen, das russische Projekt zu beerdigen und Martin dafür zu opfern. Martin hatte Erik mit Freude darüber informiert, dass die Untersuchung dieser ungeklärten Materialabflüsse auch auf meiner Traktandenliste stand.

Das alles sah danach aus, als ob Erik reinen Tisch machen wollte. Mit den Schiebereien hatte er zweifellos nicht das Geringste zu schaffen, aber es betraf den von ihm betreuten Partner Kormonov. Als Projektleiter liefen alle Fäden bei Erik zusammen, da musste er sich auch mit der Produktion laufend eng abstimmen. Natürlich hatte er mit dem Einkäufer Martin denselben engen Kontakt gepflegt. Erik musste vieles wissen, hatte aber wohlweislich weggesehen, wo er nichts ausrichten konnte oder nicht involviert war, oder worin er nicht verwickelt werden wollte.

Unserer Task Force stand er mit Sympathie gegenüber. Für einen, der eben einem schlimmen Karriereknick entronnen war, zeigte das ein beträchtliches Maß an Selbstbewusstsein. Er vergaß auch nicht, zu erwähnen, dass Task Force dynamischer klang als Krisenstab, der wir ja nicht waren, allenfalls ein selbsternannter. Er beteiligte sich nicht daran, aber die Dynamik passte ihm, und die Richtung. Wir beide, Martin und ich, stellten fest, dass wir diese Wendigkeit an Erik nicht vermutet hatten. Er verhielt sich plötzlich wie ein Politiker.

Über alles Weitere konnten wir am Abend reden, und für eine Entwarnung war es trotz allem zu früh. Der Besuch des Russen hatte mit Eriks Absage an Kormonov nichts zu tun, das war zeitlich viel zu knapp.

Inzwischen hatte sich der Mann mit dem RFID-Reader gemeldet, der sicher jede Menge digitales Spielzeug nicht nur besaß, sondern auch anzuwenden in der Lage war. Ich startete wieder und fuhr ans westliche Ende von Innsbruck, um mich am Parkplatz beim Hafen mit ihm zu treffen.

*

Ich hatte den Wagen wieder in die Sparkassengarage gestellt und war am Weg zur Büroflucht der Unidata.

Schorsch hatte angerufen und gefragt, ob ich kurz vorbeischauen könnte. Ich musste Caro vorher noch unter vier Augen sehen und erfragen, ob der plötzlich so umtriebige Erik auch bei ihm vorgesprochen hatte.

Am Weg durch die Erlerstraße dachte ich über den poetischen Inhalt der Kreditkarte nach. Er bestand nur aus einem einzigen Satz, auf Russisch, der Mann mit dem Reader hatte ihn über Google für mich übersetzt. Bei einem einzigen, noch dazu kurzen Satz konnte Google halbwegs mithalten. Er las sich ungefähr so: ›Aber hier fängt bereits eine neue Geschichte an.‹

Ich kannte den Satz, Google musste es hinbekommen haben. Er steht im letzten Absatz von Dostojewskis Roman ›Schuld und Sühne‹. Dem Titel der neueren Übersetzung mit ›Verbrechen und Strafe‹ konnte ich nichts abgewinnen, da lugte der Oberlehrer hinter dem Buchdeckel hervor. ›Schuld und Sühne‹ war kraftvoller, und hier war die Botschaft mehrdeutig. Auf mich bezogen betrachtete ich sie als einseitige Friedenserklärung, denn es gab nichts, wofür ich aus Kormonovs Sicht tatsächlich Sühne leisten musste. Der letzte Satz, der in der Botschaft natürlich fehlte, endete im Original übrigens mit den Worten ›… unsere ist hier zu Ende.‹

Meine und Kormonovs Geschichte war zu Ende, wenn sich nichts mehr Unerwartetes ergab. Sollte ich noch gezwungen sein, die kostenlosen Lieferungen an ihn zu untersuchen, änderte das auch nichts mehr. Die Geschäftsleitung der Unidata würde eine passende Erklärung finden, um die Sache unter den Teppich zu kehren. Vorfälle, die ein Jahr zurücklagen, interessierten keinen mehr wirklich. Kormonovs Botschaft bedeutete darüber hinaus: ›Lasst mich zufrieden, dann lasse ich euch zufrieden.‹ Immerhin hatten wir ihm ordentlich in die Suppe gespuckt. Was Martin dazu sagen würde, war nicht schwer zu erraten: Friede. Am Ende des Arbeitstages wieder unbeschwert ins Auto steigen zu können und nachts ruhig zu schlafen, wo man sich zu allem Überfluss auch kein Fehlverhalten vorzuwerfen hatte, das stand über allen anderen Überlegungen.

Somit blieb nur mehr der unausgesprochene, aber unübersehbare Aspekt Schuld und Sühne. Kormonov war nicht ohne Humor, aber ziemlich frivol. An jemand anderen gerichtet, konnte man die Botschaft als eine verhüllte Drohung verstehen. Dieser jemand, dessen Namen ich mich jetzt zu denken weigerte, hatte sich weit vor gewagt und stand nun ziemlich exponiert da. Ich kam nicht daran vorbei, noch einmal zu versuchen, ihn zu warnen.

Der Mann im schwarzen Anzug hatte etwas zu erledigen, sonst hätte seine Anwesenheit hier keinen Sinn Ich überlegte, welchen Kampfnamen ich ihm geben konnte, namenlos sollte er nicht sein Unwesen treiben. Porfirij hieß der Untersuchungsrichter in dem Roman. Ich entschied mich für Porfirij.

In Caros Büro stand die Tür zum Thronsaal offen. Schorsch telefonierte. Ich winkte ihm zu und wollte mich zu Caro setzen, aber er winkte mich unverzüglich herein. Caro konnte mir nicht mehr sagen, ob Erik bereits gebeichtet hatte.

Schorsch bot seinen Whisky in Fassstärke an, wogegen nichts einzuwenden war. »Albert«, sagte er herablassend, betrachtete ein Schriftstück, hob es an und ließ es wieder auf die Tischplatte fallen, »was der neuerdings ausrechnet.«

»Doch nicht seine Abfertigung«, versuchte ich einen

Schuss ins Blaue, »deren Höhe für vier Jahre Dienstzeit stünde fix und fertig im Angestelltengesetz.«

»Hätte ich auch gedacht, er kommt aber auf ein Vielfaches. Bis vor Kurzem hätte ich da sogar noch Verständnis gehabt, in einem gewissen Ausmaß, aber mittendrin davonlaufen und Geld fordern, das geht dann doch nicht.«

»Als Investition kann man es schwerlich bezeichnen«, setzte ich drauf, »Rendite wird so eine Zahlung nicht abwerfen.«

»Da hast du recht. Einem toten Mann gutes Geld nachwerfen, das bringt das Unternehmen wirklich nicht voran. Das sollte er selbst am besten wissen.«

Als tot betrachtete ihn Schorsch nur hinsichtlich der nicht mehr zu erwartenden Arbeitsleistung. Ich hörte es dennoch wieder einmal mit gemischten Gefühlen.

»Verdammt schlechte Verhandlungsposition«, stimmte ich zu, »die Kohle muss man vorher ausmachen.«

»Ein Schwächling, hätte ich mir gerade von ihm nicht gedacht. Gut im Geben, das war's auch schon.«

Ich beschränkte mich auf eine zustimmende Miene. Sie fiel mir nicht schwer. Im Austeilen war Albert wirklich große Klasse.

»Was ich dir noch sagen wollte, offiziell kommt es natürlich noch, hoffentlich vor den Buschtrommeln: Ich habe meine Anteile verkauft und werde das Unternehmen verlassen.«

»Peng«, sagte ich, »zwischen die Augen.«

»Ja, es kommt überraschend, nicht für mich, natürlich. Ich werde dem Unternehmen aber in beratender Funktion erhalten bleiben.«

»Schau an, das ist wirklich eine Überraschung.«

»Es ist ein günstiger Zeitpunkt. Das Unternehmen ist gut aufgestellt.«

»Keine Frage. Du hast doch sicher etwas Neues vor?«

»Das erfährst du rechtzeitig. Es wird da einen kleinen Anlass geben, zu dem du selbstverständlich eingeladen sein wirst.«

Schorsch warf einen raschen Blick auf die Papiere am Schreibtisch, bevor er wieder mich ansah. Die Audienz war zu Ende.

»Gratuliere«, sagte ich.

»Die Arbeit ruft«, auch er stand auf und reichte mir die Hand.

Was sonst. An der Tür hörte ich seine Stimme noch einmal.

»Geht es voran?«

»Nicht schlecht. Ich muss aber behutsam vorgehen, ein falscher Verdacht ist nicht zu reparieren.«

»Mit Fingerspitzengefühl, genau so. Wir tragen hier eine große Verantwortung für das Unternehmen. Behutsam ist das richtige Wort.«

Ich schloss die Tür hinter mir und sah Caros fragendes Gesicht. »Neue Herausforderungen«, sagte ich leise, »wohin man sieht.«

»Herausforderung? Pah, ha«, schnappte sie nach Luft und winkte mir ab, »nicht jetzt.«

Ich sagte nichts mehr und ging.

*

Albert stand in meiner Haustür, als ich in mein Büro gehen wollte. Er trug den gewohnten hellblauen Anzug und das Lotto-Sechser-Strahlen in seinen hellblauen

Augen. Er wollte einfach schnell vorbeischauen, sagte er, nach einer verlängerten Mittagspause. Ich nahm ihn mit hinein und machte Kaffee. Die Komödie musste ich mitspielen, zumindest so lange, bis Rudi etwas gefunden hatte, aus dem Katja etwas gegen Albert drechseln konnte. Er war mir einige Schritte voraus, im Moment sogar die entscheidenden Schritte.

Albert nahm seine Espressotasse und schaute am Weg in meinen gemütlichen Besprechungsraum forschend in das leere Büro von Agnes.

»Wo ist deine attraktive Bürodame?«, fragte er.

»Schon zu Hause, das weißt du ja.«

»Mann, die hat Titten. Hast du die schon fotografiert?«

»Ich kenne nur den Pullover. Sie ist damit auf die Welt gekommen.«

Er schüttelte den Kopf. Seit mir Caro von seiner Büroliebschaft erzählt hatte, sah ich ihn etwas anders. Ich hatte immer gedacht, er stünde auch dabei darüber.

»Darf ich?«, fragte er und zeigte auf die Mappe, die auf der Truhe lag, ich nickte. Er blätterte eine Weile in den großformatigen Akten aus früheren Sessions.

»Hast du sie geschnackselt?«

»Wenn Fotografieren und Vögeln dasselbe wäre, dann gäbe es dafür nicht verschiedene Ausdrücke«, sagte ich spöttisch, »wie arbeiten und Geld verdienen, das hat miteinander auch nichts zu tun. Mit Arbeit kommst du zu einem Einkommen, Geld ist etwas anderes, wie wir wissen. Ich bekomme meine Models übrigens alle wieder, weil sie sich bei mir sicher fühlen. Davon abgesehen schaut sich Kaja die Bilder auch gern an.«

»Ts«, meinte er, setzte sich, nahm einen Schluck Espresso und fragte: »Hast du was Stärkeres?«

Ich holte den Laphroaig Quarter Cask, der entsprach dem Wunsch nach etwas Stärkerem vollauf, und schenkte uns beiden zwei Zehntel ein. Albert nahm einen Schluck, verzog das Gesicht, was mich wegen des ausgeprägten Phenolgeschmacks nicht wunderte, und holte Luft.

»Hat dir Schorsch schon die letzten Neuigkeiten erzählt?«

»Soeben. Das große Abschiednehmen ist in vollem Gang.«

»Er hat verkauft. Sagenhaft. Seine restlichen Anteile an einer wertlosen Firma hat er für ein Schweinegeld verkauft.«

»Du hast sie mit deiner letzten Bilanz ja supertoll dastehen lassen. Das ist der Segen der guten Tat. Sag mir bloß nicht, was er dafür bekommen hat. Ich will es gar nicht wissen.«

»Geschenkt. Dazu gibt es aber eine satte Abfertigung, eine halbe Million.«

»Wird die ganze Million mit dem Anteilsverkauf voll? Jetzt will ich das doch wissen.«

»Fast. Das Höchste ist, dass die Firma einen Kredit aufnimmt, um das bezahlen zu können.«

Ich schüttelte den Kopf. Kein Wunder, auf dem Bankkonto lag dieses Geld nicht bereit. Mit dem Abschied Schorschs stiegen die Schulden noch einmal kräftig. Alberts Nachfolger erbte einen schönen Scherbenhaufen. Dazu kamen die Kosten des Beratungsvertrags, denn Schorsch blieb dem Unternehmen ja in beratender Funktion erhalten. 15.000 im Monat, alles in allem, war vermutlich knapp kalkuliert.

Albert stand auf, sah zum Fenster hinaus und setzte sich wieder.

»Wartet jemand im Auto auf dich?«, fragte ich. »Hol sie herein.«

Er sah mich mürrisch an und schüttelte den Kopf. »Du hast es dir nicht mehr überlegt?«, setzte er fort. »Was wir im Safe gefunden haben? Die schwarze Kohle beim Anwalt auf dem Treuhandkonto? Er fährt ein Riesenprojekt an die Wand, die Firma macht dabei einen Verlust, der sich gewaschen hat, und er lässt sich privat dafür belohnen? Diese Dreistigkeit ist doch unfassbar.«

»Zum Kotzen, widerlich«, bestätigte ich in voller Überzeugung, ging jedoch nicht auf seine Frage ein.

Albert sah mich fest an, dann kippte er den Rest des Whiskys hinunter und stand auf. Er musterte noch das Foto von Rita, das am Bücherregal lehnte.

»Sie ist nicht mehr da«, erklärte ich.

»Dann fehlt dir etwas?«

»Erstaunlicherweise nicht. Man konnte mit ihr fabelhaft plaudern, über jedes Thema, vor der Kamera im Atelier, hinterher im Biergarten, gemeinsam mit Katja bei Steak und Speckbohnen. Sobald sie aber gegangen war, war es, als wäre sie nie da gewesen.«

Albert löste seinen Blick von dem reizvollen Bild. »Das Höchste weißt du nicht«, sagte er am Weg nach draußen. »Interessiert es dich?

»Ja.«

»Der gute Schorsch, das leibhaftige Chaos, die Mutter aller halbherzigen Fehlentscheidungen, erhält einen Lehrauftrag für Strategische Unternehmensführung.«

Mir fehlten die Worte, aber warum sollte Albert so etwas erfinden? Die Amtseinführung von Schorsch, so unfassbar die Vorstellung war, musste der Anlass sein, von dem Schorsch heute gesprochen hatte.

»Kein Kommentar?«, fragte Albert.

»Ich bin sprachlos.«

»Es stimmt aber.«

»Wie ist denn das möglich? Schorsch hat zwar tolle Produktideen, aber keine einziges brachte er fehlerfrei oder wenigstens zeitgerecht in den Markt, und kein einziges Projekt ging jemals kaufmännisch auf. Was er anfängt, ist um drei Nummern größer, als er es finanzieren kann und natürlich als er es braucht. Der Laden hat in der freien Wildbahn nie einen Cent Ertrag abgeworfen, nur Verluste gemacht.«

»So weit siehst du noch klar?«

»War doch nie anders. Aber wie kommt so jemand zu einem Lehrauftrag?«

»Durch mich. Ich Idiot habe regelmäßig von der Firma einem Institut eine Dotation zukommen lassen. Anfangs habe ja ich auch an ihn geglaubt.«

»Wir sind allesamt Idioten«, sagte ich.

Albert sah mich noch einmal prüfend an. An der Erkenntnis gab es nichts zu rütteln, aber er wollte dafür Konsequenzen sehen. Dennoch änderte diese Nachricht, so unglaublich sie auch schien, für mich weiterhin nichts. Seine Vendetta ging mich nichts an. Ich begleitete ihn auf die Straße. Er schaute in beide Richtungen.

»Suchst du jemanden?«, fragte ich.

»Kann es sein, dass jemand einen Detektiv auf mich angesetzt hat?«

»Wozu? Keine Ahnung. Wie kommst du auf die Idee?«

Ich ging mit zu seinem Auto. Er sperrte auf und warf das Jackett auf den Rücksitz.

»Dann muss ich mich wohl getäuscht haben.«

»Einen Grund für die Vermutung wirst du ja haben?«

»Kann auch Zufall gewesen sein. Ein Typ, so angezogen wie du jetzt, nur mit so einer schwulen Sonnenbrille, so einen habe ich heute zwei Mal gesehen. Einmal in der Erlerstraße, und gleich darauf drunten im Gewerbegebiet.«

»Eigenartig.«

»Ich bin sicher. Ich frage mich nur, ob Schorsch dahintersteckt. Heute habe ich ihm meine Vorstellungen für meine Abfertigung überreicht.«

»Die hat er zweifellos auf der Stelle abgezeichnet«, sagte ich spöttisch.

»Das hat er natürlich nicht. Ich traue ihm alles zu, damit er nicht zahlen muss«, sagte er und stieg ein.

»Unser, pardon, mein Russe, kann es ja nicht sein? Der existiert ja nicht«, setzte ich noch hinzu.

»Zu viel Kriminalromane gelesen?«

»Ob mit Kormonov alles so paletti ist, wie du glaubst, darüber verschwendest du keine Zeit?«

»Leck mich«, sagte er eisig, »du kannst da drin herumschnüffeln, wie du willst. Wen interessiert dort noch, was du ausgräbst? Ist ja bald keiner mehr da, der Laden fällt auseinander. Ich hätte nicht herkommen sollen. Schade um die Zeit.«

Aus Alberts Augen funkelte dieselbe Angriffslust wie vor Kurzem in der Besprechung, als er unerwartet über mich hergefallen war. Er stieg grußlos ein, zog den Wagen mit einem Ruck aus der Parklücke und fuhr mit Vollgas ab. Ich sah ihm nicht nach.

Fahr zu Hölle, Albert, dachte ich, oder noch besser, möge die Nacht um dich sein. Du solltest schon lange genug in diesen Kreisen arbeiten, um zu wissen, dass diesen Leuten nie etwas passierte, dass sie immer genug mitnahmen, ob sie scheiterten oder erfolgreich waren. Wer gescheitert war, tauchte später woanders wieder auf, auf derselben Ebene. Einmal drin, immer drin.

Das Sakko hatte ich im Büro zurück gelassen, als ich Albert zum Auto begleitete. Das machte nichts, es war ziemlich warm. Ich spazierte in den Rapoldipark hinüber. Um diese Jahreszeit schaute ich immer gern die Büsche an, wie sie auszutreiben begannen. Es waren allerdings keine mehr da. Das Gartenamt hatte ganze Arbeit geleistet, der Park zeigte nun den Charme eines Großraumbüros. Freie Sicht überall. Um den Dealern das Anlegen von Verstecken zu erschweren, gab es nur mehr Wiese und Bäume. Irgendwann, wenn wieder einer auf einem Seminar gewesen war, tauschte man die Bäume vielleicht gegen Bonsais aus. Dann war der Überblick vollkommen.

*

Katja hatte das Treffen vom Oilers in ihre Kanzlei umdisponiert. Der Oilers wäre der gemütlichere Platz gewesen, aber ungestört reden konnten wir dort nicht. Ihr Besprechungsraum war notgedrungen seriöser als meiner, für den Anlass heute passte er genau. Es galt zu überlegen, wie wir fortfahren wollten.

An sich war das alte Spiel zu Ende, aber seit heute gab es einen neuen Spieler am Feld, das eigentlich leer sein sollte. Bis auf Franco, der mir hier einen Freundschaftsdienst erwies, waren wir auf eigenartige Weise aneinander gekettet.

Albert gelang es nicht, loszulassen, weil er vom Hass zerfressen war. Schorsch konnte er nicht mehr an den Karren fahren. So richtete er seinen Zorn gegen mich, weil ich seinen Weg nicht mitgegangen war. Damit blieb ich in dem Kreislauf gefangen, sonst hätte ich keine Information, keine Kontakte mehr und damit keine Handhabe gehabt, um mich gegen ihn zu wehren. Bei Martin sah es allerdings am Schlimmsten aus. Er hatte anfangs das Unrecht schweigend hingenommen und seine Wunden geleckt. Nun stand er auch noch davor, deshalb seine Familie zu verlieren. Dafür machte er Schorsch verantwortlich, der ihn bedenkenlos geopfert hatte, um seine eigenen Interessen zu schützen.

Franco war mit mir im Lift nach oben gefahren. Er war mit seiner Harley gekommen und entsprechend ausstaffiert. In den Oilers hätte er derart als Einziger von uns gepasst. Martin war eben erschienen, Katja hatte ihn an der Tür empfangen und hereingeführt. Das Klacken ihrer Stöckelschuhe hatte ich durch die ganze Kanzlei hinweg verfolgen können. Ich hörte sie damit auch im Treppenhaus unter allen anderen heraus. Martin war dagegen heute noch ruhiger als sonst.

Ich stellte ihn vor. Er sah nicht gut aus, weitaus weniger als vor einigen Tagen, wo ich ihn im Garten vor seinem Haus angetroffen hatte. Gram lag auf ihm, Kummer wäre nicht das richtige Wort gewesen.

Zuerst erzählte ich von Porfirij, dass er mir am Bahnhof die Kreditkarte in die Hand gedrückt und sich damit sozusagen förmlich vorgestellt hatte.

Dann übernahm Franco. Er hatte die Zeit gefunden, zwei Mal bei der Unidata vorbeizufahren und dabei Porfirij tatsächlich gesehen. Er ließ sein Handy durch die Runde gehen und präsentierte Fotos.

Sie zeigten einen Mann im anthrazitgrauen Anzug, schlank, mit kurzen, dunklen Haaren und einer dunklen Sonnenbrille. Vor dem Firmenparkplatz der Unidata in der Gewerbezone wirkte er wie ein Geheimagent, am Sparkassenplatz oder in der Theresienstraße hätte er derart wie ein Banker ausgesehen. Auf dem Foto betrachtete er Alberts VW Passat Kombi. Er war ausgestiegen, als Albert das Gebäude betreten hatte.

Porfirij fuhr einen schwarzen 7er BMW mit einem Wiener Kennzeichen. Dabei handelte es sich um einen Mietwagen. Als Albert das Haus verlassen hatte, war er erneut in seinem Wagen gesessen und ihm mit gebührendem Abstand gefolgt. Die Plumpheit von Fantomas zeigte er nicht. Wahrscheinlich hatte er von dessen Protokollen und Fotos profitiert, denn Fantomas hatte wochenlang alles ausgekundschaftet. Porfirij war somit auch in meiner Nähe gewesen, denn Albert war von dort direkt zu mir gefahren. Dass Porfirij in meiner Straße nicht geparkt hatte, lag sicher nicht nur daran, dass hier Parkplätze immer knapp waren. Er kannte Alberts Wege und Ziele bereits zur Genüge.

Katja hatte Martin besorgt beobachtet. Während Franco und ich erzählt hatten, kam er langsam aus seiner Zurückhaltung hervor.

»Der gute Albert hat schon die Schlinge um den Hals«, kommentierte er, »wenn die einer zuzieht, dann weine ich ihm keine Träne nach, dem Mistkerl.«

»Der neue Russe ist besser drauf«, sagte Franco zu mir, »aufpassen würde ich schon. Lass den Finanzmenschen einfach nicht mehr herein bei dir. Wer weiß, was die sich denken? Der glaubt am Ende noch, du steckst mit ihm unter einer Decke.«

Martin schüttelte verneinend den Kopf. »Paul hat für Kormonov keine Bedeutung«, wehrte er ab, »er hatte bei dem Projekt nie etwas mitzureden und deshalb von ihm nichts zu befürchten. Für Kormonov zählt nur Albert. Der hat alles koordiniert und vorangetrieben. Er war die Galionsfigur. Ihr könnt es drehen und wenden, wie ihr wollt, für mich ist Albert das Ziel.«

»Wie kommst du dann in die Schusslinie?«, wollte Franco von Martin wissen.

Martin erzählte es Franco noch einmal. Schorsch hatte die vom Aufsichtsrat gebilligte russische Niederlassung insgeheim nie gewollt und einfach auf eine passende Gelegenheit gewartet, um das Vorhaben zu torpedieren. Als Martin zufällig entdeckte, dass Rohmaterial, das er bestellt hatte, illegal nach Moskau umgeleitet wurde, nützte Schorsch die Gunst des Augenblicks und killte das Projekt. Er hielt sich dabei geschickt im Hintergrund, bauschte Martins Rolle auf und schob ihm den schwarzen Peter zu.

Francos Miene war, während er zugehört hatte, immer finsterer geworden. Was Leute wie Schorsch betraf, ärgerte ihn schon, wenn sie nur erwähnt wurden. Er stand auf, öffnete das Fenster zum Hof und schaute wortlos hinunter in die dunkle Tiefe.

»Wenn wir Kormonovs Botschaft richtig deuten«, wandte sich Martin an mich, »dann sollte ich jetzt aus dem Schneider sein.«

»Glauben macht selig«, knurrte Franco und setzte sich wieder zu uns.

»Könnte schon sein«, sagte ich zu Martin, »Kormonov hat verstanden, dass du nur verwendet wurdest. Du warst der Abzug, aber draufgedrückt hat ein anderer.«

»Kormonov hat noch mehr verstanden«, setzte Katja hinzu, »und das nicht erst seit gestern, vielleicht endgültig seit Pauls Nachricht. Er hat verstanden, dass Schorsch von Anfang an gegen das Projekt war. In dem Fall wäre er anders vorgegangen, entweder hätte er verhandelt oder gleich etwas anderes gemacht. Albert hat ihm seit einem Jahr Dinge vorgegaukelt, die nie kommen werden.«

Kormonovs Antwort auf der Kreditkarte legte diesen Schluss nahe. Sein Kenntnisstand dürfte sich nun mit dem von Katja decken. Er gab sich in Bezug auf Albert keinen Illusionen mehr hin. Auch nach dem Abgang von Schorsch würde kein Chefposten für ihn bereitstehen. Albert hatte sich maßlos überschätzt. Für Kormonov lief es darauf hinaus, dass er ihn beharrlich belogen hatte.

»Ja«, sagte ich und bemerkte, wie Martins Gram in Zorn überging, »der gute Erik, der wendige Projektleiter, hat uns aufs Glatteis geführt mit seinen großherzigen Entschlüssen, seinem Reinen-Tisch-Machen, mit seinem inbrünstigen mea culpa. Als Erik gestern heroisch nach Moskau schrieb, dass er nicht mehr zur Verfügung steht, hatte Kormonov ihn längst fallen lassen.«

»Ist das eine miese Bagage«, fluchte Franco.

Martin saß jetzt wütend da. Katja schaute ihn auffordernd an. »Da ruft mich Erik an, dieser scheinheilige Kerl«, brach es aus ihm heraus, »und vergießt Krokodilstränen. Zugleich sagt er mir, dass er in den nächsten Tagen nach Amerika fliegt, um den US-Markt kennenzulernen.«

»Nein«, sagte ich fassungslos.

»Erik ist weg?«, fragte Katja entsetzt. »Den brauchst du doch dringend?«

»Und ob ich den brauche. Er ist meine letzte Chance, etwas gegen Albert in der Hand zu haben. Mag sein, dass

Albert eine Schlinge um den Hals hat. Im Moment legt er eine um meinen Hals.«

»Wir haben keine Beweise, und wenn sich Erik aus dem Staub macht, bekommen wir auch keine. Dann sieht es schlecht für uns aus.«

»Wir haben nichts. Den Diebstahl hat Martin entdeckt. Der hat keinen Zugriff mehr auf die Daten. Es gibt nur noch zwei, die etwas wissen müssen, ohne selbst darin verwickelt zu sein, nämlich Albert und Erik als Projektleiter. Zu Albert brauche ich nicht zu gehen, und Erik setzt sich in die USA ab. Verdammte Scheiße.«

Franco saß stumm da und spielte mit seinem Schlüsselanhänger.

Martin lächelte jetzt spöttisch. »Zu Albert musst du wirklich nicht gehen«, stimmte er zu, »was dabei herauskommt, wird ihn nicht gut aussehen lassen. Der Obermoralapostel, der weggeschaut hat, als sein Liebling Kormonov zulangte. Du kannst aber zu mir gehen.«

»Zu dir? Hast du Material für mich?«

»Ich habe eine DVD, Rudi hat sie mir damals gebrannt. Sie enthält Bestellungen, Lieferscheine, Korrespondenzen, eigentlich alles, womit ich zuletzt befasst war. Dass sie einmal einen Wert bekommt, hätte ich nicht gedacht. Auswerten musst du sie selbst, es wird schon etwas dabei sein.«

»Das klingt nach Rettung in letzter Sekunde. Morgen bin ich bei dir und hole sie.«

»Die kannst du gern haben. Du solltest auch …«, er zögerte und sah Katja an, die lächelte. »Also gut, du solltest auch den Revolver wieder mitnehmen. Ich traue dem Frieden nicht. Der Russe kommt und macht bei dir seinen Antrittsbesuch? Das stinkt doch gewaltig.«

»Der ist nicht blöd«, sagte Franco, »der weiß, dass wir ihm zufällig über den Weg laufen können. Wir löffeln ja alle dieselbe Suppe. Also schaut er gleich von selber vorbei. Aufpassen würde ich schon. Nichts ist vorüber. Wozu sollte einer so viel Aufwand treiben wie dieser Kormonov und dann einfach in der Versenkung verschwinden? Das kaufe ich nicht.«

Wir standen auf, um uns die Beine zu vertreten, und plauderten bei der Kaffeemaschine weiter.

»Schorsch hat abgedankt, wie man hört. Stimmt das?«, fragte Martin plötzlich.

Das konnte ich bestätigen, und berichtete auch gleich, was Albert dazu erzählt hatte. Schorsch erhielt zum Abschied fast eine Million. Die Million verdiente Martin in seiner restlichen Berufslaufbahn nicht. Dabei, warf Martin ein, musste er jeden Cent seines Gehalts erspart haben, denn Schorsch und Angel stellten ihre privaten Haushalte auch noch der Firma in Rechnung. Die Gattinnen fuhren Dienstautos, obwohl sie mit der Firma nicht das Geringste zu tun hatten. Computer und Handys für Söhne und Töchter stellte und bezahlte die Firma.

Franco blieb der Mund offen. Ich konnte aus Alberts Erzählungen beisteuern, dass Angel persönlich mit einem Beleg über 2,50 Euro für einen Espresso am Flughafen bei ihm gewesen war, weil er vergessen hatte, ihn auf die Spesenrechnung zu setzen.

»Dieses Schwein«, brüllte Martin und hieb die Faust auf den Tisch, »er hat mein Leben zerstört.« Er beruhigte sich ein wenig und setzte bitter hinzu: »Meine Frau will die Scheidung. Sie kommt nicht zurück. Ich glaube, sie hält mich für einen Schwächling, weil ich mir das alles habe gefallen lassen. Vielleicht hat sie sogar recht.«

Es blieb vollkommen still. Am besten war, dass Franco sich auf eine besonders finstere Miene beschränkte und nichts sagte. Seine Ansichten zu wegziehenden Ehefrauen halfen Martin nicht, denn die waren nicht überaus verständnisvoll.

Der Grund für Martins Gram war jetzt verständlich geworden. Sein Leben, das er pflichtbewusst und mit Anstand geführt hatte, lag in Trümmern. In das leere Haus zog so schnell niemand mehr ein. Die Frage, ob der Russe ihn nicht doch noch suchte, hatte da fast keine Bedeutung mehr.

»Ist schon in Ordnung«, sagte er, »ihr könnt nichts dafür, das ist meine Sache. Ich werde damit fertig.«

Noch immer sagte niemand etwas.

»Die sind über ziemlich viele Leichen gegangen«, setzte er hinzu. »Und wenn Albert durchkommt, dann wirst du deine Wohnung verkaufen müssen, um die Gerichtskosten bezahlen zu können.«

Da blieb nur, einen Scherz zu versuchen.

»Am Abend vor dem Sechs-Tage-Krieg soll der ägyptische Präsident Nasser bei einer Wahrsagerin gewesen sein«, antwortete ich, »die schaute sich seine Handlinien an und riet ihm, die Sinai-Halbinsel möglichst rasch an seine Frau zu überschreiben.«

Der Galgenhumor verfing, Martin lächelte. Ich dachte nur, dass Nasser nach diesen sechs Tagen noch ganz andere Probleme gehabt hatte als die verlorene Halbinsel.

*

In den nächsten Tagen verrann die Zeit. Tagsüber absolvierte ich die Interviews, um den Schein aufrechtzuerhalten. Zu erwarten war nichts mehr, es hätte in Wahrheit auch niemanden interessiert. Die Durchsuchung von Martins DVD zog sich hin, ich wusste ja nicht, wonach ich suchen sollte. So blieb nur das Lesen der Dateien, um ein Gefühl für die Vorgänge zu bekommen.

Franco hatte in der Nähe der Unidata seine Wildkamera aufgebaut, Porfirij fing sich darin täglich, aber zu unregelmäßigen Zeiten. Ohne Kamera hätte man ihn nicht bemerkt, er war nur einer der Passanten oder Vorbeifahrenden, die in dieser Gegend meist einzeln unterwegs waren und nie herumstanden. ›Er macht sich mit der Gegend vertraut‹, vermutete Franco, ›er fällt nicht auf.‹ Ich setzte hinzu: ›Er weiß, dass man eine Stadt nicht mit Google Earth kennenlernen kann. Man muss selbst durch die Straßen ziehen.‹

Caro rief an und sagte, dass Schorsch mich zu sich bat, möglichst noch heute. Er ›bat‹, registrierte ich. Gleich darauf fragte Katja, ob ich den Dr. Unterweger treffen könne, er sei unerwartet in der Stadt.

Der Morgen hatte mit einem E-Mail von Albert begonnen, in dem er ernsthafte Zeichen von Wahnsinn erkennen ließ, wie ich Agnes gegenüber vermutete. Ich hatte ihr das Mail gezeigt, sie war nach einem Blick darauf prustend in ihr Büro verschwunden.

›Onan, der Masturbar, hat zugeschlagen‹, so begann die Nachricht. Gelegentlich hatten wir den Spruch verwendet, um uns über Dinge lustig zu machen, die wir bei Schorsch beobachtet hatten. Der Rest der Nachricht bestand aus eher wirren Beschimpfungen wegen meiner laufenden Nachforschungen. Ich hatte nämlich auch bei Rudi wieder nachgefragt, und der blieb vorerst bei der Stange. Sein direkter Vorgesetzter Angel stand nicht auf der Transferliste, also hatte Rudi keine Zweifel, was zu tun war.

Gegen zehn betrat ich das Café in der Leopoldstraße, in dem die schönste Wirtin Innsbrucks hinter der Theke stand. Dr. Unterweger hatte Katja solcherart die Lokalität beschrieben. Allerdings war Unterweger freigiebig mit Komplimenten und Superlativen, hatte Katja nach ihrem Treffen mit ihm festgestellt. Er mochte alle, und so ein Echo kam auch zu ihm zurück. Er hatte, wenn überhaupt welche, dann wenig Feinde, und diesen Zustand brauchte er wohl auch.

Aufgrund Katjas Beschreibung erkannte ich ihn sofort. Unter den etwas wirren und schon schütteren schwarzen Haaren lachte ein freundliches Gesicht, der schwarze Anzug war wirklich nicht teuer, er füllte ihn recht gut aus. Ich selbst trug die gleiche Uniform, wie bei Kleidung bei mir üblich in der kostspieligeren Variante, und befand mich wieder einmal an der Grenze, die noch als schlank galt. Porfirij trug diese Uniform, zwar preisgünstiger, aber wie ein Banker, und er war wirklich schlank, Martin auch, aber in grau. An der Farbe konnte man beide unterscheiden, wenn man sie auf eine gewisse Entfernung sah. Während ich überlegte, warum ich Anzüge und deren Träger verglich, servierte die hübsche und freundliche Wirtin Espresso, und Unterweger lobte Katja wegen ihrer einnehmenden und kompetenten Art.

Wir plauderten über Innsbruck. Er hatte hier studiert, ich stellte bald fest, dass er hier noch andere Frauen verehrte. Wahrscheinlich waren auch die hübsch, denn an der Wirtin gab es nichts auszusetzen. Einer dieser Frauen die entscheidende Frage zu stellen, dürfte er sich in seiner selbst gewählten Langzeitarbeitslosigkeit nie getraut haben. In diese Harmonie setzte ich nach einer halben Stunde eine möglichst harmonische Frage. Der liebenswerte Doktor hatte sich mit seinem Besuch bei Katja weit aus dem Fenster gelehnt, und – ob es mir half oder nicht – dafür bekam er von mir einige Gutpunkte.

»Möglicherweise kann ich Ihre Erhebungen mit einem Schriftsatz ergänzen«, sagte ich. »Sind für Sie auch Beiträge von dritter Seite akzeptabel?«

»Das wäre sehr hilfreich«, antwortete er prompt, »ich bin von meinen Auftraggebern an keine Vorgaben gebunden. Es könnte das Bild abrunden. Woran denken Sie?«

»Im Speziellen denke ich daran, dass ambitionierten Menschen schneller ein Fehler unterlaufen kann als den eher Gleichgültigen …«

»Ich verstehe«, sagte er, ohne mich ausreden zu lassen, »das kommt oft vor. Im Eifer des Gefechts schießt man schnell über das Ziel hinaus, obwohl man eigentlich nur das Beste im Sinn hatte. Das meinen Sie?«

Er war vorsichtig, er durfte den Auftraggeber seines Auftraggebers nicht hintergehen. Wir verstanden uns aber. Was ich zu sagen hatte, war im Moment allerdings bloß Wunschdenken, denn beweisen konnte ich weiterhin nichts.

»Diese Situation scheint hier tatsächlich eingetreten zu sein«, sagte ich. »Wenn ein fähiger Finanzvorstand die wohlüberlegte Entscheidung seines Vorgesetzten nur halbherzig umsetzt, einfach, weil er schon so viel Herzblut investiert hat …«

»Ich verstehe«, grübelte er, »da kann einem schnell ein weiterer Fehler unterlaufen. Die Vorwürfe, ich meine die Diskussionspunkte, Ihre Person betreffend, die könnten der sicheren Grundlage entbehren?«

»Etiam altera pars audiatur«, setzte ich, genau so nachdenklich, hinzu, um den Lateiner in ihm zu erfreuen: Auch die andere Seite ist zu hören.

Unterweger lächelte, fast ein wenig vergnügt. »Ich bin ermächtigt, so einen Schriftsatz einzubringen«, freute er sich. »Formuliert den Ihre charmante Freundin?«

»Das wird das Beste sein, sie spricht Ihre Sprache. Dann ist er juristisch fundiert. Ein Zeitfenster bleibt uns, oder?«

»Die Diskussion ist noch nicht abgeschlossen«, sagte er.

Unterweger lächelte die Wirtin an, um zu zahlen. Ich übernahm das für beide, so konnte er ein wenig mit ihr plaudern.

Vielleicht ging es sich aus, der Gegenseite zu zeigen, dass Alberts Urteil nicht zu trauen war. Der liebenswürdige Doktor würde es an die richtige Stelle bringen. Nachprüfbare Anhaltspunkte, aus denen Katja die Botschaft zimmern konnte, gab es allerdings bislang nicht.

*

Caro kam hinter dem Schreibtisch hervor, der angenehmen Temperatur entsprach das altrosafarbene ärmellose Strickkleid, den Auflösungserscheinungen, die Albert ausgemacht hatte, entsprachen ihre Flipflops.

»Er telefoniert«, sagte sie und machte Espresso.

Ich hatte heute Vormittag noch keine fünf gehabt und sagte gern ja. Erik, der ehemalige Maulwurf und nun gehobener Mitarbeiter zur besonderen Verwendung, schickte regelmäßig aus Amerika Berichte an Schorsch und Angel, erzählte sie. Es wirkte so, als wolle er den US-

Markt umkrempeln, überall ortete er ungenutzte Chancen. Die zwei Mitarbeiter vor Ort seien ständig beschäftigt, für ihn Termine zu vereinbaren. Auf jeden folgte ein zusätzlicher Bericht.

»Lobt er die Stimmung sehr?«, fragte ich.

»Ja, es scheint in sehr guter Atmosphäre abzulaufen …«, Caro zögerte und lachte dann, »ach, was bist du für ein hinterhältiger Kerl. Wetterberichte, meinst du?«

»Ein verborgener Meteorologe steckt in ihm. Dass Verkaufserfolge der Karriere nicht schaden, versteht er auch, oder?«

»Ach, ach«, Caro schnappte nach Luft, »Mensch, wie denkst du schlecht.«

Ich grinste und kippte meinen Espresso hinunter.

»Übrigens habe ich Martin gestern gesehen«, sagte sie, »in der Mittagspause, drunten auf der Maria-Theresien-Straße.«

Die Sprechanlage summte, Schorsch erkundigte sich nach mir. Ich hätte gern mehr erfahren über Caros Eindruck, musste aber zu ihm hinein.

Schorsch musterte den Bildschirm auf seinem Tisch mit milder Herablassung.

»Das ist streng vertraulich«, sagte er und drehte den Bildschirm zu mir, »schau einmal her.«

Ich beugte mich vor und las.

Für das wenige Gute, das ihr getan habt, sitzt ihr schon viel zu lange hier. Wenn ihr endlich geht, dann geht ihr mit vollen Taschen. Uns bleibt das letzte Hemd, das hat keine Taschen. Denk drüber nach.

Die E-Mail trug die Unterschrift ›Roundhead‹, die Fantasieadresse beachtete ich gar nicht, die stimmte sowieso nicht.

Da war jemand böse auf Schorsch. Ich unterdrückte ein Schmunzeln, zu dem ich Lust gehabt hätte. ›Roundhead‹, wer immer sich dahinter verbarg, sprach die reine Wahrheit aus.

»Gelesen?«

»Ja.«

Er drehte den Bildschirm zurück. »Rauch deine Pfeife, dann kannst du besser denken, und jetzt sag mir, was dieser Unsinn soll. Du bist ja ein vielseitig interessierter Mensch. Wer redet so geschwollen daher?«

»Der erste Satz ist ein Zitat«, sagte ich, »das dürften aber Wenige kennen. Es stammt von Cromwell, er verwendete es im Langen Parlament Karls, also zur Zeit des Englischen Bürgerkriegs.«

»Langes Parlament? Kurz geht's nicht, das Parlament? Du kennst es also?«

»Habe ich bei Churchill gelesen. Es steht in seiner Autobiografie. Der britische Abgeordnete Amery verwendete es noch einmal im Unterhaus, 1940.«

»Churchill? Dann haben wir ja einen Volltreffer. Du und Albert, ihr habt doch immer eure Scherze mit Zitaten aus dieser Zeit getrieben. Jetzt wird die Rechnung dafür präsentiert.«

Ich stopfte meine Pfeife jetzt doch. Das Mail klang durchaus witzig, Schorsch hatte allerdings einen anderen Aspekt erkannt. Damit lag er nicht ganz falsch.

»Na«, fuhr er fort, »ist der Groschen gefallen? Du scheidest aus, das ist klar, aber Albert doch wohl auch. Der schreibt keine anonymen Drohungen. Das hat dieses Schandmaul wirklich nicht nötig.«

»Mist«, sagte ich und dachte nach. Albert und ich hatten unsere Scherze überall getrieben, allen hatten sie gefallen. Jemand war aufmerksam gewesen und im wahren Sinn des Wortes über die Bücher gegangen, um etwas Passendes zu finden. Das war gelungen und stand hier am Bildschirm.

»So ein Zitat zu verwenden, noch dazu ein seltenes, würde zu Albert oder mir passen«, bestätigte ich, »aber keiner von uns war es.«

»Das musst du mir nicht erklären. Du verstehst aber noch nicht ganz. Ihr habt eure Lacher gehabt, sei euch vergönnt. Seit ihr aber streitet, bekommt das eine andere Dimension. Da will jemand nachlegen. Irgendein Witzbold bemüht sich, Albert das unterzuschieben. Das kann das Unternehmen nicht brauchen.«

Natürlich, Albert war über jeden Zweifel erhaben. So hatte Schorsch es mir gesagt. Das war hier kein Problem, denn seine Attacke gegen mich lief privat ab, nicht innerhalb der Firma. Darum ging es ihm nicht. Ich ahnte, worauf Schorsch hinauswollte. Er hatte wieder einmal einen willkommenen Anlass gefunden, um etwas abzubrechen, was nicht von selbst aufhörte. Ehe ich das Büro verließ, würde ich den Job mit den Nachforschungen los sein.

Die anonyme Drohung machte ihm wenig Kopfzerbrechen. Drohungen oder Beschimpfungen gegen ihn gab es schon lange, das wusste ich von Joe, dem Werksleiter. Diese hier sollte er allerdings ein wenig ernster nehmen, dachte ich, denn das war keine Beschimpfung, die jemand einfach so im Zorn losließ. Da hatte sich jemand hingesetzt und nachgedacht, und Zeitpunkt wie Wortwahl waren durchaus ernst zu nehmen. Allerdings kümmerte mich das nicht mehr.

»Du verstehst, auf was ich abziele?«, fragte er überflüssigerweise. »Das Unternehmen braucht jetzt Ruhe.

Die Untersuchung wird eingestellt. Das russische Projekt ist seit einem Jahr bedeutungslos, was da noch herauskommt, hat keine Bedeutung mehr. Der Materialschwund ist ausfinanziert, eine Wiederholung unwahrscheinlich. Am besten ist, du machst eine Schlussrunde und verkündest das persönlich.«

»Kein Problem. Vielleicht machst du auch eine Schlussrunde, unter vier Augen, und zwar mit Albert. Seine Anfeindung habe ich nicht verdient, und die Schadenersatzklage soll er sich sonst wohin stecken. Geht das?«

Schorsch musterte mich so nachdenklich, als hätte ich behauptet, den Buchdruck erfunden zu haben.

»Ich kann mich erinnern, so etwas von dir gehört zu haben. Von wem hast du diese abenteuerliche Geschichte?«

»Das kann ich beim besten Willen nicht sagen. Von jemand, der es weiß.«

»Das ist dann schwierig. Wie soll ich da etwas machen? Ich helfe sofort, wenn ich Fakten in die Hand bekomme. Wie soll ich mit leeren Händen zu Albert gehen? Tut mir leid, ehrlich.«

»Ist nicht persönlich, sagt man da immer?«, bemerkte ich spöttisch und stand auf. »Ich werde nicht tatenlos zusehen, wie dieser Mistkerl mich fertigmacht.«

»Paul«, meinte er, wieder in seinem jovialen Ton, und gab mir die Hand, »ich verstehe deinen Unmut. Wenn du mir nichts sagen kannst, sind mir die Hände gebunden. Pass aber mit diesen Drohungen auf, das kommt nicht gut an.«

»Drohungen sind nicht mein Stil«, sagte ich an der Tür, »das ist ein Versprechen.«

*

»Dicke Luft?«, fragte Caro. »Noch einen Kaffee? Setz dich noch zu mir.«

Ich hörte auf sie und bekam einen Espresso. Wir plauderten und ich überlegte dabei, ob ich nicht doch an Alberts Vendetta hätte teilnehmen sollen. Dem aalglatten Schorsch eins auszuwischen, hatte auch seinen Reiz. Ernsthaft kam die Idee allerdings nicht infrage. Jedenfalls waren die Möglichkeiten, noch etwas Nützliches aus der IT zu holen, endgültig im Eimer. Gut, dass ich Martins Daten besaß, das gab wieder eine lange Nacht. Möglichst bald musste darin etwas auftauchen, bevor sich das Zeitfenster des Dr. Unterweger schloss. Ewig würden die Wohlmeinenden hinter ihm nicht warten. Wenn der Stein ins Rollen kam, hielt ihn keiner mehr auf. Für den Anwalt, der den Job erhielt, die Klage einzubringen, war der Gewinn gesichert, er verdiente in jedem Fall. Für seine Auftraggeber reduzierte sich alles auf das Abwägen von Chancen und Risken. Überwogen die Chancen, mit der Klage zu Geld zu kommen, dann taten sie es. Der Grund spielte keine Rolle. Auch das war nichts Persönliches, nur geschäftlich.

Was war an Martin anders gewesen? Ich brachte das Gespräch noch einmal auf Martin, aber Caro konnte nicht sagen, was anders gewesen war. Er hatte anders auf sie gewirkt. Seine Antriebslosigkeit, die ich natürlich nicht so bezeichnete, von der Joe gesprochen hatte? Davon war nicht mehr die Rede, die war wie weggeblasen. Er tat zwar noch immer nichts, aber er brütete düstere Gedanken. Die Zeit des Wundenleckens war vorüber.

Was hatte er um die Mittagszeit in Innsbruck verloren? Wollte er sich verändern? Eine Bewerbung? Fiel ihm zu Hause die Decke auf den Kopf? Jeder hätte das verstanden.

Es war spät geworden, als ich mich von Caro verabschiedete, fast schon Nachmittag. Auf dem Weg zur Garage überlegte ich, dass Katja gefragt hatte, ob er trank. In dieser Lage hätte sie es verstanden. Nein, hatte ich gesagt, als ich ihn besucht hatte, war Kaffee am Tisch gestanden. Den Landwein hatte er für mich hervorgeholt. Ich glaubte nicht, dass Martin trank, jedenfalls nicht, um zu vergessen. Er hatte bis jetzt alles durchgestanden, was sich lange angekündigt hatte und zuletzt über ihn hereingebrochen war. Um ein Trinker zu sein, war er zu zäh. Er betäubte sich nicht.

Martin rief in dem Moment an, als ich das alles überlegt hatte und in die Garage gehen wollte.

»Hallo, Paul«, begann er, »ich bin zufällig in der Stadt. Hast du Zeit?«

»Ich bin eben arbeitslos geworden, ich habe alle Zeit der Welt. Wo bist du?«

»Gleichgültig. Auf ein Bier im Biergarten? Bei diesem Frühling darf man nichts verpassen, wer weiß, wie der Sommer wird. Hast du eine Idee?«

»Habe ich. Im Bierstindl. Die Speisekarte kennst du zwar nach drei Tagen auswendig, aber das Bier passt, du gehst über Kiesboden unter Kastanienbäumen.«

Ich quälte mich durch die Baustellen aus der Innenstadt und war nach einer Viertelstunde an Ort und Stelle. Martin kam fast gleichzeitig an. In seinem Auto, dessen Scheibe repariert war, hing ein Kleidersack. Er selbst war salopp gekleidet, und ich überlegte wieder einmal, seit wann mich die Kleidung von Männern interessierte. Solange nicht jemand in der Touristenuniform herumlief, nahm ich sie nicht zur Kenntnis. So wie Susanne sich überlegte, wie Männer wohl im Bett waren, überlegte ich bei Frauen häufig, wie ich sie fotografieren würde. Beim Gedanken an Susanne hatte ich geschmunzelt.

»Was lachst du?«, fragte Martin.

»Nichts Besonderes, das ist eine andere Geschichte.«

Wir gingen über die Treppe hinauf zum Biergarten und setzten uns. Die Kastanienbäume hielten die Sonne noch nicht zurück. Das schadete nicht, die Felsen am Hang strahlten dafür Kälte aus.

Ich erzählte Martin, dass Schorsch alles abgeblasen hatte, dass das zwar zu ihm passte, ich mich dennoch wunderte, weil es vor wenigen Tagen noch ganz anders geklungen hatte. Martin wusste zu berichten, dass Schorsch vor wenigen Tagen selbst nicht geahnt hatte, dass er das Unternehmen, bei diesem Ausdruck schmunzelten wir beide, verlassen würde. Jemand im Hintergrund hatte die Fäden gezogen und ganze Arbeit geleistet. Dazu gehörte auch der Lehrauftrag, den Albert – ohne es zu ahnen – aufs Gleis gestellt hatte. Schorsch war nicht freiwillig gegangen, er hatte ein Angebot erhalten, das er nicht ablehnen konnte. Albert ging mit leeren Händen, Schorsch schnallte soeben den goldenen Fallschirm um. Der Lehrauftrag tat überdies seinem Ego gut, wenn er in diesem Rahmen dozierte, mussten alle zuhören. Er stieg bestens versorgt aus der Firma aus.

»Albert bleibt das letzte Hemd«, sagte ich gedankenverloren.

»Ja, das hat keine Taschen«, setzte Martin hinzu, »er geht mit leeren Händen und muss zu allem Überfluss auch noch den Kredit managen, damit Schorsch seine Kohle bekommt. Das Höchste, das wirklich Höchste, das weißt du noch gar nicht.«

»Definitiv nicht, lass hören.«

»Ein neuer Vorstand ist im Gespräch, ein strahlender Stern geht auf, rate einmal.«

»Keine Ahnung. Wer ist es?«

»Erik.«

Mir fehlten wieder einmal die Worte. War Erik nicht dabei, den US-Markt umzukrempeln? Prognosen kamen immer gut an. Besaß nicht weiters Schorsch in den USA eine Beteiligung an einer Firma, die er besser ins Geschäft bringen wollte, anstatt sich mit den Russen herumzuschlagen?

»Jetzt rate ich doch«, sagte ich. »Schorsch unterstützt diese Bewerbung nicht zufällig?«

»Ja«, staunte Martin, »wie kommst du darauf? Caro und ich haben uns gewundert, und Joe auch.«

Ich erklärte es ihm, nun passte alles zusammen. Albert hatte mir damals geschrieben, dass er beweisen könne, dass Schorsch an einer Firma in den Staaten beteiligt war. Die wollte Schorsch schon lange mit der Unidata ins Geschäft bringen. Nun war die Zeit reif. Schorsch unterstützte seinen Nachfolger, der machte dafür mit ihm Geschäfte. So verdiente Schorsch gleich noch einmal mit. Was Kormonov in Russland gewollt hatte, realisierte nun Schorsch in Amerika zu seinem Vorteil.

Martin war unmittelbar nach meiner Schilderung aufgestanden und über die Treppe verschwunden. Ging er aufs Klo, um zu kotzen, oder wollte er nur den Zorn allein verarbeiten?

Wir trugen da ein schönes Stück an Niedertracht zusammen. Derjenige, der Martin in sein Unglück gestürzt hatte, stieg überall als Gewinner aus. Schorsch war bei seiner Verabschiedung keine Wahl geblieben, aber er hatte seine Chance gesehen und genützt. Dem Aufsichtsrat war es gleichgültig, ob die Kohle aus Russland kam oder aus Amerika. Dass immer jemand mitschnitt, wussten alle, und alles zugleich geht nicht.

Martin kehrte zurück, er hatte sich gefangen.

»Dass ich ihm die Pest an den Hals wünsche«, sagte er, »ist ja kein Geheimnis. Eines ist damit aber auch klar, Albert steht nicht allein auf der Liste. Die Russen lassen sich das nicht gefallen.«

»Ich wollte, ich wäre da nie hineingeraten«, sagte ich, nahm einen tiefen Zug von meinem Pils und bestellte ein zweites.

»Du bist wie die Maria zum Kind gekommen«, bestätigte er, »aber du kannst es nicht weglegen. Ich habe übrigens den Smith & Wesson dabei. Nimm ihn einstweilen. Das ist nicht vorbei, für keinen von uns.«

»Sieht nicht danach aus.«

»Ich habe die Trommel mit einer experimentellen Kunststoffmunition geladen, nur für Behördengebrauch. Habe ich aus Frankreich mitgebracht. Was die Ballistiker mit dem abgefeuerten Geschoss anfangen, wenn man es irgendwo herauskratzt, weiß ich nicht.«

»Ich verstehe dich schon.«

»Deine Abneigung, sie einzusetzen, habe ich auch verstanden. Ist auch gut so. Wenn die Russen aber kapieren, was wir beide hier jetzt wissen, was wird dann wohl passieren?«

Ich sagte nichts darauf. Sie würden es erfahren. Die Firma war löchrig wie ein Nudelsieb, die Kontakte vielfältig. In Kürze würden die Geschäftsbeziehungen zur amerikanischen Firma intensiver, über die Verrechnungspreise würde bald in der Unidata gesprochen werden. Die würden natürlich so gestaltet, dass der fremden Firma satte Gewinne sicher waren, zu Lasten der Unidata als Melkkuh. Schorsch verdiente über die Beteiligung noch einmal mit. Das musste Kormonov niemand erklären, er wusste genau, wie viel er sich erwartet hatte. Das Geld würde fließen, aber in die andere Richtung.

Trotz allem wirkte Martin gefestigt. Er hatte damit abgeschlossen. Wir zahlten und gingen hinunter zu unseren Autos. Ich betrachtete den Kleidersack, der am Haltegriff neben dem Rücksitz hing.

»Martin«, sagte ich, »Caro hin oder her, die weiß nichts, was mir helfen könnte. Mir läuft die Zeit davon, und Schorsch schickt meine wichtigste Auskunftsperson nach Amerika. Dann killt er mein Projekt, im Killen ist er ja klasse. Mir bleibt niemand mehr. Deine DVD ist so umfangreich, dass ich mit dem Lesen kaum nachkomme. Ich brauche einen Anhaltspunkt.«

Er hängte den Kleidersack, den ich zum zweiten Mal angeschaut hatte, ab und warf ihn auf den Rücksitz. Dann lehnte er sich an die Tür.

»Woran denkst du?«, fragte er.

»Ich finde sicher nichts, wo Albert etwas angeordnet hat. Das wäre zu schön. Er selbst ist ja nicht korrupt. Vielleicht hat er etwas verhindert, etwas gewusst, keine Ahnung, was. Warum hat er bezahlt, nachdem die Lieferung umgeleitet worden war? Hat er wenigstens vor dem Bezahlen protestiert, Klarheit oder eine Erklärung verlangt oder etwas in der Art?«

Martin überlegte. Daran hatte er nicht gedacht. In der allgemeinen Aufregung, nachdem er den Diebstahl aufgedeckt hatte, hatten sich Schorsch und Albert besonders mit Empörung hervorgetan. Die konnte die verschiedensten Ursachen haben, auch wenn weder Schorsch noch Albert davon profitiert hatten.

»Ich habe da jemand für dich«, sagte er, »ich suche sie noch heute heraus und schicke dir ein E-Mail. Die Mary, sie hat in der Buchhaltung gearbeitet, sie ist nicht mehr dabei. Sie ging bald nach mir. Irgendwo habe ich ihre Nummer. Du hörst von mir.«

*

»*Major Strasser has been shot*«, erklärte Capitain Reynaud mit eisiger Miene, »*round up the usual suspects.*« Der Polizeichef ließ damit den wahren Täter entkommen. Auf einer alten Videokassette spielte *Casablanca* im Originalton. Ich schaute noch zu, bis Capitain Reynaud mit Rick hinausging auf das leere Flugfeld, und hörte Rick sagen: *Louis, I think, this is the beginning of a beautiful friendship*.

In den Schlussszenen war ein Verwirrspiel abgelaufen, das mich an meine Situation erinnerte. Es gab manches, das klar schien, und manches, das nicht zusammenpasste. Heute löste ich das nicht mehr, aber Martins E-Mail mit Marys Telefonnummer war da, mit der konnte ich morgen reden.

Ich warf noch das letzte Scheit auf die Glut und goss mir einen Highland Park ein. Katja und Inverboindie lagen friedlich auf dem Sofa und hatten längst ihren Penn-Club eröffnet. Ihr Anblick ließ mich den Tag vergessen.

IX. KAPITEL

Franco legte Helm und Weste auf den Sessel in meinem Besprechungsraum und betrachtete die Hülle von *Jethro Tulls* Album *Heavy Horses*. Ich hatte es gestern noch angehört, bevor ich nach oben gegangen war. Agnes brachte unseren Kaffee und verschwand wieder. Francos Blick folgte ihr nicht durch die Wand wie der Alberts.

»Er hat vorhin bei dir vorbeigeschaut«, sagte Franco, und er meinte Porfirij.

»Er ist unauffällig«, setzte ich hinzu.

Franco nickte und ließ ein Stück Zucker in seinen Espresso fallen.

»Mir dauert das alles schon zu lange«, meinte er. »Ist das der Zweite, der die meiste Zeit über nur herumsitzt?«

»Ich verstehe das auch nicht. Vielleicht sind sie drüben noch beim Zusammenzählen, in seiner Zentrale, meine ich, es hat sich inzwischen ja einiges ereignet.«

»Hast du endlich deine eigenen Sachen beisammen?«

»Ich habe noch einen ganzen Strohhalm übrig, in einem Stück. Martin hat mir eine ausgeschiedene Mitarbeiterin genannt, die treffe ich noch heute Vormittag. Es wird klappen.«

Franco lächelte. Er wusste, dass ich mir Mut zusprach, und redete nicht dagegen.

»Der Russe ist nicht blöd«, sagte Franco, stand auf und nahm Weste und Helm wieder an sich, »er hat sich drunten im Fitnessstudio eingeschrieben. Mehr muss ich dir nicht sagen.«

Mehr musste er nicht sagen. Damit hatte Porfirij eine offizielle und unauffällige Möglichkeit, sich am Firmenparkplatz der Unidata aufzuhalten, jedenfalls am Abend. Damit konnte er kommen und gehen, und alles wirkte ganz normal. Er kam aus der Innenstadt, im Anzug, wie andere auch, und kehrte dorthin zurück.

»Albert hat ihn in der Innenstadt gesehen und drunten im Gewerbegebiet«, sagte ich.

»Manchmal ist es mit ihm wie in der Geschichte mit dem Hasen und dem Igel.«

»Wo man hinkommt, ist er schon da, das meinst du?«

»Das kann wohl nicht sein«, grinste Franco, »es kann nur einen geben.«

»Keine Frage«, bestätigte ich und holte mein Sakko, »ich muss auch los.«

»Hast du Martins Knarre wieder genommen?«, fragte Franco, als er auf der Maschine saß.

»Sie liegt im Safe«, sagte ich, »dort soll sie möglichst bleiben, und wenn das vorbei ist, bekommt er sie zurück.«

»Gehe kein Risiko ein«, riet er, »besser bestraft als tot. Im Nahkampf hat einer wie du gegen einen Profi keine Chance. Wenn es hart auf hart kommt, stehst du ihm allein gegenüber. Er findet den rechten Moment.«

Franco fuhr los, ich stieg in mein Auto und steuerte die Sparkassengarage an. Katja hatte alles fertig formuliert, was ich zusammengetragen hatte, um Alberts Glaubwürdigkeit zu erschüttern. Als Erpresser hätte ich damit etwas anfangen können. Ich könnte Albert sagen: ›Mit dem Papier gehe ich zu einem der Aufsichtsräte und zeige ihm, wie du den Diebstahl gekonnt übersehen hast, oder war es Nachlässigkeit?‹ Es hätte kein gutes Bild abgegeben. Die Sache hatte einen Haken: Ich war kein Erpresser, nur einer, dem der letzte Beweis fehlte. Katja hatte gemeint, wir hätten nun das, worüber ich mich immer lustig gemacht hatte, nämlich einen Wetterbericht.

Ich trat aus dem Durchgang vom Sparkassenplatz auf die Maria-Theresien-Straße, wo mir aus dem Eingang zu den Stadtgalerien zuletzt Katja in ihrem knallroten Plastikmantel entgegengekommen war. Für den wäre es heute schon zu warm gewesen, Mäntel sah man nicht mehr.

Das war hilfreich, denn Mary sollte ich sofort an einem Tattoo erkennen. Sie hatte überall welche, wusste Martin, und er wusste es, weil sie es ihm gesagt hatte. Nachprüfen hatte er es leider nicht können. Sie war etwa eins siebzig groß, schlank, nicht zu sehr, die dunklen Haaren in einen Zopf geflochten. Sie sei etwa 25 Jahre alt, hübsch und eher ernsthaft.

So erkannte ich sie auch gleich, an einem der Tische links der Annasäule. Unter einem dunkelbraunen Zopf breitete sich, durchaus dezent, ein Tattoo aus, am Knöchel fand ich das nächste. Sie bemerkte mich, sah mich an, folgte meinem Blick zu ihrem Handgelenk und lächelte.

»Mary? Ich bin Paul.«

»Hat Martin mich gut beschrieben?«, fragte sie und gab mir die Hand.

»Noch besser als du dich vorhin am Telefon.« Ich setzte mich und bestellte meinen obligaten Espresso, dann plauderten wir ein wenig. Martin hatte ihr das Wichtigste erzählt, und ich erfuhr, dass sie seit einigen Monaten in einem Delikatessenladen in der Nähe arbeitete. Nach dem Vorfall, auf den ich vorerst nicht einging, weil sie ihn nur mit diesem Wort bezeichnete, hätte sie vom Rechnungswesen für lange Zeit genug, sagte sie.

Mary rührte in ihrer Cappuccino-Tasse. Mit dem Begriff ›ernsthaft‹ hatte Martin das Wesentliche getroffen. Die Tattoos verstand ich nicht ganz, denn ihre Erscheinung war fast elegant, mit klugen braunen Augen in einem ausdrucksvollen Gesicht. Der ›Vorfall‹ musste sie ziemlich irritiert haben.

»Wie viel Zeit haben wir?«, fragte ich.

Mary blickte auf die Uhr und sagte: »Ich habe noch zehn Minuten.«

»Dann mitten hinein. Es geht um die dubiose Umleitung einer großen Bestellung an Kormonov oder eine seiner Adressen. Martin hat die Sache aufgedeckt.«

Mary nickte.

»Sehen wir uns den Sachverhalt noch einmal an«, wiederholte ich. »Martin hat Material bestellt, das an das Lager der Unidata geliefert werden sollte. Es handelte sich um Rohmaterial, um bestimmte Produkte zu fertigen. Jemand hat nachträglich den Lieferort geändert, so erhielt statt der Unidata nun Kormonov das Material. Korrekt?«

»Korrekt.«

»Gut. Dieser ›Jemand‹ hat Kormonov damit einen illegalen Vorteil verschafft, denn die Ware gehörte ja der Unidata. Diesen Aspekt lassen wir beiseite.«

»Ich kann folgen.«

»Nun kommt die Gretchenfrage: Warum wurde die Rechnung dennoch bezahlt, oder welchen Grund hat man dafür angegeben? Es war doch intern unbestritten, dass die Umleitung illegal war und die Unidata nie in den Besitz der Ware gekommen ist.«

»Woher weißt du, dass sie bezahlt wurde?«

»Sie wurde mit einem Abzug von zwei Prozent Skonto bezahlt, das steht in Martins Unterlagen und in denen, die mir Albert zukommen ließ, als wir uns noch besser vertrugen.«

»Albert kam kurz vor Mittag zu mir und sagte, dass wir uns auf jeden Fall den Skonto holen müssten. Ich sollte die Überweisung noch am selben Tag durchführen.«

»Das war Dienstag, der 7. Jänner letzten Jahres?«

»Ja.«

»Woher weißt du das noch so genau?«

»Ich habe es notiert. Es war der Tag nach dem Drei-Königs-Fest. In der ersten Jännerwoche waren wir alle mit den Abschlussarbeiten beschäftigt, und in dieser Woche hat Martin es herausgefunden. Er ist damit am Dienstag um 9 Uhr zu Schorsch gegangen.«

Das war das fehlende Glied. Ich holte Luft, bevor ich weiterredete.

»Um neun ist Martin zu Schorsch gegangen. Der hat in der Folge Albert zu sich gerufen. Albert wusste also Bescheid, als er kurz vor Mittag zu dir kam?«

»Ja«, bestätigte sie und blickte auf die Uhr, ich winkte dem Kellner.

»Es war eher ungewöhnlich, dass Albert wegen eines Skontoabzugs zu dir kam?«, setzte ich hinzu.

Mary lächelte. »Albert hatte mit allen Lieferanten feste Vereinbarungen getroffen, wann gezahlt wird. Es gab zwei fixe Termine für Überweisungen im Monat. Das nahm er sehr genau.«

»Mary«, frohlockte ich, »das ist das fehlende Glied in meiner Beweiskette. Damit steht fest, dass Albert von der illegalen Umleitung gewusst hat, besser gesagt, über den Diebstahl informiert war und dennoch die Zahlung angeordnet hat. In den Unterlagen steht nämlich nichts über einen Protest oder die Forderung nach einer Kompensation. Damit ist er Teil einer Verschwörung, rechtlich würde man Untreue sagen.«

»Ja«, bemerkte sie wieder, nickte und blickte mich mit ihren klugen Augen an. Ich hoffte inständig, dass außer Klugheit noch etwas Ähnliches wie Barmherzigkeit in ihr steckte, damit ich das letzte ›ja‹ auch noch erhielt.

»Ich brauche deine schriftliche Aussage. Meine Freundin ist Anwältin, gleich ums Eck am Adolf-Pichler-Platz. Würdest du dorthin gehen und das schriftlich niederlegen?«

Der Kellner kam, ich zahlte und überhörte dabei fast das letzte Ja, allerdings nur fast. Sie stand auf, wir spazierten zur Anichstraße hinauf. Am Liebsten hätte ich sie umarmt, oder wenigstens an der Hand genommen und auf der Stelle durch die Passage hinüber zur Kanzlei geführt, aber Mary musste wieder an die Arbeit. Ich telefonierte in ihrer Gegenwart mit Katja und vereinbarte halb eins für Marys Erscheinen.

»Mir ist nur wichtig, dass du es tust«, sagte ich, als wir uns verabschiedeten. »Aber Katja wird mich fragen, warum du es tust.«

»Sie haben Martin danach hinausgeworfen. Das hat er nicht verdient, er wollte sich nur anständig verhalten. Er wollte ein Unrecht verhindern. Was mit mir passiert wäre, das konnte ich mir ausrechnen, ich habe es nicht abgewartet«, sagte sie noch ruhig und platzte dann heraus: »Was glauben diese Menschen eigentlich, wer sie sind? Glauben die, die können alles tun?«

»Mein Kommentar dazu würde sehr unfein ausfallen«, stellte ich grimmig fest.

»Martin denkt, du könntest es schaffen, ihnen das Handwerk zu legen. Er hat vorhin bei mir vorbeigeschaut. Ich muss jetzt wieder ins Geschäft.«

Wir verabschiedeten uns, ich kehrte zurück. Am Weg zur Garage dachte ich, nicht zweifeln, es wird klappen, sie kommt um halb eins. Sie wird kommen.

Martin war in der Nähe? Sollte ich ihn anrufen? Dafür war die Zeit zu knapp, ich hatte noch einen Termin.

Warum hatte er mit Mary so lange gewartet? Er musste wissen, dass in den Unterlagen nichts zu finden war, was eine Schuld bewies. Weder Schorsch noch Albert hatten sich irgendwo schriftlich festgelegt. War es der endgültige Verlust seiner Familie? Wollte er sicher gehen, dass diese Information nur jemand in die Hand bekam, der sie auch einsetzen würde? Darauf konnte er sich bei mir verlassen. Marys Aussage war meine letzte Chance.

Ich betrat die Garage am Sparkassenplatz durch den Abgang neben dem Imbissgeschäft und löste im zweiten Untergeschoss mein Ticket. Als ich mit dem Auto zur Auffahrt gelangte, verschwand ein Mann im dunklen Anzug durch den Ausgang zur Treppe. Er war vorhin gestanden und hatte in meine Richtung geschaut. Von denen gab es schon hier im Haus etliche, in der Umgebung noch mehr, und ab einer gewissen Entfernung sahen sie alle gleich aus.

*

Auf dem Weg zu Cordes rief ich Katja an und berichtete, dass er mich kurzfristig zum Essen eingeladen hatte. Das fand wie üblich bei ihm statt, bei dem schönen Wetter sicher auf der Terrasse. Worum es ging, würde ich bald wissen, und ich wollte von ihr unbedingt sofort Nachricht erhalten, wenn Mary bei ihr gewesen war.

Weißjacke empfing mich und geleitete mich auf die Terrasse, wie ich es erwartet hatte. Cordes stand am Geländer und telefonierte, und er hörte damit auf, als ich erschien, wie ich es gewohnt war. Wir nahmen einen Amontillado als Aperitif und setzten uns dann zu einem ansehnlichen T-Bone-Steak an den Tisch. Es gab einen Brunello di Montalcino dazu etwas, was sehr gut dazu passte, auch wenn es die Cowboys vielleicht nicht gekannt hatten.

Das war der gemütliche Teil gewesen. Der informative folgte anschließend, Cordes stieg bei der Unidata wieder aus. Mit dem, was er als Abschlagszahlung erhielt, kam er auf fast zehn Prozent Rendite in einigen Wochen. So gut verdiente man sonst nur im Waffen- oder Frauenhandel. Im Finanzbereich ließ sich das risikoloser bewerkstelligen, auch wenn sich dabei der Nutzen für den Planeten wie in den beiden anderen Fällen auf null belief. Dass seine Unkosten für Buchprüfung und dergleichen gesondert bezahlt wurden, verstand sich von selbst.

»In der Führungsstruktur der Unidata musste etwas geschehen«, sagte er aufgeräumt, »die anderen Eigentümer sind vollauf zufrieden. Die sind großteils Banker, und die hätten unter dem famosen Herrn Hagsteiner noch lange gelitten. Das geht in Ordnung.«

»Die hätten ewig gewartet, eine Krisensitzung nach der anderen abgehalten und dann doch nichts getan. Schorsch, also Hagsteiner, wird niemandem fehlen.«

»Das wird er nicht. Sie wurden auch pünktlich bezahlt, wie ich höre. Das sollte passen.«

»Das geht ebenfalls in Ordnung.«

»Und der nicht weniger famose Herr Heller«, schloss er an, »Magister oder was er ist, diesen Unruheherd habe ich auch entfernt. Hagsteiner hat sich in seiner Schuldensucht von ihm ja regelrecht vorführen lassen. Gegen Heller haben Sie doch Ihr Gegenmittel gefunden? Zeit hatten Sie ja.«

»Wir werden sehen. Es sollte sich ausgehen.«

Cordes schaute mich nachdenklich an. »Das klingt ziemlich vage«, sagte er missbilligend.

»Nicht mehr, ich habe den Beweis erbracht, dass Heller den Tatbestand der Untreue begangen hat. Er hat sich nicht bereichert, aber das macht es nicht besser. In seiner Verblendung wollte er Hagsteiner abschießen und das Russenprojekt alleine durchziehen. Dafür ist er über alle Grenzen gegangen.«

»Gut, wie wollen Sie diesen Beweis verwenden?«

»Meine Freundin übermittelt ihn, verpackt in einem Schriftsatz, an die Gegenseite. Es gibt dort einen Anwalt, der sich bereit erklärt hat, ihn anzunehmen.«

»Sie wollen die Glaubwürdigkeit Hellers zerstören?«

»Ja. Danach wird er nicht mehr gut aussehen.«

»Das könnte funktionieren. Die Sache steht und fällt mit Heller. Einer muss es vorantreiben, die Herde zusammenhalten, und später dann vor Gericht aussagen, auch wenn er alles erlogen hat.«

»Es war knapp, aber jetzt ist es wasserdicht.«

»Ihr Wort in Gottes Ohr«, sagte er und gab Weißjacke einen Wink.

Weißjacke servierte Espresso.

An der Tür reichte Cordes mir die Hand und kehrte zurück in die Einsamkeit seiner Machtzentrale.

*

Noch in der Garage rief ich Katja an. Bereits nach den ersten Worten breitete sich tiefe Entspannung in mir aus. Mary war gekommen, sie hatte berichtet, Katja hatte diktiert und Mary wiederum die Aussage unterschrieben. Alles war da, mit Kopie des Passes und Dienstzeugnisses, womit belegt war, warum Mary über diese Vorgänge Bescheid wusste. Im Moment baue sie die Aussage gerade in den Schriftsatz ein, sagte Katja, und noch vor vier Uhr ging er hinaus an den freundlichen Anwaltskollegen Dr. Unterweger.

Ich fuhr ohne bestimmtes Ziel los und überlegte Cordes' Coup. Mit einem Einsatz von zwei Millionen hatte er in knapp einem Monat 200.000 verdient, zuzüglich Ersatzes seiner Unkosten. Auch wenn er im Umsetzen von Plänen besser war als Albert, rechnen konnte der auch. Er musste seiner ›Gruppe‹, wie Cordes die bezeichnet hatte, auch einiges vorgerechnet haben, was in Russland zu verdienen gewesen wäre. Vor allem hatte er ihnen vorgerechnet, dass Russland besser sei als Amerika. Alberts Zahlen waren sicherlich beeindruckend, denn die Niederlassung plante man nicht nur für die Dauer eines Monats. Dem konnte ich jetzt mit besserem Gefühl entgegensehen.

Weil ich mit diesem Ergebnis aussteigen und der Unidata endgültig Adieu sagen konnte, schaute ich noch bei Joe vorbei. Wir unterhielten uns in seinem Büro, er wirkte entspannt. Alberts Abschied würde die Firma verkraften, meinte er, und überdies glaube er, dass noch nie einer, der so viel zustande gebracht hatte wie Albert, so schnell vergessen sein würde wie er. Schorsch sei in die USA weggelobt, und Erik würde mit Angel im Vorstand gut zusammenpassen. Das sah ich auch so, nach einer halben Stunde begleitete er mich zurück zum Parkplatz. Albert fuhr in dem Moment vor.

»Paul«, sagte er und kam mit ausgebreiteten Armen auf mich zu, »bist du gekommen, um Abschied zu nehmen von der Stätte deines Triumphes?«

Joe verabschiedete sich und ging rasch davon. Wir waren allein. Vor dem Eingang stand niemand mehr, wer zum Rauchen herausgekommen war, hatte sich verdrückt. Albert hatte sich in letzter Zeit nicht nur mir gegenüber Ausfälle geleistet.

»All das hat jetzt ein Ende«, zitierte ich, frei nach einem seiner Lieblingssprüche.

»Wie wahr«, sagte er nicht ohne Häme, »so schnell ist noch kein Erfolg verpufft wie deiner. Cordes ist weg, Schorsch ist weg, Paul allein zu Haus.«

»Du hast wie immer recht, und mit deiner Erlaubnis ziehe ich mich jetzt zurück.«

»Kneifst du?«

Ich wandte mich wortlos meinem Auto zu.

»Du kannst es nicht lassen«, setzte er fort, »musst in altem Zeug herumrühren, Dinge verdrehen, die ich dir geschickt habe, Mitarbeiter aushorchen, sogar zu Recht Entlassenen zu Wort verhelfen. Gefällt dir diese Arbeit?«

»Aber Albert«, sagte ich sanft.

»Deine men in black, die kamen nicht von Schorsch, ich habe ihn gefragt. Bist du so tief gesunken? Das ist doch zwecklos.«

Hatte er tatsächlich die Mehrzahl verwendet? Er war doch nicht betrunken.

»Es ist vorbei, Albert, aus und vorbei. Unsere Wege trennen sich.«

Alberts Augen funkelten wieder vor Angriffslust. Er hatte aber nichts mehr zu reden, nur hier am Parkplatz. Das kümmerte mich allerdings nicht. Unerwartet setzte er seinen Lotto-Sechser-Blick auf.

»Na gut, dann beenden wir das mit Stil«, sagte er nun freundlich, »auf ein klärendes Gespräch, morgen Abend bei dir im Büro?«

»Warum nicht bei dir?«

»Ich bin schon beim Ausräumen. Mein Nachfolger soll das Büro gleich zur Verfügung haben. Morgen verwende ich noch das Büro von Schorsch hier. Morgen ist Freitag, danach nehme ich den Resturlaub.«

»Wie du meinst«, stimmte ich zu, stieg ein und bugsierte den Wagen aus dem Parkplatz.

Zwei Autos weiter, vor dem Eingang zum Fitnessstudio, machte ein Jogger Streckübungen. Ich hatte ihn erst im letzten Moment gesehen und fast angefahren. Üblicherweise gab es hier keine Läufer, im Studio hatten sie Laufbänder.

›Freu dich nicht zu früh, Albert‹, dachte ich, ›ich habe auch etwas für dich, das wird dir gar nicht schmecken. Fast hätte ich nicht mehr daran geglaubt, aber ich habe es. Das wird dann wirklich ein schönes Wochenende. Ich freue mich jedenfalls schon auf dein Gesicht, wenn ich dir Marys Aussage zeige.‹

Ich steuerte den Grabenweg an. Als ich beim Media Markt hinter dem Bus anhalten musste, schloss Franco auf. Er deutete mit der Hand nach links. Ich bog ab und enterte die Tiefgarage. Franco folgte.

»Weg von der Straße«, erklärte er, »ich habe heute kein klares Bild. Sein Auto war nie da. Der Russki muss irgendwo zu Fuß unterwegs sein.«

»Es mag Wunschdenken sein, aber vielleicht ist er abgereist. In der Firma ist Albert weg, jedenfalls ab morgen, und Schorsch ist so gut wie weg. Der Investor, den ich gebracht habe, steigt aus, alle gehen. Warum nicht auch der Russki?«

Franco lächelte spöttisch. »Das glaubst du doch selbst nicht. Hat das geklappt, wovon du am Vormittag gesprochen hast?«

»Das hat es, ich habe eine vollständige Aussage erhalten. Albert sieht damit alt aus. Ich glaube nicht, dass die anderen Eigentümer ihn noch unterstützen, wenn sie gelesen haben, was ihnen Katja geschickt hat. Um mit der Klage ein Geschäft zu machen, müssen sie vorher anständig Geld in die Hand nehmen.«

»Viel Stress in der letzten Zeit gehabt? Schalte das Hirn wieder ein. Es ist vorbei, wenn es vorbei ist, nicht, wenn du glaubst, dass es vorbei ist. Erkennst du diesen Unterschied noch?«

Ich sagte nichts, es gab wirklich nichts dagegen zu sagen.

»Nächste Woche«, meinte er, »vielleicht, nicht früher, wenn die wirklich weg sind, also Albert, Schorsch, der Russki und so weiter. Bleib zu Hause, behalte die Knarre in Reichweite, und vor allem, bring endlich Martin bei, dass seine … also seine Exfrau, dass die abgedampft ist. Sie ist gegangen, hat ihn verlassen, sie ist nicht mehr da. Der verbohrte Kerl muss das in seinen Schädel kriegen, klar?«

Francos Ansichten zu ausziehenden Ehefrauen waren

mir hinlänglich bekannt. Das besprach besser ich mit Martin, denn Franco würde das brachial erledigen.

»Stellst du das Jammern ab?«, fragte Franco.

»Sobald ich ihn sehe«, bestätigte ich.

Franco stieg in sein Auto und ließ die Scheibe herunter. »Hase und Igel«, maulte er verächtlich, »von wegen. Die beiden sehen sich in der Entfernung so ähnlich. Martin soll die Finger davon lassen und froh sein, dass der Russki keinen Auftrag bezüglich seiner Person hat. Wenn du recht hast und nächste Woche alle verschwunden sind, dann hört das von selber auf. Wenn sich der Depp noch länger in seiner Nähe hält, dann fängt er sich eine Kugel, die gar nicht für ihn gedacht war. Arrivederci.« Franco setzte zurück, machte einen Bogen um mein Auto und war weg.

*

›Das alles wird ein Ende haben.‹ Ein Jahr lang hatte ich Alberts stehenden Spruch gehört, aber es schien schwieriger als erwartet zu sein, ihn umzusetzen. Ich wollte es aber, das Ende. Ich vereinbarte mit Katja eine Partie Billard in der Wäscherei, es sollte heute besonders unbeschwert sein.

Die Zeit bis fünf verwendete ich, um den Revolver noch einmal zu reinigen, einschließlich der experimentellen Munition, die ich herausgenommen und angesehen hatte. Ich widerstand dem Versuch, Hersteller oder Typ der Munition bei Google einzutippen, sie war zweifellos sehr selten. Die bloße Frage danach brachte mich damit schon in Verbindung. Google speicherte alles ab, und jeder Interessierte konnte auslesen, was abgespeichert wurde. Google erfuhr mehr über die Benutzer, als die von Google erfuhren. Weil vom Abspeichern allein niemand leben konnte, verkaufte Google die Daten seiner Benutzer an alle, die es interessierte.

Nach einigen Versuchen fand ich das Patent zu dieser Munition ohne Google und schaute mir die ballistischen Eigenschaften an. Die unterschieden sich auf 100 Meter nicht von herkömmlicher Munition, was mehr als die dreifache Distanz dessen war, in der man diese kurzläufige Waffe überhaupt verwenden konnte. Zuletzt steckte ich den gereinigten Revolver in einen gepolsterten Umschlag und verstaute ihn im Aktenkoffer, um ihn möglichst noch heute zurückzugeben.

Um fünf war ich in der Wäscherei und wartete eine halbe Stunde, in der Katja nicht kam. Martin meldete sich gegen halb sechs, er hatte in der Stadt zu tun gehabt, eine Bewerbung, sagte er. Für ein Treffen hätte er heute keine Zeit mehr, und morgen Mittag ginge es, zum ersten Mal seit Langem, ab in ein verlängertes Wochenende. Er hatte mit Franco geredet, der sei zwar nicht sehr sensibel, aber als Mensch schwer in Ordnung. Franco hatte dringend empfohlen, dass ich die Knarre noch einige Tage behalte und er, Martin, sich gefälligst am Riemen reißen und über das Wochenende zum Gardasee fahren solle. Wehleidige Typen könne er nicht ausstehen, hatte Franco gesagt, das Leben sei zu kurz, um zu jammern.

Ich zahlte und brach auf, um zu Katjas Kanzlei zu fahren. Unterwegs rief ich an.

»Wir haben ein Problem«, sagte sie und klang unruhig. »Kannst du herkommen?«

»Bin schon unterwegs.«

Zehn Minuten später war ich da, sie zeigte mir eine

Nachricht am Bildschirm. Es war eine automatisch erstellte Abwesenheitsnotiz. Dr. Franz Unterweger, Rechtsanwalt, Verteidiger in Strafsachen, informierte den Absender, dass er für 14 Tage in den Urlaub verreist war und aus Gründen der Haftung darauf hinwies, dass einlangende E-Mails in dieser Zeit nicht bearbeitet werden konnten.

Ich hatte mich nur über den Bildschirm gebeugt, um zu lesen, setzte mich aber jetzt. Katja rief den Kollegen an, stellte den Lautsprecher an und legte ihr Handy auf den Tisch. Der Ruf läutete, die sanfte Stimme des freundlichen Dr. Unterweger meldete sich, dankte für den Anruf und wiederholte, was wir im E-Mail gelesen hatten. Unterweger war weg.

»14 Tage«, sagte Katja fassungslos.

»Das ist kein Zufall. Albert, dieses Schwein, hat es doch noch geschafft. Die Kanzlei, die mich warnen wollte, hat den Fall nicht mehr. Der liegt jetzt dort, wo Albert ihn haben wollte, bei einem scharfen Hund, der gern streitet. Jetzt hält ihn nichts mehr auf.«

Katja nahm ihr Handy wieder an sich.

»Brauchst du es noch?«, fragte sie und deutete auf den Bildschirm, »da ist nichts mehr zu machen. Es ist eindeutig.«

»Erledigt, aus und vorbei.«

Sie meldete sich ab und schaltete den Bildschirm aus. Hier war nichts mehr zu tun.

»Alle sind weg«, sagte ich, »der nette Doktor, der ist abgehauen, weil er die Nachricht nicht überbringen wollte, Albert ist ab morgen weg, Schorsch so gut wie. Cordes hat seine Anteile wieder verkauft und Franco hat Martin zum Gardasee geschickt, damit er aufhört, zu flennen. Dem wollte ich heute den Revolver zurückgeben.«

»Gib ihn nächste Woche zurück, das macht auch nichts mehr aus.«

Ich sah ihren forschenden Blick. »Keine Sorge«, sagte ich und schüttelte den Kopf. »Ich verwende ihn nicht für Albert. Der wacht sonst morgen als Leiche auf und sieht mich in Handschellen. Diese Freude mache ich ihm nicht.«

»Es ist noch nicht aller Tage Abend«, meinte Katja.

»Jedenfalls der Abend eines schlechten Tages.« Dann erinnerte ich mich. »Cordes sagte damals im Friedhof allerdings etwas Tröstliches.«

»Cordes? Woher weiß der so viel? Der steckt doch nicht mit drin?«

»Nein. Der spielt nicht in fremden Mannschaften, er hat seine eigene. Sein Geld hat er damals in Kanada so gemacht wie Kormonov jetzt in Russland, er weiß, wie es läuft, und er ist immer gut informiert.«

»In seiner Lage redete es sich natürlich leichter. Was meinte er?«

»Dass ich nichts tun solle.«

»Nichts? Damit können wir gleich anfangen. Der Tag war warm, probieren wir die Terrasse auf der Buzihütte?«

Wir brachen auf. Heute konnten wir nichts mehr tun. Die Adresse für den schönen Schriftsatz mit der Aussage Marys existierte nicht mehr.

*

Martins Anruf kam gegen neun, als ich den Wagen auf der Zufahrt zur Buzihütte wendete. Ich hielt noch einmal an, um das Headset aufzusetzen. Martin klang aufgeregt.

»Das Schwein ist mir auf der Fährte«, sagte er leise, »er war in der Stadt schon die ganze Zeit in meiner Nähe, ich werde ihn nicht los. Kannst du mir helfen?«

Verkehrslärm kam aus dem Hintergrund. Martin hielt sich seit Stunden in der Stadt auf, flüsterte er, er wollte den Russen los sein, bevor er nach Hause fuhr. Unterwegs war es unmöglich, einen Verfolger zu erkennen, und zu seinem Haus wollte er ihn auf keinen Fall führen. So abgelegen, wie es war, gab es keinen besseren Ort für Porfirij, um sich anzuschleichen und ihn unbehelligt zu erledigen.

Meinen Rat, doch die Polizei zu rufen, lehnte er entschieden ab. Der Russe trage kein Schild um den Hals, meinte er, und beim Auftauchen eine Streife brauchte er sich bloß ruhig zu verhalten, bis die wieder weg war. Er selbst sei dann allerdings mit Namen und Nummer aktenkundig und stünde nur als Wichtigtuer oder gar als Spinner da.

»Der Russe findet dich dann eben später«, wandte ich ein.

»Wenn ich unbeobachtet aus der Stadt komme, nicht«, entgegnete Martin, »das Haus ist auf den Mädchennamen meiner Frau gemietet. Ich will nur von hier weg.«

»Wo bist du jetzt?«

»Bei der Tankstelle vor der Karwendelbahn. Ich kann hier nicht lange bleiben.«

»Besser als sonst wo, ich komme hin.«

Ich hielt noch einmal an und tauschte mit Katja den Sitz. Wir brauchten etwa eine Viertelstunde, um ans Ziel zu kommen, dabei erzählte ich Katja, wo das Problem lag. Sie war nicht erbaut und regte an, endlich die Polizei einzuschalten. Ich versprach, das zu tun, wenn es nicht klappte.

Die Tankstelle war leer, als wir ankamen. Zuerst tankte ich einmal voll, um mich nicht umsonst auf den Platz gestellt zu haben. Dann zog ich einen der dünnen Plastikhandschuhe aus dem Spender und steckte ihn ein. Niemand außer uns war da. Ich wartete beim Auto, bis Katja bezahlt hatte, und rief inzwischen Martin an.

»Wo zum Teufel bist du?«, fragte ich etwas gereizt.

»Ich musste weg. Ich bin über den Fußgängerweg unter der Eisenbahnbrücke abgehauen, ich konnte nicht mehr zum Auto zurück.«

»Über diese Brücke? Du spinnst. Wenn er dich da erwischt, bist du erledigt. Kein Platz zum Ausweichen, kein Mensch mehr da um diese Zeit. Hast du die Knarre dabei?«

»Scheiße, heute nicht. Ich hatte zwei Bewerbungsgespräche, da konnte ich nichts riskieren.«

»Das ist doch dämlich, alles zusammen. Wo schwirrst du jetzt herum? Hier ist nämlich niemand.«

»Ich bin am Parkplatz gegenüber der Straße. Im Moment sehe ich keinen.«

Katja kam zurück, ich fluchte ausgiebig und bat sie, ein Stück weiter zu fahren und hinter dem Viadukt wieder anzuhalten. Ich nahm den Umschlag mit dem Revolver aus dem Aktenkoffer und stieg aus.

»Sperr die Türen und fahr weg«, bat ich, »ich melde mich wieder.«

Hinter dem Viadukt führte ein kurzer Weg zur Promenade am Inn, die hier am Ende der Stadt nur mehr ein Radweg war. Der Durchgang war eng, an den Viadukt schmiegte sich ein enges Café, alles war hier eng. Es war dunkel und menschenleer. In der Gegenrichtung, nach Süden, verlief entlang des Viadukts ein schmaler Weg.

Auch dort war niemand zu sehen. Ich trat auf die Promenade hinaus. Am gegenüberliegenden Ufer leuchteten hinter den Büschen einige Fenster, rechts führte die schmale Brücke der Bahn über den Inn. Durch das Fachwerk der Träger fiel Licht auf das dunkle Wasser.

Ich rief Martin wieder an. »Ich bin an der Brücke.«

»Pass auf, da hast du keine Deckung.«

»Was du nicht sagst. An der Tankstelle war niemand, hinter mir ist auch niemand, die Promenade zur Stadt hin ist leer. Er muss drüben sein bei dir.«

»Davon kannst du ausgehen, aber ich habe ihn verloren.«

Ich stand jetzt vor der Stahlkonstruktion der Brücke, rechts und links war es menschenleer, vor mir verlief der schmale Pfad zwischen den Trägern ans andere Ufer. Es sah aus wie ein einsamer Tunnel. Das Licht der Lampen fiel auf die Holzbohlen. Hier gab es wirklich keine Deckung und kein Entkommen. Ich zog den dünnen Plastikhandschuh an und ging langsam hinaus auf die Brücke.

»Ich komme zu dir«, sagte ich.

Martin antwortete nicht, ich hörte nur seinen Atem. Hin und wieder vernahm ich das Geräusch eines vorbeifahrenden Autos. In meinem Headset klang es so, als ob Martin sich in Bewegung gesetzt hatte.

»Was machst du im Moment?«, fragte ich.

»Ich bin über die Straße gegangen.«

»Siehst du was?«

»Negativ.«

Ich hielt in der Mitte der Brücke an. Ein Radfahrer war vorn von links gekommen und auf den schmalen Pfad zwischen den Trägern eingebogen, ich ließ ihn passieren und ging langsam weiter.

»Verdammt«, keuchte Martin, »Paul, da ist er wieder, ich sehe ihn.«

»Was macht er?«

»Er kommt auf dich zu.«

»Niemand ist da«, sagte ich, »weit und breit niemand.«

»Scheiße, er kommt gleich hinaus auf den Weg. Er geht wohl zurück zur Tankstelle. Er sieht aus wie auf den Bildern, die Franco gemacht hat, schwarzer Anzug, schlank, so groß wie du. Kehr um, hau ab.«

»Zu spät«, sagte ich, »ich bin schon zu weit. Dann habe ich ihn im Rücken, und hier ist wirklich keine Deckung.«

Vor mir war die Betonwand, die am Ufer den Durchgang abschloss, in etwa 30 Metern Entfernung. Rechts trat eine Gestalt aus dem Gebüsch, das den Parkplatz des Einkaufszentrums säumte. Die Gestalt zögerte und blickte sich nach beiden Seiten um.

»Kein Irrtum möglich?«, fragte ich leise, obwohl das Rauschen des Inns jedes Mithören am Ufer unmöglich machte.

»Nein, er muss jetzt draußen sein. Kommst du noch weg?«

»Bleib du weg. Ist besser so.«

Die dunkle Gestalt im schwarzen Anzug wandte sich nach links und ging auf den Eingang der Brücke zu. Ich zog den Revolver aus dem Umschlag und blickte mich um. Niemand sonst war zu sehen.

»Er kommt«, sagte ich.

»Ich sehe ihn nicht mehr, hau ab.«

»Negativ«, sagte ich jetzt, spannte den Hahn mit der linken Hand und hielt den Revolver schussbereit mit gesenktem Arm.

Ich stand neben einem der eisernen Träger, von der Seite bemerkte man mich so nicht. Die Visierung des Revolvers hatte Martin mit Leuchtpunkten versehen, das war gut. Die Gestalt zögerte und beschleunigte dann rasch den Schritt. Ich legte an und hielt genau in die Mitte des schmalen Durchgangs. Vorsichtig ließ ich den Druck auf den Abzug kommen.

»Ist er es?«, fragte ich noch einmal.

»Ja, wer denn sonst«, stöhnte Martin.

Der Schuss brach in dem Moment, als die Gestalt hinter dem Eisen der Brücke hervortrat. Entgegen dem, was ich gelernt hatte, setzte ich sofort ab, um hinzusehen. Das Splittern in der Betonwand sah ich noch, die Gestalt zuckte, ging unverzüglich in Deckung, dann rannte sie nach links, flussabwärts davon.

Im Headset hörte ich nichts. Der Mann im schwarzen Anzug verschwand aus meinem Blickfeld, ich sah mich noch einmal um. Weiterhin war niemand da. Der Revolver flog ins Wasser, den Handschuh ließ ich nachsegeln, den Umschlag ebenfalls. Dann ging ich rasch weiter und durch die Büsche hinaus auf den Parkplatz des Einkaufszentrums. Auch hier war niemand. Ich nahm den schmalen Weg direkt am Bahndamm zur Straße hin und rief Katja an.

»Alles in Ordnung?«, fragte ich.

»Ja, wo bist du?«

»Hol mich beim Mac an der Brücke ab«, sagte ich und trennte die Verbindung.

Am Mitterweg wandte ich mich nach rechts zum Mac. Martin meldete sich erst, als ich schon dort war. Katja war inzwischen auch da, ich stieg ein. Wir steuerten Pradl an.

»War das ein Schuss, vorhin?«, fragte er.

»Der kann dich doch nicht erschreckt haben«, sagte ich. »Du warst doch weitab, drüben am Parkplatz?«

»Ich habe ihn rennen gesehen, da habe ich die Gelegenheit genutzt, um mich abzusetzen. Alles in Ordnung bei dir?«

»Alles in Ordnung, wir fahren jetzt heim. Schaffst du es jetzt?«

»Ich bin schon zurück im Auto. Die Luft ist rein, ich haue ab. Vielen Dank.«

Ich trennte, ließ das Headset aber aufgesetzt.

»Wo ist der Revolver?«, fragte Katja.

»Den findet so schnell keiner. Wo ich ihn entsorgt habe, die Strömung ist stark. Alles ist weg, auch der Handschuh.«

»Hast du geschossen?«

»Ein Schuss vor den Bug, sozusagen. Ich war sicher, dass ich ihn nicht treffe. Es muss auf ihn aber mächtig Eindruck gemacht haben, als das Projektil einen Meter an seinem Schädel vorbei in die Wand krachte. Er ist auf der Stelle abgehauen.«

Ich rief Franco an und erzählte ihm die Geschichte. Er verstand mich und versprach, unverzüglich mit Martin zu reden. Der entwickelte sich zu unserem einzigen Problem, meinte er, und das müsse ein Ende haben. Für die nächsten Tage wolle er ihn am Gardasee wissen, und dafür werde er sorgen.

Zu Hause machte ich Feuer und suchte einen Film aus der Konserve. Wir wollten beide in den nächsten Tagen nicht mehr an Albert denken. Nichts von dem, was mir bevorstand, ließ sich so einfach lösen wie das vorhin.

*

Agnes kam an diesem Freitag später als ich ins Büro, ich saß schon seit acht an meinem Schreibtisch. Sie fragte nichts, wahrscheinlich wirkte ich zu einsilbig auf sie. Später kam sie noch einmal, stellte sich hinter mich und betrachtete die Szene am Bildschirm. Ein düsteres Sheriff-Büro, im Mittelpunkt leerte Dean Martin sein Glas zurück in die Flasche, Ricky Nelson und John Wayne sahen ungläubig dabei zu. Youtube lieferte die Trompeten. Sie spielten El Degüello, den mexikanischen Todesmarsch.

»*Rio Bravo*?«, fragte sie, »Belagerungszustand? Wieder einmal? Hat das gestern nicht geklappt?«

»Schon, aber zu spät. Die hier haben es besser.«

»Ganz fein haben sie es.«

»Ja, bevor der Tag zu Ende geht, haben sie sich mit den Belagerern geschossen, Auge in Auge, jeder hat eine Chance. Ich habe keine. Irgendwo da draußen sitzen ein paar Anwälte zusammen und rechnen sich aus, wie viel ich ihnen bringen werde. Bis es losgeht, kenne ich nicht einmal ihre Namen, geschweige denn ihre Gesichter.«

»Du kannst nichts dagegen tun?«

»Meine einzige, aber sehr gute Chance hat sich gestern in Luft aufgelöst. Möge die Nacht um ihn sein.«

»Stell das ab«, sagte Agnes, »ich bringe dir einen Kaffee. Du hast schon anderes überlebt.«

›So etwas noch nicht, aber alles muss einmal das erste Mal sein‹, dachte ich und stellte die Trompeten ab. Sie trafen meine Stimmung zu genau. Als Agnes zurückkam, hatte sie noch einen Espresso dabei und setzte sich zu mir. Wir unterhielten uns über alte Zeiten und interessante Fälle, bis es zwölf war.

Zu Mittag gingen Katja und ich zum Italiener und beschlossen, nicht mehr über den drohenden Prozess zu reden. Es konnte ein halbes Jahr vergehen, bis die andere Seite so weit war, oder auch nur 14 Tage. In jedem Fall mussten wir nachdenken. Am Wochenende passierte nichts, von keiner Seite, der Montag reichte vollkommen.

Katja fuhr wieder in die Kanzlei, obwohl es Freitag war. Ich zwang mich, im Büro zu bleiben und niemanden mehr anzurufen. Abends würde Albert für ein sinnloses Gespräch zu mir kommen. Er hatte es gestern als klärend bezeichnet. Von mir aus. Es war nicht das einzige sinnlose Gespräch, das ich bislang geführt hatte. Heute Abend schloss sich der Kreis.

Sobald er an der Tür läutete, würde ich mich mit ihm beschäftigen. Ich ging zum Bücherregal und schaute eine Weile, dann nahm ich den Mattheson heraus. Der war weit genug von allem entfernt, was sich zurzeit am Planeten ereignete. Das Buch hieß ›Der vollkommene Capellmeister‹, die Faksimileausgabe des Originals, erschienen im Jahr 1739.

X. KAPITEL

Albert war tot. Stranguliert, kurz nachdem er ins Auto gestiegen war, um zu mir zu fahren. Die Polizei hatte ihn ziemlich schnell entdeckt.

Seit Katja und ich vom Polizeiposten zurückgekommen waren, hatten wir nicht mehr viel geredet. Sie war bald vor dem Feuer eingeschlafen, ich hatte noch eine Weile in die Flamme geschaut und einen Whisky getrunken.

Am folgenden Samstag hatten wir lange geschlafen und waren gegen Mittag zum Oilers gefahren. Das Essen hatte uns hier immer geschmeckt, das war heute nicht anders. Statt meines gewohnten Burgers lag allerdings ein schönes Steak, innen blutig, auf meinem Teller und wurde zusehends kleiner. Anschließend fuhren wir über das Kühtai zurück und machten Halt am Stausee, um ihn in einem Spaziergang zu umrunden. Es war ein friedlicher Samstag.

Am Sonntag geschah nichts, am Montag läutete es gegen zehn an der Tür. Ein freundlicher Herr stellte sich Agnes gegenüber als Inspektor Pirker vor. Ich ging sofort hinaus, um ihn zu empfangen. Er war in Zivil erschienen. Wir setzten uns in den Besprechungsraum, den er eine Weile musterte. Das taten alle, die zum ersten Mal hier waren.

»Ein Kaffee kann keine Vorteilsannahme sein«, begann

ich, »zumal ich als Auskunftsperson der Wahrheitspflicht unterliege?«

Pirker lehnte ab und kam zur Sache. »Magister Hagsteiner ist tot. Man fand die Leiche in seinem Auto.«

Ich zündete meine Pfeife erneut an, blieb jedoch stumm. Agnes erschien in der Tür, auch sie brachte kein Wort hervor.

»Wann, und wo ist das passiert?«

»Es geschah, nach dem ersten Anschein, unmittelbar nach dem Mord an Magister Heller. Vermutlich noch in derselben Stunde.«

»Wenn Sie den Begriff ›vermutlich‹ verwenden, hat man die Tat eben erst entdeckt, sonst wüssten Sie es inzwischen genau, oder? Wo ist das geschehen?«

»Die Leiche lag im Kofferraum seines Wagens, der stand auf seinem gemieteten Platz in der Tiefgarage. Kennen Sie diesen Platz?«

»Nein. Ich weiß, dass die Firma Dauerparkplätze gemietet hat, aber ich kenne sie nicht. Das ist ja unglaublich, zwei Tote, und fast zur selben Zeit.«

»Fällt Ihnen dazu etwas ein?«

»Das sieht aus wie eine Abrechnung, aber das gibt's doch nur im Film. Feinde hatten beide, jede Menge noch dazu, aber – wie gesagt – normalerweise passiert Leuten wie Hagsteiner oder Heller nichts.«

Agnes ging wieder in ihr Büro. Ich hörte, wie sie Katja anrief.

»Sie erwähnten Differenzen zwischen Ihnen und Heller«, sagte Pirker, »wie sah das zwischen Heller und Hagsteiner aus?«

»Heller war anfangs von ihm begeistert, später ernüchtert, zuletzt wollte er ihn vernichten.«

»Das war doch aussichtslos.«

»Das konnte man Heller in seinem Zustand nicht mehr beibringen.«

»Wie ging Hagsteiner damit um?«

»Gar nicht. Personen unterhalb seines Rangs nahm er nicht wahr, auch wenn er perfekt den Eindruck erweckte, dass er sich um alle sorgte.«

»Sie kannten beide sehr gut. Wie würden Sie das Verhältnis der beiden zueinander beschreiben?«

»Albert, also Heller, war der Einzige mit Herzblut in einer Truppe von Schauspielern. Er hat den Boden unter den Füßen verloren. Hätte er nicht mich als Blitzableiter gefunden, dann hätte er Hagsteiner vielleicht mit bloßen Händen erwürgt.«

Pirker lächelte. »Damit sind wir wieder bei Ihren Differenzen«, setzte er überflüssigerweise hinzu.

»Ich war gut aufgestellt. Ich hatte im Auftrag Hagsteiners Unregelmäßigkeiten untersucht. Dabei habe ich Heller der Untreue überführt, und zwar am Donnerstag vor seinem Tod. Er wusste nichts davon und hätte es Freitagabend erfahren. Dazu ist es nicht mehr gekommen.«

»Bei Ihrer Einvernahme am Freitag haben Sie das nicht gesagt.«

»Stimmt. Das war die Überraschung, nichts weiter, vielleicht Erleichterung darüber, dass mir das alles erspart blieb. Dass unsere Beziehung zuletzt nicht konfliktfrei war, hatte ich erwähnt.«

»Was tun Sie jetzt mit den Ergebnissen Ihrer Nachforschungen? Gehen die zur Staatsanwaltschaft?«

»Ich archiviere sie, nach der Aufbewahrungsfrist werden sie vernichtet. Niemand wird es sehen wollen. Wenn ich das der Geschäftsleitung vorlege, dann werden sie mich so betreten ansehen, als ob ich die Wahrheit gesagt hätte.«

»Obwohl Sie die Wahrheit sagen?«, schmunzelte er.

»Genau, das ist das Paradoxe. Schwamm drüber, das wollen die, besser noch, es ist nie geschehen.«

»Es gibt doch Unterlagen in der Firma, Kopien und dergleichen.«

»Die Firma übersiedelt demnächst. Dem Archiv wird das schwer zusetzen, was da alles verloren gehen kann …«

Der Inspektor schaute mich an, im Raum herum, wo es wirklich genug zu sehen gab, dann wieder mich. Bei der Vernehmung am Freitag hatte ihn und seine aufmerksame Kollegin die Frage beschäftigt, wie der Mörder einen Augenblick finden konnte, bei dem Zeit und Ort nicht besser hätten sein können. Die Gegend war leer, das Wochenende hatte begonnen. Albert hatte das Haus als Letzter verlassen, zu einem Zeitpunkt, den man recht gut eingrenzen konnte.

Als er an seinem letzten Arbeitstag ins Auto stieg, um zu mir zu fahren, war er wenige Minuten später tot.

»Sie haben mit niemanden über den Termin gesprochen?«, erkundigte sich Pirker noch einmal.

»Nein, wir waren allein, als wir ihn vereinbarten. Meine Freundin wusste es später, aber die hat sicher niemand gefragt.«

Pirker sah nachdenklich drein.

»Nach dem Mord an Albert ist der Täter in die Stadt gefahren und hat den Rest erledigt?«, vermutete ich. »Alles in einem Aufwaschen.«

»So könnte es gewesen sein. Allerdings wurde Heller stranguliert und Hagsteiner ist erstickt.«

»Hat die Polizei schon eine Vorstellung, wie es geschah?«

»Vermutlich wurde Hagsteiner beim Einsteigen überrascht, von hinten niedergeschlagen, in den Kofferraum verbracht und dort gefesselt und verklebt.«

»Brrr«, sagte ich, »grauenhaft. Das eine war doch genau so geplant wie das andere. Da musste man doch in beiden Fällen die Gewohnheiten kennen, den passenden Ort und die Zeit. In beiden Fällen blieb wahrscheinlich auch kein Spielraum, um zu improvisieren. Der Täter ist doch unerkannt entkommen, sonst hätte man Hagsteiner nicht erst heute gefunden?«

Pirker sagte nichts, aber der Täter war entkommen. Genau genommen waren es drei große Garagen, die zusammenhingen. In einer befand sich eine Baustelle.

Mit derartigen Einvernahmen hatte ich keine Übung, der Inspektor war aber nicht auf den Kopf gefallen. Für mein Gefühl redete er herum wie Columbo. Am Liebsten hätte ich ihn nach seiner Frau gefragt.

Er bemerkte, dass wir das alles noch schriftlich festhalten müssten, er sei heute den ganzen Tag im Dienst, wegen eines Zeitpunkts bräuchte ich ihn nur kurz vorher anzurufen. Wir verabschiedeten uns, ich begleitete ihn zu Tür.

»Was ich noch sagen wollte«, er wandte sich um, »der mutmaßliche Täter wurde in Moskau festgenommen. Direkt am Flughafen.«

Ich schüttelte den Kopf, und zwar völlig verständnislos. Das gab es doch nicht.

»Das ist ja schneller, als die Polizei erlaubt«, sagte ich, »wenn sie diesen Scherz gestatten. Wie war denn das wieder möglich?«

»Zufall. Sein Mietwagen wurde irrtümlich als gestohlen gemeldet.«

»Nicht zu fassen, so ein Glück.«

»Wie Sie sagen, ein Glück. Der Irrtum war rasch aufgeklärt, aber als man den Wagen und seinen Mieter kannte, ergaben sich Fragen. Das Auto fand sich in der Nähe beider Tatorte wiederholt in Bildern von Überwachungskameras wieder, eigentlich nur dort. Wir werden bald Genaueres wissen.«

»Dann ist der Fall ja geklärt?«, setzte ich hinzu.

»Wenn der Verdächtige freundlich ist und ein Geständnis ablegt, schon«, sagte Pirker mit hintergründigem Lächeln, »sonst eher nicht.«

»Sonst eher nicht?«, fragte ich, »wie verstehe ich das?«

»Die Taten sind ähnlich, aber nicht identisch. Die zweite könnte durchaus nachgeahmt sein.«

»Da blieb aber nicht viel Zeit.«

»Sie sagen es, ist im Moment auch nur eine Theorie.«

»Verstehe. Wie sieht es mit Spuren aus?«

»Heller hat um sein Leben gekämpft, das sieht man am Armaturenbrett. Er bekam seinen Mörder aber nicht zu fassen.«

Der Inspektor ging, ich kehrte in mein Büro zurück. Alberts letzte Minuten mussten schrecklich gewesen sein.

Ich dachte an Martin. Es war nur ein Gefühl, aber wenn ich ihn noch einmal sehen wollte, dann musste das bald sein. Um zwölf traf ich mich mit Katja beim Café Sailer, was sie an sonnigen Tagen besonders schätzte.

Dem Russen würde nicht viel passieren, meinte sie. Wenn es nicht mehr als den Verdacht gab, dann war er bald wieder in Freiheit. Gegen ein Uhr fuhr Katja zurück in die Stadt, und ich ins Oberinntal, auf der szenischen Route.

*

Martins Auto stand mit offener Heckklappe vor seinem Haus. Das Auto war ziemlich voll, das sah nach Auszug aus. Er kam eben mit einem weiteren Gepäckstück aus dem Haus, als ich den vollen Kofferraum musterte.

»Hallo, Paul«, sagte er, stellte den Koffer ab und reichte mir die Hand, »schön, dass du noch vorbeischaust.«

»Ich hatte so ein Gefühl.«

Wir standen da und sahen uns an. Ich warf einen bezeichnenden Blick auf das voll beladene Auto.

»So etwas habe ich geahnt«, setzte ich hinzu.

Martin wirkte jetzt unruhig. Ich langte in meine geräumige Umhängetasche und holte den schönen Flachmann hervor, den mir Katja vor Jahren geschenkt hatte.

»Du hast nichts mehr im Haus, um den Abschied zu begießen?«, fragte ich. »Ich wusste es doch.«

»Mensch«, er schnappte nach Luft, »nach all dem in der letzten Zeit, lass diese Scherze. Aber diese Zeit nehmen wir uns, gute Idee, ich hole Gläser.«

Er verstaute den Koffer und schloss die Heckklappe, das Auto war startbereit. Ich setzte mich an den Tisch und stopfte die Pfeife. Martin kam zurück, ich füllte den Flachmann in beide Gläser.

»Slàinte mhath«, sagte ich und hob das Glas, er sagte irgendwas, wir nahmen einen Schluck.

Um den Weintrinker zu erfreuen, hatte ich den leichteren, eleganten Cragganmore eingefüllt. Martins Miene nach dürfte es gepasst haben.

»Wie war's am Gardasee?«, fragte ich.

»Entspannt. Ich war in Torbole. Es hat gutgetan, einmal weg von allem. Hast du gedacht, ich schaffe es nicht?«

»Ich dachte nur, dass es dir einmal jemand so sagen musste, wie Franco es getan hat.«

»Arsch mit Ohren, stellt mich da als Weichei hin«, knurrte er, wirkte allerdings dabei nicht so, als ob er böse auf ihn wäre.

Ich nahm einen Schluck und sagte nichts.

»Mit meiner Frau habe ich auch telefoniert«, begann er wieder, »sie zieht weg, in eine der französischen Überseeprovinzen.«

»Schau an«, sagte ich und musterte den vollgepackten Wagen, »sieht nach Familienzusammenführung aus.«

»Ja«, er nahm noch einen Schluck, »wir gehen gemeinsam. Die Kinder freuen sich auch schon, nächste Woche sind wir weg.«

»Gratuliere, das freut mich auch.«

Martin trank aus und stellte das Glas ab. »Ich muss los, trink in Ruhe aus. Danke, dass du noch gekommen bist.«

»Das musste sein, darf ich drin noch …«

»Leg einfach den Schlüssel unter die Matte, der Besitzer kommt erst am Abend.«

Wir verabschiedeten uns, ich sah ihm nach, wie das Auto die Straße hinunterrollte, und ging dann ins Haus. Es war noch leerer als beim letzten Mal. Er ließ nichts zurück.

Ich wollte auf die Toilette, die war noch da. Nachdem ich mir die Hände gewaschen hatte, warf ich einen Blick in das Wohnzimmer. Da sah ich den Zettel. Ich hob ihn auf.

Es war eine Quittung. Jemand hatte in einem Secondhandshop einen Anzug, anthrazitschwarz, ein Paar schwarze Schuhe, und einen Overall, wie ihn Maler oder Handwerker verwendeten, verkauft. Der Zettel trug das Datum vom Samstag, also vor zwei Tagen. Martin war ein ordentlicher Mensch. Er warf nichts weg, wenn er etwas kaufte oder verkaufte, gab es dafür einen Beleg.

Es existierte sicher auch eine Rechnung für Übernachtung in Torbole, aber zweifellos nur vom Samstag auf den Sonntag. Am Freitagabend war er anderweitig beschäftigt gewesen.

Ich ging zurück zur Toilette, zündete die Rechnung an, ließ sie zwischen den Fingerspitzen verbrennen und spülte alles hinunter. Etwas bewegte sich hinter mir, ich drehte mich um. Martin stand in der Tür.

»Schau mich nicht so an«, murrte ich, »ich bin ein ordentlicher Mensch, ich hab nur aufgeräumt.«

Weil er zögerte, fasste ich ihn am Arm und schob ihn hinaus. Was ich dabei spürte, war dasselbe Gefühl, als Katja mich am Freitag nach der Vernehmung am Arm gefasst hatte. Es fühlte sich an, als ob eine Last von ihm abfiel.

Ich sah noch einmal nach, wie sein Auto den Weg hinunterrollte, setzte mich allein an den Tisch und nahm einen Schluck Whisky. Der Mann im schwarzen Anzug an der Brücke? War das jemand gewesen, der genau wusste, dass ich nie auf jemanden schießen würde, der mich nicht unmittelbar bedrohte?

Für einen Zug war der Single Malt zu schade, ich trank ihn langsam und in Ruhe aus, und dachte an den irischen Trinkspruch: May you be in heaven half an hour before the devil knows you're dead.

Weitere Krimis finden Sie auf den folgenden Seiten und im Internet:

WWW.GMEINER-SPANNUNG.DE

HELMUT SCHARNER
Mostviertler

978-3-8392-1850-1 (Paperback)
978-3-8392-4957-4 (pdf)
978-3-8392-4956-7 (epub)

»Ein tagesaktueller Wirtschaftskrimi zum Thema Fair Trade«

Mostviertel, Niederösterreich. Unternehmersohn Jakob Schuster träumt davon, aus dem Familienbetrieb, der sich auf die Sportschuhproduktion spezialisiert hat, einen Global Player zu machen. Dafür plant er die Übernahme einer vietnamesischen Fabrik, egal mit welchen Mitteln. Kein Wunder, dass es von Verdächtigen nur so wimmelt, als Jakob eines Morgens erstochen aufgefunden wird. Der Wiener Kommissar Brandner ermittelt gemeinsam mit dem einheimischen Polizisten Reitbauer, der einige Verdächtige besser kennt, als dem Kommissar lieb ist.

SABINA NABER
Flamencopassion

978-3-8392-1855-6 (Paperback)
978-3-8392-4967-3 (pdf)
978-3-8392-4966-6 (epub)

»Freiheit, Stolz und Hingabe – heiße Rhythmen für Mayer und Katz in der Welt des Flamenco«

Zwei nackte Leichen, zwei Tatorte und zwei Todesursachen – die eine Leiche ein Erdölspezialist aus der Oberschicht, die andere ein mittelloser Gelegenheitsarbeiter. Einzige Verbindung der Männer: Ihre Frauen sind begeisterte Flamecotänzerinnen. Hat die geheimnisvolle Esma, die provokante Underground-Flamenco-Treffen veranstaltet, etwas mit den Toten zu tun? Der Wiener Chefinspektor Karl Maria Katz und die Gruppeninspektorin Daniela Mayer ermitteln.

GMEINER SPANNUNG

J. J. PREYER
Nahtod

978-3-8392-1831-0 (Paperback)
978-3-8392-4919-2 (pdf)
978-3-8392-4918-5 (epub)

»Ein düsterer psychologischer Kriminalroman«

Kunstmäzen Oscar Furtner und dessen Frau Nora sterben kurz nacheinander. Anonyme Briefe an den Chefinspektor der Steyrer Polizei, Viktor Grimm, legen nahe, dass sie ermordet worden sind. Im Laufe der Ermittlungen befürchtet der Chefinspektor, dass sein Freund, der Psychotherapeut David Gründler, der Mörder sein könnte und lässt sich beurlauben. Journalist Christian Wolf holt ihn aus der tiefen persönlichen Krise zurück und dringt mit ihm in die Komplexität der menschlichen Psyche vor, um den Fall zu lösen.

Das Neueste aus der Gmeiner-Bibliothek

Unser Lesermagazin

Bestellen Sie das kostenlose Krimi-Journal in Ihrer Buchhandlung oder unter www.gmeiner-verlag.de

Informieren Sie sich ...

www ... auf unserer Homepage:
www.gmeiner-verlag.de

@ ... über unseren Newsletter:
Melden Sie sich für unseren Newsletter an unter www.gmeiner-verlag.de/newsletter

f ... werden Sie Fan auf Facebook:
www.facebook.com/gmeiner.verlag

Mitmachen und gewinnen!

Schicken Sie uns Ihre Meinung zu unseren Büchern per Mail an gewinnspiel@gmeiner-verlag.de und nehmen Sie automatisch an unserem Jahresgewinnspiel mit »mörderisch guten« Preisen teil!

GMEINER SPANNUNG